우연한
생

정길연　1961년 부산 출생으로, 서울예술대학 문예창작과를 졸업했다. 1984년 중편소설〈가족 수첩〉으로《문예중앙》신인문학상을 수상하며 등단했다. 장편소설《내게 아름다운 시간이 있었던가》《변명》《사랑의 무게》《그 여자, 무희》《백야의 연인》, 소설집《다시 갈림길에서》《종이꽃》《쇠꽃》《나의 은밀한 이름들》《가족 수첩》, 산문집《나의 살던 부산은》그리고 장편동화 등이 있다.

* 이 도서의 국립중앙도서관 출판시도서목록(CIP)은 서지정보유통지원시스템 홈페이지(http://seoji. nl.go.kr)와 국가자료공동목록시스템(http://www.nl.go.kr/kolisnet)에서 이용하실 수 있습니다. (CIP제어번호: CIP2015008690)

우연한
생

정길연 소설집

은행나무

차례

수상한 시간들

대리인생주의자

숨을 크게 한 번 몰아쉬고 나서 남자는 저편, 완벽한 침묵의 세계로 건너갔다. 이번에야말로 확실했다. 마침내, 라고 해도 좋을 만큼 충분히 고통을 겪었고, 충분히 시간을 끈 뒤였다.

빙 둘러서서 남자를 내려다보고 있던 가족들이ㅡ도대체 가족이라고 이름 붙이기 민망한 사람들이ㅡ저마다 조금씩 다르게 그의 마지막을 인증했다. 늙은 여인은 아이고, 하고 탄식했다. 젊은 여인은 주여, 하고 되뇌었다. 그들 사이에 선 사내는 애매하게 천장에 매달린 형광등을 올려다보기만 했다. 그들은 남자의 어머니와 누이와 아우였다. 그들 모두 겉으로 드러낼 수 없다 뿐이지, 내심으로는 안도의 한숨을 내쉬었을 게 분명하다. 다들 엉겁결에 불려 와 아들이자 오빠이자 형인 남자의 임종에 입회하게 되었으니까. 어찌 되었거나 상황 끝, 이제 한 시름 던 심정으로 각자의 자리로 복귀할 수 있을 테다. 몇 가지 의례적인 절차와 차마 생략할 수 없는 인간사 법식이 남아 있긴 하지만.

그들을 한자리에 불러 모은 건 나다. 남자가 그들을 보고 싶어 하리란 생각은 들지 않았지만—거기에는 허울뿐인 자존심도 한몫했을 것이지만, 여하튼—나로서는 사태를 고지할 책임과 이유가 있었다. 그러나 어렵사리 전화로 접촉하면서, 또 막상 대면하고 보니 그들 역시도 남자를 별로 떠올리고 싶어 하지 않거나 남자의 안위를 별로 궁금해하지 않았다. 그들에게 남자란 존재는 이미 지워져가고 있는 희미한 얼룩이나 마찬가지였다. 오래전에 계약이 해지된, 그것도 다시는 안 볼 듯 험악하게 끝장난 갑을관계 같았다. 그런 마당에 알지도 못하는 제삼자가 뜬금없이 전하는 남자의 근황이란, 비록 가족애에 호소한다 하더라도 그들에게는 다소 불편하고 불쾌한 긴장감을 유발시키는 돌발상황이었을 것이다.

저기요, 상태가 많이 안 좋아요. 짐작하시는 것 이상으로요.

남자의 처지가 딱해서이기도 했지만 그보다는 그들의 박정한 처사를 어떻게든 철회시키고 싶었다.

근데, 시방, 댁은 뉘우?

남자의 어머니는 어둔하게 되물었다.

그래서요?

남자의 누이는, 바닥의 앙금이 푸르르 이는 듯 되쏘는 말투
가 앙칼졌다.

얼마나, 어떻게 나쁘다는 겁니까?

남자의 아우는 한 발을 걸친 채 이쪽저쪽 가늠하는 눈치였
다. 한마디로 그들 모두 남자가 그들의 인생에 새로운 걱정거
리로 부상하게 될까봐 지레 방어태세를 취했다. 마지못해 미
지근하게 혹은 떨떠름하게 남자의 용태를 되묻는 그들에게 나
는 최후통첩을 날렸다.

오늘밤을 넘기기 힘들다고 하네요.

그 말이 그들의 마음을 조금쯤 돌려놓았다.

그들은 자기네들끼리 먼저 입과 발을 맞췄는지 한꺼번에 들
이닥쳤다. 그게 어젯밤 9시쯤이었다. 대부분의 방문객들이 돌
아가고 의국도 야간당직 시스템으로 가동되고 있어 병동이 비
교적 한산할 때였다. 남자는 이틀 전부터 일반병실에서 처치
실로 넘어와 있었다. 호스피스 병동으로 옮기지 않는 이상, 대
학병원의 처치실이란 카운트다운이 시작되는 곳이었다. 열, 아

홉, 여덟…… 남자의 카운트는 셋과 둘을 지나 하나마저 간당간당했다. 그들이 들이닥쳤을 때엔 최후의 일각을 겨우 남겨놓은 시점이었다.

선봉을 부득부득 양보하며 처치실에 나타난 그들이 본 건, 그러므로 모든 것을 잃고 모든 것을 체념한 남자에게 가해진 무자비한 통증이었다. 모르핀을 최대치로 투여했지만 통증을 완화하는 데에도, 심리적 안정감을 주는 데에도 전혀 도움이 되지 못했다. 남자는 숨을 헐떡이며 울부짖었고, 무엇인가를 쫓으려는 듯 팔을 허우적거렸다. 의식상태를 가늠하기 위한 의료진의 질문에 이름과 나이를 제대로 대지 못했다. 그의 벗은 육체는 말할 것도 없이 괴멸 직전이었다. 처치실로 넘어오기 전부터 피부는 검게 변해갔으며, 앙상해진 몸피에 비해 복부는 빵빵하게 부풀어올랐다. 남자의 소원은, 제발 빨리 끝나게 해달라는 것이었다. 급류에 휩쓸리는 찰나에도 본능적으로 나무뿌리를 꽉 그러쥐는 것 같은, 깊숙이 숨겨진 잠재의식과는 별개로.

남자는 정신이 오락가락하는 중에도 용케 어머니와 누이와 아우의 얼굴을 알아보았다. 눈물이 눈꼬리를 타고 그의 귓속으로 흘러들었다. 그가 바짝 타들어간 입술을 움직거렸다. 소리는 나오지 않았다. 입모양으로 남자의 말을 알아들었다.

미, 안, 하, 고…… 고, 마, 워…….

그제야 그들도 당황해서 땀에 젖은 남자의 손을 차례로 잡았다. 노인네는 다 잊으라는 말만을 되풀이하며 남자의 손등을 쓸어내렸다. 남자의 누이는 머리맡에 놓인 화장지곽에서 화장지를 여러 장 뽑아 남자의 눈언저리를 닦아주었다. 남동생은 자꾸 헛기침을 했다.

나는 늦게나마 다행이라는 생각을 하면서도 한편으로는 속이 풀리지 않아 고개를 외틀었다. 물론, 주제넘은 참견이었다.

"공은호 님은 오전 5시 42분에 운명……하셨습니다."

당직의가 차트에다 남자의 사망시각을 적어넣었다. 나직하고도 건조한 음조는 사무적이지도, 그렇다고 감상적이지도 않았다. 나도 모르게 왈칵 설움이 복받쳤다. 맹세코, 남자의 죽음 때문이 아니었다. 당직의의 사망선고는 얼기설기 쌓아올린 기억의 블록을 톡 건드려 무너뜨렸다. 순식간에 나는 내 생을 방문했던 첫 번째 죽음, 첫 번째 이별의 현장으로 되돌아갔다.

첫 번째 죽음과 첫 번째 이별이 찾아왔을 때 나는 어렸었다. 그러니까 여섯 번째 생일을 넘긴 지 얼마 되지 않았을 때.

자동차 지붕 위로 햇볕이 쨍쨍했다고, 놀이공원에 가고 싶었는데 어디 먼 친척집으로 가게 돼서 부아가 좀 나 있었다고…… 어린 내가 떠듬떠듬 증언했다. 어른들은 "그래서? 그래서?" 하며 내 입만을 주시했다. 아빠가 운전을 하고 있었다고, 나는 뒷좌석에 엄마와 나란히 앉아 새로 배운 노래를 부르고 있었다고…… 어린 나는 점점 기어들어가는 소리로 기억을 복기했다. 어른들은 구취가 나는 한숨을 폭폭 내쉬고는 "그랬구나, 그래서?" 하고 사방에서 물어댔다. 진짜로 나는 사방에서 달려드는 날벌레 떼를 보는 것처럼 정신이 하나도 없었다.

육식공룡같이 생긴 덤프트럭이 비틀비틀 중앙선을 넘어 포니 승용차로 돌진해왔을 때 엄마가 나를 확 잡아당겼다고, 귀를 찢는 무서운 소리가 났다고, 아주아주 숨이 막혀 죽는 줄 알았다고…… 어린 나는 가위로 오려놓은 색종이 도형들을 도화지에 맞춰 붙이듯 장면 장면들을 떠듬떠듬 붙여나갔다. 그러자 어른들이 번갈아 "그래서?" "에구구 그래서?" 하며 또 달려들었다. 진짜로 사방에서 벌떼가 웅웅대는 것 같았다.

행인지 불행인지 나는 혼자 살아남았다. 그랬으므로 어린 나의 증언이 불가피했다. 어른들이 "그래서?"라고 물어올 때마다 내 증언에 조금씩 살이 붙기 시작했다. 아슴아슴한 부분과 자신 없는 부분은 부주의한 어른들로부터 기억의 재생을 강요당할 때마다 다듬어지고 추가로 메워졌다. 나중에는 스스로도 확고한 믿음을 가지고 한 편의 동영상물을 재구성해내기에 이르렀다.

어린 나는 죽음의 의미를 정확히 이해하지 못했으나 다시는 엄마 아빠를 볼 수 없게 되었다는 사실만큼은 또렷하게 이해했다. 일곱 살짜리에게는 세상에서 가장 두려운 일이었다. 너무 두려운 나머지 울음소리조차 내지 못했다. 울지 못하는 대신 주먹을 꽉 옴켜쥐었다. 어찌나 세게 옴켜쥐었던지 친척 할머니가 아무리 용을 써도 내 손가락을 펼치게 할 수 없었다. 나는 주먹을 옴켜쥔 채 빈소 한구석에 쓰러져 잠이 들었다. 그러다 눈이 떠지면 멀뚱멀뚱 주위를 살폈다. 누군가 우유나 주스 팩에 빨대를 꽂아주었다. 나는 그것으로 허기와 갈증을 달랬다.

옴킨 주먹은 엄마 아빠의 영정사진을 받아 안으려고 팔을 뻗을 때에야 저절로 펴졌다. 화장장으로 가기 직전이었다. 그러자 그때를 기다렸던 듯 눈물이 주르르 흘러내렸다. 얼마나 쉼 없이 흘러내렸던지 발등을 덮은 양말이 흠씬 젖을 정도였다. "그래서? 그래서?" 하고 돌아가며 윽박지르던 어른들이 이번에도 돌아가며 혀를 찼다. 쩟쩟, 하고. 물 찬 고무신을 찰싹찰싹 끌고 가는 것처럼 혀 차는 소리를 내는 어른도 있었다.

쯧쯧, 하늘도 무심허시지. 어쩌자고 한날한시에 봉변을 당헐꼬.

에고, 저 어린 것을 어쩐다, 이제?

나는 영구차 안에서 영정사진을 품에 안은 채 내 손바닥을 내려다보았다. 물에 불린 것처럼 쭈글쭈글해진 손바닥에 살을 파고 들어간 손톱자국이 선명했다. 손톱자국은 자줏빛 피멍으로 남아 있다가 삼우제를 지낸 며칠 뒤 외갓집으로 짐을 옮겨 갈 때쯤 사라졌다.

"고인의 명복을 빕니다. 마지막 인사들 나누십시오."

당직의가 숙연하게 권고했다. 나는 재빨리 기억의 두루마리를 도르르 접었다. 남자의 죽음도 어느 날엔가 기억의 두루마리에서 돌돌돌 풀려나올 때가 있겠지.

"은호야! 은호야!"

비로소 남자의 어머니가 방금 자신을 앞서간 자식의 이름을 부르더니 껵껵 목 놓아 울기 시작했다. 죽음이 두려운 건지, 죽은 몸이 두려운 건지 노인은 선뜻 자식의 얼굴에 손을 대지 못했다. 그저 방아깨비처럼 상체를 꺼떡거리며 줄기차게 꺽꺽거릴 뿐이었다.

남자의 아우는 고집스레 천장을 노려보고 있었다. 흐르는 눈물을 감추려는 것일까, 눈물 흘리지 않는 눈을 감추려는 것일까. 남자의 아우는 이제 막 고인이 된 남자와는 아주 딴판으로 생긴데다 한 번도 나와 눈을 맞추지 않았다. 나는 나도 모르게 남자의 아우가 눈을 떼지 않고 있는 천장을 흘끔 올려다보기까지 했다.

세 남매의 막내인 남자의 누이는 자신의 가슴팍에다 성호를 그었다. 가로 세로, 숭고한 열십자. 들릴락 말락 웅얼거리는 걸로 봐서 기도문이라도 읊는 모양이었다. 예컨대, 주여 죄인을 불쌍히 여기소서. 그러고선 깜빡했다는 듯 뒤로 물러서며 내게 자리를 내주었다. 나는 마침 이만쯤에서 발을 빼야겠다고 속생각을 정리하던 참이어서 누이의 양보가 당혹스럽기 그지없었다. 별수 없이 한 발 앞으로 다가서서 잠든 남자를 내려다보았다. 최후의 순간까지 끔찍한 고통을 치러낸 사람의 얼굴이라고 하기에는 의외로 고요했다. 겨우 문턱을 하나 넘었을 뿐인데, 믿기 어려운 반전이었다. 나는 속말로 작별인사를 건

17

넀다.

훌륭했어요. 누구라도 그만큼 의연하게 끝마치긴 힘들 거예요. 편히 쉬어요.

간호사가 시트를 끌어당겨 마흔아홉 살로 생의 마침표를 찍은 남자의 얼굴을 덮었다. 하루, 이틀, 사흘…… 내가 남자의 곁을 내리 붙어 지킨 지 사흘을 넘기고 다시 나흘째 되는 날 아침이었다.

남편에게서 말미로 얻은 일주일 가운데 아직 나흘이 온전히 더 남아 있었다.

"큰오빠와는 어떤 사이세요?"

남자의 누이가 가족을 대표해서 물었다. 호기심과 계산속이 엿보였다. 그런 질문을 받게 되리라 예상하고는 있었지만 딱히 내놓을 만한 답이 있진 않았다.

글쎄, 어떤 사이인가. 예전에 잠시 알았던 사이인데 최근에 우연히 다시 만나게 되었다고, 예전에나 근자에나 특별한 사이는 아니라고 해야겠지. 그게 가장 정답에 가까웠지만 납득하기 쉽지는 않을 것이었다. 게다가 꽁무니를 빼고 싶은 그들에게는 성에 차지 않을 변명일 게다. 그들은 기왕 일이 이렇게

18

되었으니 내가 뒷수습까지 맡아주었으면, 하고 바라는 눈치였다. 아니, 그래야 하는 거 아니냐고 노골적으로 밀어붙이려는 참이었다.

"그래도 알릴 건 알려야겠기에 미국에 있는 큰오빠 식구들에게 연락했어요. 그런데 그러냐구, 알았다구, 그냥 그러구 마네요. 뭐라두 건질 게 남았다면 모를까, 부러 날아올 것 같진 않아요. 뭐, 법적으로두 남남이구, 우리두 기대 안 했구요. 낼모레가 발인인데 날아온들 절차 다 끝난 다음일 거구요. 저어, 그래서 말인데요……"

살짝 무례한데다 은근히 닳아빠진 화술이었다. 나는 누이의 입을 주시했다. 아나나 다를까, 가족의 의사를 취합했다며 꺼낸 본론은 빈소를 지켜달라는 것이었다. 빤빤하고 황당한 청이었건만 마치 남은 도리를 다해달라는 주문처럼 천연스러웠다. 가족의 의사라고? 어이없어 하는 나의 반응이 되레 어이없다는 듯 누이가 두 눈을 동그랗게 뜨면서 선수를 쳤다.

"부고 돌리구 문상객두 받게 될 텐데요, 큰오빠에게 직계 유족이 없다는 건 아무래두 입질에 오르내리기 십상이지 않겠어요?"

그게 나랑 무슨 상관이냐는 항변을 꾹 접고 소극적으로, 에

둘러 말했다.

"왜요, 어머니랑 동생분들이 계시잖아요?"

"아이 참. 울 엄마, 자식 앞세운 죄인이라 빈소에 낯 내밀 수 있겠냐 하시구…… 작은오빠나 저나, 올케랑 애 아빠 눈치 안 볼 수 없거든요. ……모르세요? 큰오빠가 그런저런 사정, 말 안 하던가요?"

남자에게서 저간의 경과를 듣긴 들었다. 간성혼수가 오기 전, 가족들도 알 건 알아야 되지 않겠느냐고 그를 설득하려 했을 때였다. 남자는 어림도 없다며 고개를 흔들었다.

어머니랑 동생들, 맺힌 게 많아. 사업 잘나갈 때 애 엄마한 테 온갖 무시, 괄시를 다 당했으니까. 애 엄마 말이, 물려준 것도 없으면서 뜯어가려 한대나. 가난한 친척 등쌀에 못 살겠단 식이었지. 워낙에 말본새가 거칠기도 하고.

그만한 일로?

나중에 사업이 몰리자 애 엄마가 돈줄 틀어쥐고 한 푼도 못 내놓겠다는 거야. 부동산 같은 건 모두 애 엄마 명의로 돌려져 있었거든. 결국 어머니랑 동생들이, 내가 완전히 사색이 돼서 조르고 빌고 매달리니까 대신 무리를 하게 됐지. 그러다 폭삭 주저앉는 바람에 본인들이 옴팍 떠안게 됐고. 애 엄마 말이,

어차피 다 털어먹고 끝장날 판이었는데 자기가 꽉 붙들고 있어서 그거라도 건졌다데. 그래 좋아, 거기까진. 부모 형제 못할 짓 시키긴 했지만 나도 속으론 재기할 밑천은 되겠구나 통박 굴렸지. 문제는 그다음이었어. 애 엄마가 그러더군. 자식 공부라도 옳게 시키려면 갈라서는 수밖에 없겠다고.

말도 안 돼. 어떻게 그런……?

남부끄러운 얘기지. 염치없고. 어머니나 동생들한테 나 이 지경인 거 알릴 엄두도 안 나지만, 알아도 진저리들 칠 거야.

남자는 다 죗값이니 자기 죽은 다음에 알려지는 거야 어떻겠느냐는 말로 통보의 시기를 암시했었다.

"큰오빠도 우리보다 언니를 더 편하게 생각할 거예요. 저어…… 언니라고 불러도 되죠?"

남자의 누이가 슬그머니 내 손을 잡아끌었다. 쇠붙이에 닿은 듯 선득하면서도 그 손을 뿌리치지 못했다. 언제나 그래왔듯 이번에도 단호하지 못해 미적거리는 새 일이 커지고 있었다. 내게 인생은 늘 갈림길이었고, 좋지 않은 것과 덜 나쁜 것 간의 양자택일이었다. 그때마다 나는 엉거주춤 등 떠밀리거나 휩쓸려가거나, 누구에겐가 이끌려갔다.

"이런 말, 지금 꺼내긴 뭣하지만…… 저나 어머니나…… 그

리고 작은오빠두요…… 언니를 가족이나 다름없다구 생각하
구 있어요."

나야말로 생각에 잠겼다.

우선 그들은 가족이 아니다. 그리고 무엇보다 사리에 어긋
나는 일이다. 여기까지 온 것도 무리라면 무리다. 아니, 실로
엄청난 무리다. 남자의 병상을 지킨 것으로도 모자라 미망인
노릇까지 떠맡았다는 걸 나중에라도 남편이 알게 되면 기함을
하고 나자빠질 일이다. 설령 죽을 때까지 남편이 모른 채 넘어
간다 하더라도 나 스스로 죄밑이 되어 평생을 가슴 졸이며 살
아야 할 배신행위가 아닌가. 그러니 지금이라도 용단을 내려
야 한다. 더 늦기 전에. 일이 걷잡을 수 없게 커지기 전에.

그런데도 나는 딱 부러지게 그 상식 밖의 청을 물리치기 어
려웠다. 원래가 우유부단한 성격이었다. 거기에 더해, 사후에
까지 의지가지없는 찬밥신세가 된 남자의 영혼이 딱했다. 어
쩌면 남자보다 내 처지가 더 딱하다 할 이 마당에까지.

미쳤어. 저 사람들이 아니라 내가. 내가 앞서 미친 짓을 했어.

발을 뺄 타이밍을 놓쳐버렸다는 낭패감과 때늦은 조바심이
나를 옥죄었다. 애당초 내 집과 내 남편을 두고 남자의 마지막
며칠에 동참하기로 마음을 낸 일부터가 크게 그릇된 일이었다.

"언니 아녔음 큰오빠…… 무연고자처럼……. 그럼 얼마나 쓸쓸했을까요."

나는 대답 대신 한숨을 푹 내쉬었다. 한숨은 동의로 받아들여졌다. 누이의 표정이 짐을 던 듯 가벼워졌다.

장례의 구색을 갖추는 건 남자의 아우 몫이었다. 그가 상조회사에서 파견 나온 직원과 조율에 나섰다. 빈소에서부터 영정사진과 꽃 장식, 수의와 관과 상복, 화장장 등 그 모든 규모와 절차를 정하고 예약하고 계약서를 작성하는 일체의 일이 일사천리로, 무엇보다 죽은 자보다 산 자를 배려해 진행되었다. 회상도 미련도 안타까움도 생략된 야멸친 죽음의 뒤끝이 쓸쓸했다.

요단강 건너는 남자를 위해—어쩌자고—나 또한 돌아올 수 없는 강을 건넜다. 나는 남자의 누이가 급히 마련해온 검정색 투피스로 갈아입었다. 미상불연, 악수惡手를 둔 셈이었다. 두 팔에 소름이 돋았다. 정말 이래도 되는 건가, 지금에라도 그만두어야 하지 않는가, 머리와 가슴이 따로 속삭이고 따로 움직였다.

아무래도 미친 짓이야. 왜 이런 일을 떠안는 거지. 아아, 그날 인천공항에서 그와 맞닥뜨리지만 않았어도……. 거기서 울고 있는 그를 알아보지 못했거나 알아보았어도 모른 체 지나쳤더라면……. 앰뷸런스에 함께 올라타지 않았더라면……. 입원 보증인이 필요하다는 병원 직원의 말에 오지랖 넓게 나서지만 않았어도……. 그랬어도 홀로 병상에서 쓸쓸히 죽어가거나 말거나 선을 딱 그었더라면……. 그렇게만 했더라면 이 수상쩍은 모의에 연루되지 않았을 텐데…….

시간을 되돌릴 수는 없을까. 영화에서처럼 필름을 거꾸로 감아 딸애를 배웅한 시점에서부터 다시 시작할 수는 없을까. 출국장 안으로 들어간 딸애의 모습이 보이지 않게 돼 패배자처럼 돌아서던 그때부터. 가분하고도 야속한 마음을 털어내면서 괜찮아, 괜찮아, 하고 자신을 다독이던 그때부터.

그래, 딱 거기서부터.

탁란

"어떻게, 여태 운전도 할 줄 몰라."

제 짐의 3분의 2를 들어주고 있음에도 딸애는 집을 나서는 순간부터 줄곧 툴툴거렸다. 제 아빠의 배웅을 받지 못하게 된 것을 기어이 내 탓으로 돌리고 싶은 모양이었다. 그런 딸애를 나무라지 않았다. 그러자면 한도 끝도 없을 것이었다. 일일이 지적하기도, 남편에게 넌지시 구원을 요청하기도 물색없는 짓이었다. 어느 쪽이든 들어 먹힐 리 없었다. 딸애야말로 남편의 아킬레스건이니까.

남편은 바쁜 사람이었다. 말로만 바쁜 게 아니라 실제로도 아랫사람들을 좌불안석으로 만들 만큼 부지런하고 빈틈없는 오너였다. 아빠로서 딸의 기분을 맞추는 데에도 빈틈없이 용의주도했다. 서울 부산 오가듯 미국과 한국을 드나드는 딸애의 배웅과 마중을 위해서도 그간 어떻게든 시간을 내왔었다. 그러나 그날은 직접 챙기지 않으면 안 되는 중차대한 프레젠테이션이 그 시간대에 잡혀 있어 몸을 뺄 수 없노라고 했다. 남편 역시도 나더러 왜 운전을 하지 않으려고 하는지 모르겠다고, 한동안 잠잠했던 타박을 다시금 놓았다.

공항까지 가는 리무진버스 안에서 딸애는 내내 휴대전화를 끼고 있었다. 연방 "아이, 짜증나" 소리를 양념으로 치면서 상대방에게 도착시각을 주지시켰다. 귀에 담지 않으려고 해도 태평양 저편의 목소리가 내게까지 들려왔다. 낭랑하고도 세련

된 콧소리가 적당히 딸애를 달래고 있었다. 그 콧소리의 주인공이 샌프란시스코 공항에서 딸애를 픽업하기로 되어 있었다.

미국식으로 서로 끌어안고 뺨을 비벼댈지도 모르지. 콧소리가 운전하는 차에 올라타서는 그쪽 못지않은 콧소리로 "아이, 정말 재수 없는 아줌만 거 있지" 하면서 내 흉을 볼지도 모르고. 언제부터 죽고 못 사는 사이가 되었다고.

나는 불편한 심기를 드러내지 않았다. 드러내어서도 안 되었고, 드러낼 필요도 없었다. 반나절 후면 뜨겁게 재회할 텐데도 둘의 통화는 길었다. 나는 딸애가 나와의 대화를 피하기 위해, 또는 생면부지의 남남처럼 말없이 공항까지 가야 하는 상황을 피하기 위해 우정 통화에 매달리고 있다는 걸 알아챘다. 이해할 수 있는 일이었다. 그렇기는 나도 마찬가지였으니까. 나 역시 언제부턴가 남편 없이 딸애와 대화하는 게 몹시 힘겨울 정도가 되었으니까.

딸애는 여름방학을 서울에서 보내고 가을학기에 맞춰 오클랜드로 돌아가는 길이었다. 딸애가 와 있는 두 달 동안 나는 내 시간 전부를 할애했다. 치과와 안경점과 백화점에 가서 카드를 내미는 것이 내 역할이었다. 집에서는 딸애가 텔레비전 채널을 돌리면서 불쑥불쑥 주워섬기는 요리의 식재료를 구해다 상을 차렸으며, 머리카락이 배수구를 틀어막고 있는 욕실을 청소하고 함부로 벗어 던진 팬티를 주물러 빨았다. 딸애를 나무랄 일이 아니었다. 딸애의 상전행세를 쩔쩔매며 들어주는 내가 실상 더 나쁘다는 사실을 잘 알았다. 문제는 알면서도 그렇게 한다는 것이었다. 딸애는 나의 약점을 이용했다. 어리지만 훨씬 능란해서 나를 잘 다루고 잘 부렸다. 내가 거절을 잘 못한다는 것, 거절할 수 없으리라는 것, 거절해서는 안 된다는 것을 꿰고 있는 까닭이었다.

남편은 무조건 딸애 편이었다. 그저 죄인이로소이다, 하는 아빠의 심정에서 딸애의 기를 지나치게 세워주었다. 그러느라 나는 돌아보지 않았다. 그래도 된다고 생각해서였든, 방심해서였든.

아직 어리잖아. 당신이 좀 참아.

내 쪽에서도 척 알아서 뒷전으로 물러났다. 그것이 불화를 줄이는 방법일 뿐 아니라, 성정에 맞는 처신이었다. 남편이나 딸애의 눈에는 '분수에 걸맞은' 처신으로 비쳤을 수도 있었다.

딸애가 친모가 거주하는 오클랜드로 건너간 건 중학교를 졸업하던 해였다. 그때를 생각하면, 새삼 혓바늘이 돋는 것처럼 입안이 깔깔했다. 딸애도 딸애의 친모도, 그나마 손톱만큼 의

지했던 남편도 딸애의 유학 건에 대해 내게 한마디 의견을 묻지도, 언질을 주지도 않았다. 어느 날 만반의 준비가 끝나 있었다. 나는 단지 통보만 받았을 뿐이었다.

당신에게도 잘된 일이지. 그렇지 않나?

남편은 눈엣가시라도 대신 뽑아준 양 의기양양해했다. 그 순간 말할 수 없는 굴욕을 느꼈다. 십 년 세월 도로아미타불이라더니, 저들에게 나는 누구일까. 오갈 데 없는 일신을 의탁한 전직 방과후 교사, 한낱 천출의 입주 가정부에 불과했을까. 그 대목에서 남편이 임신을 원치 않았던 사실까지 상기하자 얼음 구덩이에 처박힌 듯 온몸이 뻣뻣하게 굳었다. '분수에 걸맞게' 내 입도 딱 얼어붙어 떨어지지 않았다.

"있잖아, 엄마."

딸애가 송화구에다 대고 속살거렸다. 반사적으로, 딸애 쪽으로 얼굴을 돌릴 뻔했다. 딸애는 자신의 실수 아닌 실수—아니라면, 의도가 있었을지도—를 의식하지 못한 듯했다. 엄마가 부탁한 물건을 샀다, 무슨 브랜드에 어떤 색상이다…… 딸애의 통화내용이, 귀에 담지 않으려는 내 귀에 착착 꽂혔다. 부러 찔러넣어주기라도 하듯이. 나는 그 물건을 기억했다. 딸애가 고르긴 했지만 본인이 쓸 게 아니라는 것쯤 능히 짐작 가는 품목이었다. 나는 캐묻지 않고 카드전표에 사인을 했다. 그때나 지금이나, 저 애는 무신경한 걸까, 잔인한 걸까. 딸애가 나를 무용지물에다, 경우에 따라 투명인간 취급하는 데 반응하지 않아야 한다고 자신을 다독였다.

휴가철이 지났는데도 인천공항 출국장은 성수기가 무색했다. 가을학기에 맞춰 돌아가려는 미주지역 유학생들이 한꺼번에 몰려 붐볐다. 보딩티켓을 받는 데에도, 수하물을 부치는 데에도 긴 줄을 서야 했다. 수속을 마친 뒤 과일주스 컵 하나씩을 든 채 어슬렁거리는 여행객들을 구경하고 있을 때 휴대전화가 부르르 떨었다. 나는 액정화면에 뜬 이름을 확인하고는 곧바로 딸애에게 전화기를 건넸다.

"나야, 아빠."

딸애는 전화기를 건네받자마자 생기가 돌았다. 나는 마침 그럴 참이었던 듯 자리에서 일어나 손짓으로 화장실을 가리켰다. 부녀지간의 살가운 통화를 머쓱한 기분으로 엿듣고 싶지 않았다.

"에효효 힘들었징, 당근. 글구 아빠, 있잖아……."

딸애는 전화기에다 대고 내놓고 어리광을 부렸다. 나는 빠른 걸음으로 그 자리를 벗어났다. 화장실로 가서 세면대에다 남은 주스와 얼음을 쏟아붓고 빈 컵을 쓰레기통에 던져넣었다. 나는 가능한 한 천천히 볼일을 보고 손을 씻고 거울 앞에 서서 화장기 없는 얼굴을 한참이나 들여다보았다. 넌 누구니? 수수한 것이 미덕인 세상이 아니잖니? 나는 뜻 없는 물음표를 나 자신에게 던진 다음 딸애에게로 돌아갔다. 딸애가 새침한 얼굴로 휴대전화를 내밀었다. 그러고는 제 손목시계를 내려다보더니 혼잣말로 중얼거렸다.

"아, 시간 됐당. 들어가야겠당."

단둘이 있을 때 딸애는 필경 나 들으란 말도 혼잣말처럼 중얼거리거나 말꼬리를 흐렸다. 학습지 방문교사에서 엄마로 자리바꿈하는 사태를 의외로 쉽게 수긍했던 딸애도 말투만큼은 어정쩡했다. 또래들이 저희들 엄마에게 하는 말투를 흉내내어 몇 번인가 실전에 대입해보다가 제풀에 접었다. 그러다 머리통이 굵어지고 차츰 나를 낮춰 보기 시작하면서 말투가 구렁이 담 넘어가듯 하더니 습관으로 굳어버렸다. 여느 엄마처럼 착착 감아 안아주지 못하는 내 탓도 있는 것 같았다. 마음이 시리면서도 못내 언짢았다. 처음부터 엄마 자격으로 들어앉았더라면 구도가 달랐을지도 모를 일이었다.

"몸조심하고, 잘 지내."

내 말에, 딸애는 입술을 딱 붙인 채 고개만 까딱했다. 나도 더 할 말이 없었다. 딸애가 백팩을 메고 기내용 캐리어를 끌며 출국장 안으로 들어갔다. 뒤 한번 돌아보는 법 없이 꼿꼿하고 만만했다. 믿는 구석과 자신감이 고스란히 묻어났다. 자격지 심이었을까, 나는 딸애의 뒤태에서 조롱하며 밀어내는 기운을 읽었다.

그래. 엄마한테 가는 거니, 넌 외롭지도 무섭지도 않겠구나.

저만치 출국심사대를 통과한 딸애의 뒷모습이 보이지 않게 될 때까지, 나는 멍하니 그 자리에 서 있었다. '분수에 걸맞지 않게' 시샘이 일었다. 울컥, 나도 저렇게 당당한 뒷모습을 보이며 떠나고 싶다는 충동이 치솟았다.

결혼 이후 한 번도 혼자 어딘가로 떠난 적이 없었다. 그 흔해빠진 패키지여행으로라도 며칠쯤 집을 비운 적이 없었다. 남편이 싫어했거나 나 자신 어디 낯선 곳으로 가는 것을 두려워해서는 아니었다. 그저 움직이지 못하는 붙박이장처럼 제자리에 붙들려 사는 삶이 내 삶의 방식이었다. 갈 곳이 없었기 때문이야. 아무 데도. 오라는 데도.

결혼 전에도 마찬가지였다. 어딘가 낯선 도시 낯선 거리를 짐짓 활개치며 걸어본 적이 있었던가. 엠티와 수학여행과 합숙 오리엔테이션은 혼자 혹은 둘이 오붓이 떠난 여행이라고 할 수 없지 않은가. 신혼여행은 예민해져 있는 딸애를 두고 가기에도 데리고 가기에도 마음에 걸려 내 쪽에서 사양했었다. 물론 안팎이 다 진심이었다.

그래도 괜찮겠어?

환해지는 남편을 대하는 순간 야릇하게도 눈앞이 캄캄 어두워지는 것 같았다. 내색할 수도 없고 설명하기도 곤란한 그런 맥빠짐이었다. 나는 허위에 찬 나의 애긍을 몰래 자책했다. 그 후로도 나는 주워 담을 수 없는—주워 담고 싶은—말들을 때때로 쏟아냈다. 난 괜찮아요. 난 괜찮으니 신경 쓰지 마세요. 다음에 하죠, 뭐…… 그런 말들을. 그리고 그때마다 한 치씩 어둠 속으로 굴러떨어지는 자신을 보았다.

웃기는 짓이었다. 누가 알아주는 것도 아닌데. 그래봐야 남자 조건 겨누고 몸 던져서 안방자리 차지한 불여우 소리밖에 못 듣는 주젠데. 더군다나 이젠 내가 혹 모를세라 친절한 사촌 동서들이 돌아가며 본가 일족의 비아냥과 숙덕거림을 일일이 귀에 꽂아주기까지 하는 형국이었다.

애도 다 컸겠다, 또 제 생모에게 가 있겠다, 딸을 봐서라도 원래대로 합칠 공산이 크지 않겠느냐고 하더라고요.

원래도 사이가 나빴던 건 아니었고, 갓난애 두고 기어이 유학 가야겠다니까, 애써 딴 스칼러십을 포기할 수 없다고 징징 고집을 부려대니까 갈 테면 도장 찍고 가라…… 뭐 그래서 찍은 거거든. 설마 찍고 가랴 싶어 한번 내질러본 소리였다더라고.

사이가 나쁘긴요. 연애 8년에, 것두 아주버님이 죽자 사자 쫓아다녔다던데요.

수재였다나봐. 집에서 애 키우고 살림만 하기엔 억울했겠지. 뭐, 나라도 그러지 않았을까 싶어.

나는 사촌동서들이 주고받는 말에 무반응으로 응수했다. 반응을 보이면, 그 반응이 또 삽으로 모종 떠 옮기듯 저쪽 밭에다 옮겨 심어질 터였다. 빈 삽일지언정 장차 무엇으로 자랄지알 수 없는 기미 한두 점쯤 너끈히 포착해 챙겨갈 줄 아는, 눈밝고 재주 비상한 그녀들이었다. 그렇게 다녀간 이후로 어떤무성한 어림짐작이 새롭게 자라고 있을지 그 또한 알 수 없는노릇이었다.

나는 공항 여객터미널에서 교통센터로 연결된 무빙워크에올라섰다. 무빙워크는 컨베이어벨트 위의 부품처럼 공항철도역 입구에 나를 부려놓았다. 본인의 의지와는 무관히 이쪽에서 저쪽으로 옮겨지는 삶이 이런 것이겠지. 무엇보다 나의 삶이 그랬다. 늘, 어떤 보이지 않는 손에 의해 장기판의 말처럼 옮겨다닌 삶…….

전철 개찰구를 찾던 시선이 안내표지판에 스치듯 닿았다. 이런 곳에도 온실이 있구나. 공항단지 전체로 보자면 후미진 위치였다. 나는 화살표를 따라 무심결 에스컬레이터를 타고 위층으로 올라갔다. 온실은 광장처럼 휑하고 넓은 홀 중앙을 차지하고 있었다. 콘크리트 빌딩숲 그늘자리에 세운 원두막 정자처럼 생뚱맞기는 했지만, 그럼에도 반갑고 고마운 인스턴트 정원이었다. 황무한 벌판에서 물의 흔적을 발견해낸 것 같은 득의가 모처럼 내 굳은 흉중을 살짝 건드렸다. 소용돌이치며 내벽을 자릿자릿 할퀴는 칼날의 회전을 아예 멈추게 하지는 못했을지라도.

온실 초입에서부터 시작된 오솔길 같지도 않은 오솔길은 이내 양 갈래로 나뉘어졌다가 끄트머리에 가서 다시 외갈래로 합쳐졌다. 평일인데다 퇴근 시간대여서 그런지 한산했다. 서로 바꿔가며 포즈를 취하던 젊은 남녀 한 쌍이 그들 외의 유일한 입장객인 내게 카메라를 내밀었다. 나는 다정하게 끌어안은

커플을 위해 셔터를 눌러주었다.

실내용 관엽식물들과 수생식물들을 눈으로 쓰다듬으며 안쪽으로 깊이 들어가자 작은 쉼터가 나타났다. 잠깐 다리쉼이나 할까 하고 그쪽으로 다가서다 멈칫 걸음을 멈추었다. 징검돌처럼 띄엄띄엄 간격을 벌여놓은 나무의자들 중 하나에 어떤 남자가 자신의 허벅지와 닿을 듯 말 듯 이마를 찧으며 졸고 있었다. 나는 남자의 다디단 쪽잠을 방해하고 싶지 않았다. 그저 조용히 그 곁을 지나치고자 했다. 조용히, 있는 듯 없는 듯한 존재야말로 전생에 걸쳐 내가 맡은 배역이었으므로.

그러나 나는 남자의 곁을 쓱 지나치지 못했다. 놀랍게도, 남자는 졸고 있는 게 아니었다. 남자는 두 손으로 자신의 머리통을 받쳐든 채 흐느끼고 있었다!

목불인견, 못 볼 꼴을 본 내 쪽이 더 무안해지는 광경이었다. 남자는 이편의 기척을 느끼지 못했다. 무슨 까닭에선지 나는 그 자리를 벗어나지 못했다. 말하자면 무안함을 무릅쓰고 조용히, 있는 듯 없는 듯, 남자가 울음을 그치기를 기다렸던 것이다.

드디어 낯선 기류를 감지했는지, 남자가 흐느끼기를 중단하고 얼굴을 들었다. 눈물로 번들거리는 얼굴이었다. 내 무례한 응시 속에서, 남자가 손바닥으로 자신의 얼굴을 문질러 닦았다. 미처 씻어내지 못한 슬픔과, 부끄러움과, 방해꾼에 대한 적의가, 남자의 눈빛에 고스란히 남았다. 나는 남자의 눈길을 피하지도, 가던 길로 돌이키지도 못했다. 그사이 남자의 젖은 동공이 조금씩 커져갔다.

어어?

짧은 주저 끝에, 거의 동시적인 망설임 끝에, 나와 남자는 서로를 알아보았다. 용케도. 길다면 긴 세월이 흘렀다. 그 긴 세월만큼 변했다면 적잖이 변했다고 할 수 있었다. 더욱이 호감도 악감도 나누지 않은 직장 선후배로서, 이합집산의 순리에 따라 한때 뭉쳤다가 표표히 흩어진 무미건조한 인연들 가운데 하나였을 따름이었다, 피차간. 그랬으므로, 아니 그 반대였다 하더라도 마찬가지였겠지만, 그 순간 나는 내가 남자를 알아보았다는 사실에 일말의 죄책감을 느꼈다.

"꽤 오래됐죠?"

"그러네. 그게 언제였나……?"

카페 테이블로 옮겨 앉긴 했지만 의례적인 안부를 주고받기에는 선행된 장면이 난관이었다. 아닌 게 아니라 남자는 상황이 썩 좋아 보이지 않았다. 자신의 입으로 발설하지 않더라도 한눈에 경제적으로나 사회적으로나 곤란한 지경에 처한 것이 확실해 보였다. 건강상의 문제도 있어 보였다. 연이은 타격에 급격히 체력이 저하돼서라기보다 치명적인 병이라도 앓고 있는 듯 초췌했다.

남자가 왜 온실 구석에 숨어서 흐느끼고 있었는지 궁금한 것은 사실이었다. 그의 변모를 비롯해서 아무것도 알고 싶지 않은 것도 솔직한 나의 심정이었다. 남자도 얼추 그런 심정일 거였다. 달아날 이유가 없고, 달아나는 것이 더 우스꽝스러운 짓이어서 예전의 동료로서 예의를 다해 마주 앉았을 뿐이었다.

남자와 나는 주로 예전 직장에서 같이 알았던 사람들을 짚이는 대로 주워섬기거나, 그때 누군가의 술버릇이나 십팔번 같은 것들을 되작였다. 하나 그런 궁색한 화제조차도 금세 바닥이 났다. 한마디로 우리는 공유하고 있는 것이 별반 많지 않았다. 잊어버린 줄조차 모른 채 잘만 지내왔던 분실물이 소파 밑에서 먼지뭉치에 싸여 딸려 나왔을 때 잠시 호들갑을 떨어보는 것처럼, 최초의 신기함이 물러가고 나자 상대방의 존재가 곤혹스러워지기 시작했다.

"누굴 배웅하러 나왔었는데…… 돌아가야죠."

내가 엉거주춤 엉덩이를 들자 남자도 시계를 확인하는 시늉으로 맞장구를 쳤다. 그랬으나 결국 남자와 나는 같은 전동차에 오르게 되었다. 돌아갈 수단과 방향이 같았던 것이다.

"편하게 가시게."

남자가 옆자리를 마다하고 굳이 맞모금 자리로 건너가 앉았다. 서울역에 닿을 때까지 내내 부담스러울 거라는 걸 감안한 배려였다.

승객은 많지 않았다. 나는 남자 쪽으로 시선이 닿지 않도록 유의했지만 맞은편 창밖으로 펼쳐지는 풍경을 쫓다 부지불식간 그쪽으로 목이 돌아가기도 했다. 남자는 아예 눈을 감고 있어서 시선이 얽히는 불상사는 없었다. 자는 것 같지는 않았다. 꼿꼿한 부동자세는 심신의 이완과는 거리가 멀었다. 오히려 한없는 위축에 대한 반발로 읽혔다. 그 안간힘에도 불구하고 나는 남자가 백척간두에 서 있다는 걸 감지했다. 내게 독심의 능력이 있는 건 아니었지만 세상을 비킨 듯한, 혹은 세계에서 떨어져나온 듯한 완강한 부동자세가 남자의 위태로운 고립을 도드라지게 만든다는 것 정도는 충분히 간파할 수 있었다.

초록 들판이 사라지고 영화세트장처럼 급조한 주택단지가 물러갔다. 전동차가 바다 위를 가로지르는 구간으로 들어섰다.

교각의 난간 너머로, 저 멀리 바닷물과 경계를 이룬 지점까지 낮은 포복자세로 펼쳐진 갯벌이 넘겨다보였다. 검은 여체를 보는 듯 부드러운 속살이 드러난 갯벌에 사행곡선을 이룬 수로가 깊게 패였다. 누그러진 햇살에 반사된 물비늘이 하얀 소금꽃처럼 반짝였다. 나는 갯벌 가장자리에 자욱자욱 돋은 붉은 염초를 눈으로 더듬었다.

바닷물이 드는가, 나는가.

서쪽 하늘이 담홍색으로 물들어가기 시작했다. 은빛 비행기가 사선을 그으며 날아올랐다. 지금쯤은 딸애가 탄 비행기도 붉게 타오르는 구름 길을 뚫으며 고도를 높이겠지. 숨어서 지켜볼 수밖에 없었다는, 남자의 아들이 탄 비행기도 하늘을 날고 있겠지. 딸애를 떠올리자 차진 갯벌에 두 발이 푹푹 빠져 헤어나지 못할 때처럼 온몸에서 힘이 빠졌다.

그래, 난 네 엄마가 아니야. 그러니 어쩌겠니.

그 당장에 어찌할 수 없는 일은 공항열차가 서울역에 도착한 뒤에 일어났다. 유난히 길고 가파른 에스컬레이터를 여러 차례 번거롭게 갈아타고서 지상층에 당도했을 때였다. 나는 남자보다 몇 칸쯤 위쪽에 서 있었으므로 에스컬레이터에서 먼저 내려섰다. 나는 그대로 여남은 걸음쯤 직진하다가 뒤를 돌아다보았다. 멀리 갈 것 없이 그쯤에서 동행 아닌 동행과 작별의 수순을 밟을 참이었다.

소동이 벌어진 건 바로 그때, 남자가 에스컬레이터에서 두발을 옮긴 직후였다. 겨우 한두 걸음이나 내디뎠을까, 남자의 몸이 중심을 잡지 못한 팽이처럼 팽그르르 돌아갔다. 뒤따르던 청년이 엉겁결에 모로 기울어지는 남자의 몸을 받아 안지 않았다면 남자는 에스컬레이터 쪽으로 굴러떨어지거나 바닥에 내동댕이쳐질 수도 있었던 상황이었다.

돌연한 사태에 사람들이 웅성웅성했다. 남자와 졸지에 남자를 끌어안게 된 청년을 몇몇 사람들이 둘러쌌다. 그러나 힐끔 들여다보고는 발길을 재촉하는 사람이 대부분이었다. 남자는 눈을 뜨지도, 일어서지도 못했다.

"의식을 잃었나봐."

"노숙자 같은데?"

"누가, 119 불러요. 어서요."

중구난방으로 떠들어대는 사람들을 비집고 남자에게로 다가갔다. 난감해하는 청년과 눈이 마주쳤다.

"아는 분, 아니세요?"

청년이 매달리듯 물었다. 나는 눈짓으로 청년을 안심시키고 119에 구호를 요청했다. 그리고 한때의 미미한 인연과 공항 온실에서의 흐느낌을 목격한 추가 인연의 의리를 지켜 구급대원이 도착할 때까지 남자 곁에 남아 있었다. 누군가의 제보를 받고 달려온 철도청 직원과 함께. 청년은 철도청 직원에게 남자를 넘기는 즉시 그곳을 떠났다.

"남편입니까?"

들것을 가지고 나타난 구급대원이 단도직입적으로 물었다.

"네? 아뇨, 아니……에요."

나는 당황해서 거의 팔을 흔든다고 할 만큼 손을 저어댔다. 그러자 철도청 직원이 고자질하듯이 끼어들었다.

"아까, 아는 사람이라고 했잖아요?"

"알긴 알지만…… 잘 아는 건 아니고……."

하는 수 없었다. 나는 그만 고개를 끄덕이고 말았다.

그리하여 나는 남자와 한 조가 되어 앰뷸런스로 이송되었다. 다른 세계로, 컨베이어벨트에 실린 부품처럼. 그렇게, 장기판의 말처럼.

미망인

밤이 깊었다. 남자의 거푸집이 이승에서 보내는 마지막 밤이다. 그나마 첫날인 어제는 남자의 중학교 동창 몇이 늦게까지 술잔을 기울이다 돌아갔지만 오늘밤은 쓸쓸하다 못해 황량하기 이를 데 없다. 세상이 잘못 되었거나, 남자가 세상을 잘못 산 탓이다. 남자의 가족도 발인시각에 맞춰 돌아오겠다며 집으로 향했거나, 근처 모텔에서 눈 좀 붙이겠다며 자리를 비운 마당이었다.

올 만한 사람은 거진 다 온 듯싶네요. 저기서라도 잠깐 눈 좀 붙이는 게 좋잖겠어요?

저만 모텔방으로 건너가기 미안했던지 남자의 아우가 빈소 구석의 쪽방을 눈짓하며 말했다. 평소에도 그처럼 과묵한지, 순전히 피곤해서인지, 믿고 싶진 않지만 빚 청산도 말끔히 하지 않은 채 이런 설거지나 떠안긴 형에 대해 여태 부글거려서인지, 남자의 아우는 이틀 내내 뚱한 얼굴로 문상객을 맞았다.

이래저래 나는 차라리 아무도 없는 빈소가 나았다. 남자의 가족이나 간간이 찾아오는 문상객들 앞에서는 도무지 어떤 태도를 취해야 할지, 어떤 표정을 지어야 할지 어쭙잖아서 견딜 수 없었다. 그들에게 나는 형수님이 되었다가 제수씨가 되었다가 아주머니가 되었다가 공은호의 숨겨진 여자가 되었다. 비웃음거리가 되었다가 호기심의 대상이 되었다가 경멸의 표적이 되었다. 자업자득, 자승자박의 과보였다.

일회용 접시에 몇 점 담아온 돼지머리 고기를 안주로 소주를 홀짝이면서 영정사진 속의 남자를 올려다보았다. 낯이 설다. 사진 속의 남자는 그동안 보아왔던 모습과 달리 너무나도 어엿하다. 잘나가던 시절의 사진을 용케 찾아냈구나. 나는 잘나가던 시절의 남자를 알지 못했다. 잘나가기 전의 남자라면 조금 알았다. 잘나가던 시절의 남자는 어땠을까. 어차피 남자와 나는 아무런 관계도 아니었다. 애인도 채권자도 친구도 가족도 그 누구도. 서울역에서 그가 쓰러지는 바람에 작별의 타이밍을 놓쳐 미망인 대역을 맡게 되긴 했지만.

미망인.

아직 죽지 못한 자라니⋯⋯ 그 야만스런 정의가 오슬오슬 한기를 불러들였다. 나는 한목에 털어넣은 소주잔을 바닥에다 내려놓고 빈주먹을 가만 옴켜쥐었다.

엄마 아빠를 한꺼번에 잃었던 어린 여자아이. 혼자 살아남아서 증언하고, 증언하고, 또 증언해야 했던 그날 이후……. 언제부턴가 눈을 떠도, 눈을 꼭 감아도 엄마 아빠의 얼굴이 떠오르지 않았다. 영정사진은 외할머니가 쓰던 안방 서랍장 위에 한결같이 놓여 있었다. 나는 그 사진을 똑바로 쳐다보지 못했다. 쳐다볼 수 없었다. 나는 "어미 아비를 잡아먹은 년"이었다. 여고를 졸업하고 대학에 진학하면서 외갓집을 떠나왔다. 외할머니의 초상이 있을 때까지 단 한 번도 다니러 가지 않았다. 엄마 아빠의 영정사진과 앨범은 남아 있지 않았다. 생의 끝 무렵, 치매를 앓은 외할머니에 의해 활활 타오르는 불길 속으로 던져졌다.

문득, 불기운에 닿은 것처럼 관자놀이가 뜨거웠다. 강렬하고 찰나적인 예감이 번쩍이는 번갯불처럼 정수리를 관통했다. 맥박이 빠르게 뛰놀았다. 반사적으로 굳은 목을 복도 쪽으로 돌렸다.

아!

경악실색, 핏기가 싹 걷히는 듯했다. 복도에는 이웃 상가로 배달돼온 대형화환들과 수국송이만 한 흰 국화 화분 몇 개가 호위무사처럼 늘어서 있었다. 그리고 검은 리본을 매단 화환과 화환 사이, 한 중년남자가 서 있었다.

나는 내 눈이 본 것을 믿고 싶지 않았다. 아니, 그 중년남자야말로, 정작 남편이야말로 자신의 눈이 본 것을 믿고 싶지 않았을 것이었다. 나보다 그에게 더 청천벽력과도 같은 대면이었을 것이니.

나는 옴킨 주먹으로 가슴을 짚으며 황급히 고개를 숙였다. 쿵, 쿵, 심장박동이 주먹 쥔 손아귀에 그대로 전해졌다.

저이는…… 어떻게 알았을까. 언제 왔을까. 얼마 동안이나 저 자리에서 집어삼킬 듯한 분노에 온몸을 떨면서 나를 노려보고 있었을까. 10초? 20초? 길어야, 1~2분? 그러나 이미 촌음으로도 충분하지 않은가.

남편에게 그 시간은 결코 짧지 않았을 것이다. 꼭뒤까지 이글거리는 불길을 누르느라, 단칼에 내리치고 싶은 분노를 다스리느라, 아니면 바닥없는 나락으로 맹렬히 추락하는 자신을 붙드느라 1초, 1초, 초인적인 인내를 발휘해야 했을 것이다.

나는 고개를 되들지 않았다. 되들 수 없었다. 전 생애보다 더 긴 순간순간이 흘러갔다. 곧 조아린 내 무릎 앞에 남편의 구둣발이 멈춰 서리라. 씹어뱉는 것 같은 탁성으로 나를 일으켜세우리라. 불문곡직, 내 팔을 잡아채 밖으로 끌어내리라.

그러나 그런 일은 일어나지 않았다. 고요했다. 너무나도 고요한 나머지 남자가 아니라 나 자신이 널 속에 누워 마지막 순간을 기다리고 있는 것만 같았다.

다시 한 생애보다 더 긴 시간이 흘렀다. 어쩌면, 공기인형에 호흡을 불어넣듯, 정지된 시간이 흐르기를 기다리고 있는 것 같은 시간이 흘렀다. 마침내 막다른 순간에 도달하고야 말았다는 생각이 들 만큼 시간이 흘렀다. 그제야 나는 천천히 고개를 들었다. 천천히 고개를 돌렸다.

복도는 텅 비어 있었다. 하얀 벽을 배경으로 감동을 주지 못하는 화환들이, 수국송이만 한 국화꽃들이 흰 날개를 단 죽음의 천사들처럼 도열해 있을 뿐이었다. 무엇에 홀린 것 같았다.

헛것을 보았을까. 완전한 침묵의 세계로 건너가지 못한 채 산 자를 엄탐하는 가련한 영혼을. 아니면 다른 사람, 예컨대 남편과 체격이나 분위기가 비슷한 사람을 잘못 보았을까. 한 며칠 지나치게 무리한 탓에, 몸과 마음이 편치 않은 탓에 엉뚱한 사람을 남편으로 착각한 게 아닐까.

그래 그럴지도 모른다. 그럴 수도 있다. 이웃 상가에 때 늦게 당도한 문상객이었을 수도 있는 것이다. 남편이었다면 결코 그대로 물러설 리가 없지 않은가.

빗방울이 유리창을 두들겼다. 토닥토닥. 누군가를 타이르는 소리 같은. 가거라 가거라, 망설이는 넋을 보내는 소리 같은……

여전히 잠은 오지 않았다. 며칠째 밤잠을 놓쳤다. 발인은 새벽 6시로 정해졌다. 이제 세 시간여 남았다. 그때까지는 버틸 수 있으리라.

그리고…….

7일간의 휴가가 끝나리라. 훨씬 더 긴 휴가를 얻게 될지도 모른다. 나는 또 어딘가 내가 있어야 할 자리에 있게 되겠지. 시커먼 뱃속으로 걸어들어가듯 순순히 빨려들어갈 것이다. 처음인 듯, 마지막인 듯, 눈앞의 모든 것과 한통속이 되어서.

아무려나, 나는 달아나지 않을 것이다.

나는 통과할 것이다. 이쪽에서 저쪽으로, 조용히.

당신의 심연

深淵

여자는 벤치에 앉아 있었다. 정지된 화면처럼 움직임이 없었기 때문에 수상한 결혼정보회사나 이벤트업체에서 외로운 독신 산보객을 위로하기 위해 실물 크기의 인체 조형물을 앉혀다놓은 것 같았다. 서쪽에서 바람이 불어와 여자의 머리카락을 살짝 흩뜨려놓았다. 그제야 비로소 숨이 트인 듯 여자가 허리를 조금 비틀었다.

자동판매기에서 커피를 뽑아 오겠다며 자리를 떠난 남자는 그 길로 돌아오지 않았다. 여자의 시선은 공원 매점 쪽을 향하고 있었으나 딱히 남자를 기다리는 것 같지는 않았다. 여자는 오래도록 자리를 뜨지 않았다. 가로등에 주황색 불빛이 들어왔다. 시간이 지날수록 여자는 서두를 것 없다는 표정이었다.

이미 모든 사실을 알았다거나, 불현듯 깨달았다는 얼굴을 하고 있었다.

여자는 머릿속으로 남자의 향방을 쫓는 중이었다.

지금쯤 남자는 자신의 집을 향해 부리나케 달아나고 있으리라. 여남은 걸음마다 뒤돌아서서 방금 자신이 걸었던 길을 지우고, 팔을 뻗어 연도沿道의 지형지물이 될 만한 버스정류장 표지판과 콘크리트 구조물을 지우고, 역기역자로 꺾자마자 구불구불 휘어지는 샛길 끄트머리 자신의 집에 이르러 안도의 숨을 잠깐 고른 뒤, 집의 틀을 이루고 있는 기둥과 기둥 사이 벽면을 지우고, 마지막으로 문과 문의 손잡이를 지우고 있을지도 모른다. 서두른 나머지 길섶의 손글씨 이정표 하나쯤 미처 지우지 못했거나, 난로의 연통을 건물 밖으로 뽑기 위해 지난 겨울 어렵사리 뚫은 구멍 자리를 시커멓게 남겨두었을 수도 있다. 그것은 마치, 허공에 뚫린 포탄 자국 같을 것이다.

시간이 흘렀다.

검은 대기를 흠뻑 빨아들인 버드나무들이 머리채를 흔들어 소리를 냈다. 사악사악사악. 비질하는 소리 같기도 하고 마른 살끼리 부빌 때 나는 소리 같기도 했다. 그러자 먼지와 뒤섞인 꽃가루 냄새가 맡아졌다. 달큼한 살피듬내가 훅 끼쳐오는 듯도 했다.

여자는 조용히 일어섰다. 너무 오래 한 자세로 앉아 있었던 탓인지 이번에는 관절 마디마디에서 소리가 났다. 녹슨 경첩이 달린 문짝처럼 삐걱댔다. 여자는 억지로 미소를 지었다. 딱딱한 나무판에 잘못 새긴 칼자국처럼 어긋난 안면근육이 오히려 심란해 보였다.

여자는 남자가 사라져간 방향을 등지고 걸었다. 한 걸음을 뗄 때마다 버드나무의 가느다란 줄기가 한 뼘씩 자랐다. 여자가 앉았던 자리를 쓸어 없애려는 듯 버드나무 줄기들이 순식간에 의자를 덮었다. 버드나무는 낄낄거리는 웃음소리로 여자의 뒤를 쫓아왔다. 여자는 울상을 지었다. 울지는 않았다. 울마음도 없었거니와 울 필요도 없었다.

무엇보다, 상관없는 일이었다.

이전에도 남자는 종종 여자를 두고 가버렸다. 온다 간다, 말 없이. 홀연히.

언젠가는 지방 소도시의 순댓국밥집에다 여자를 앉혀두고 사라진 적도 있었다. 5일장 서는 산간 마을의 국숫집 앞마당에 여자를 세워두고 나타나지 않은 일은, 그에 비하면 조금 나은 경우였다. 국숫발은 삶아 널어놓은 기저귀천처럼 하얗게 늘어져서 나붓나붓 흐느꼈다. 여자는 국숫발 사이에서 거의 반나절을 서성였다. 여자의 몸 안에 희미하게 남아 있던 우물터가 자르기 직전의 국수가닥처럼 알맞게 말라갔다.

더 거슬러 올라가 맨 처음 남자가 여자를 버린 곳은 인사동 골목 안 어느 술집이었다.

그때는 처음 겪는 일이었던지라 여자는 순진하게 남자를 찾아 나섰다. 무슨 오해가 있었거나, 남자가 여자와 동행이었다는 사실을 순간적으로 망각했을 수도 있다고 생각해서였다. 여자는 남자가 우울증을 앓고 있다고 짐작했고, 염려했다. 일시적인 기억상실은 우울증의 여러 난해한 증상 가운데 하나였으니까. 병증에 한해서는 누구나가 관대해질 수밖에 없다. 관대함은 여자가 지니고 있는 또 하나의 맹점이었다. 그 치명적 약점은 때로 여자 자신을 곤경에 빠뜨리곤 했다. 그날 여자가 남자를 찾아내는 데에는 대여섯 시간쯤이 걸렸다. 남자는 멀쩡하니 제 집에 가 있었다. 여자가 밖에서 문을 두드리자 남자는 문 안쪽에서 화를 냈다. 문은 열리지 않았다.

두 번째로 남자가 여자를 버린 곳은 용산전자상가에서였다.

교체해야 할 컴퓨터 부품을 고르다가 남자가 없어진 사실을 알아챘을 때 여자는 가벼운 한숨을 내쉬었다. 먼젓번 경우처럼 남자는 집으로 갔을 듯했다. 여자는 남자가 갔을 길을 주저 주저 뒤따라갔다. 이미 길은 길이었던 흔적인 듯 뭉개져가고 있었다. 막 사라져가는 연기를 붙잡듯이 여자는 길의 흔적 위에다 새로 길을 그려가며 남자를 뒤쫓았다. 근근이 남자의 집 앞마당에 이르렀을 때, 여자는 집의 벽면이 뭉개져가는 것을 목격해야 했다. 여자가 벽이 있던 자리를 더듬으며 문 언저리에 이르렀을 때에는 문짝이 뭉개져가는 참이었고, 다급히 손을 뻗자 문손잡이마저 흐물흐물 형태를 잃어갔다.

아! 여자는 그제야 깨달았다. 우울증으로 인한 일시적인 기억상실은 여자의 남자에 대한 관대함에서 비롯한 오해였다. 남자는 오히려 의식이 명료한 상태에서 여자를 버렸을 뿐만 아니라, 여자의 존재가 그 자신의 일상이 되는 것을 참지 못했을 뿐이었다. 그래서 여자의 존재로 인해 그 자신의 일상이 송두리째 침수되기 전에—결코 그런 일이 일어나지 않을 것임에도 불구하고—서둘러 도려내고 있는 중이었다.

여자는 안타까웠다. 남자가 원하는 것이 일상의 존재가 아닌 것처럼, 여자가 원하는 것도 남자의 일상이 아니었기에.

겁내지 마세요.

누누이 안심을 시켜주었어도 남자는 끝끝내 그 점을 공포스럽게 여겼다. 남자는 사람을, 그중에서도 특히 세상의 절반인 여자사람을 믿지 못했다. 남자는 신중하고자 했으나 실은 비겁했다. 그리고 그 자신이 짠 의심의 그물에 사로잡힌 신세에 불과했다. 남자의 우울증으로 인한 일시적 기억상실은 오히려 그 자신이 여자를 버렸다는 사실을 망각했을 때에야 비로소 작동하기 시작했다.

열흘이나 보름쯤, 또는 한 달쯤 시간이 지나면 남자는 태연히, 그 어떤 해명도 없이 불쑥 여자에게 신호를 보내곤 했다. 우선은 그 자신이 그물 밖으로 나가기 위해서였다. 남자는 문득 조급증을 내며 손아귀에 맞춤한 손잡이를 그려넣고, 문을 그려넣었다. 벽면을 채워넣고, 박공지붕을 얹었다. 단숨에 막다른 집에서 출발하는 샛길과 큰길을 그려넣었다. 그 길을 걸어서 여자에게로 가거나, 그 길을 따라 여자를 오게 했다. 늘 그런 식이었다.

여자는 이제 남자의 주기적인 유기와 기억상실로의 도피양상에 익숙해졌다. 익숙해졌다는 것은, 단지, 놀라지 않게 되었다는 것을 의미했다.

공원을 벗어난 여자는 버스와 전철을 번갈아 타고 자신의 아파트로 돌아왔다.

아파트는 지은 지 너무 오래되어 겨우 뼈를 맞춰놓은 티라노사우루스 화석처럼 엉성했다. 현관문을 여닫을 때마다 반대편 창문들이 덜컹거렸다. 재개발 승인이 떨어지고 시공사 발주도 끝난 마당이어서 더는 어떤 주인도 보수하는 데 돈을 쓰지 않았다. 공사개시일 공고가 나붙은 지 얼마 되지 않았는데도 벌써 빈집이 여러 채였다. 그저께는 옆집이 이사 나가는 소리를 들었다.

여자는 아직 갈 곳을 정하지 못했다. 지금의 전세금으로는 어딜 가든 반지하방을 면하기 어려울 것이었다. 상관없어. 여자는 주문을 외듯 되뇌었다. 그런 다음 외출에서 돌아온 차림 그대로 침대로 기어올라갔다. 삭은 창틀처럼 침대도 심하게 삐걱거렸다. 잠결에 몸을 뒤채다가 삐걱거리는 소리에 깨어난 적이 있었을 정도였다. 여자는 그럴 때마저도 상관없어, 라고 중얼거린 다음 다시 돌아눕곤 했다.

여자는 아랫배에 두 손을 얹은 채 눈을 감았다. 남자의 뒷모습들이 떠올랐다. 지난번과 지지난번과 지지난번 전의 지난번들. 언제나 다를 것 없는 뒷모습들, 당시로서는 매번 마지막일 것이라 여겼던 뒷모습들이었다. 마지막이라는 대목에서 여자는 다소 감상적이 되었다. 그러자 목이 멨다. 그러자 또 미진한 기분이 추근추근 달라붙었다. 뭔가 할 말을, 혹은 들을 말을 남겨두었다는 생각이 들어서였다.

그러나 여자는 남자에게 전화를 걸지 않았다. 남자에게서도 전화가 걸려오지 않았다.

분명한 것은 남자가 여자를 버렸다는 사실이었다.

항용 있어온 일이었다.

여자는 눈을 떴다가 셔터를 내리는 심정으로 눈꺼풀을 닫았다. 남자의 뒷모습들이 사라지고 빽빽한 어둠이 들어찼다. 여자는 검은 숲을 지나 조금씩 조금씩 잠 속으로 미끄러져 들어갔다. 잠결에 무슨 소린가를 들은 듯했다. 침대가 삐걱대는 소리는 분명 아니었다. 여자는 너무 고단해서 밤 내내 한 번도 몸을 뒤채지 않았다.

소리는 벽을 타고 건너왔다. 아침이면 기억하지도 못할 희미한 소음이었다.

◆ ◆ ◆

남자는 서둘러 문손잡이를 지웠다. 그런 다음 자신의 몸을 지우기 시작했다. 비로소 호흡이 정상으로 돌아왔다.

숨을 곳이 없을 때, 육체란 한없이 거추장스러운 진흙덩어리에 불과했다. 남자는 자신의 육체를 혹독하게 다루고 싶은 충동에 빠지곤 했다. 파쇄의 욕망이 비등해지면 남자는 자신의 내부에서 일어나는 걷잡을 수 없는 공포로 인해 숨을 헐떡였다. 공포는 즉시 다른 공포를 불렀다. 남자는 모든 종류의 공포를 알고 있었고, 섭렵해오고 있었다. 학습되는 공포란 없었다. 공포의 모호한 정체를 짐작한다고 해서 이전과 유사한 공포가 찾아오기 직전, 공포를 덜 두려워하는 것은 아니었다. 예기불안으로 형성된 공포가 더해 증폭된 공포를 체험하게 될 뿐이었다.

언제부터였나. 남자는 공포에 매몰된 자신의 영혼을 외면하기로 했다. 그렇게 함으로써 타인의 영혼까지를 외면할 수 있었다. 남자는 (공포에 매몰된) 자신의 영혼을 통해 (공포에 매몰되지 않은) 타인의 영혼을 직시하는 것을 원치 않았다. 마찬가지로 (공포에 매몰되지 않은) 타인의 영혼이 (공포에 매몰된) 자신의 영혼을 빤히 들여다본다는 것은 끔찍한 위협이었다.

하나의 눈은 하나의 관계를 의미했다. 무수한 눈은 무수한 관계를 의미했다. 남자는 무수한 눈들에 둘러싸여 있었다. 그

눈들은 칼로 쳐내도 끊임없이 돋아나는 메두사의 머리처럼 줄어들지 않았다. 소름끼치는 환생이 아닌가. 남자는 자신의 영혼이 파랗게 꺼져가는 불꽃처럼 사그라지는 것을 누구에게도 보여주고 싶지 않았다.

나의, 영혼은, 죽어가고, 있다!

결국 남자는 자신의 두 눈을 뽑아서 내던져버려야만 자신을 둘러싸고 있는 무수한 눈들이 감기우리라는 해법을, 무시무시한 전율 속에서 깨달았다.

그리하여 남자는 마지막으로, 안간힘을 다해 자신의 두 눈을 지웠다.

◆　◆　◆

수상쩍은 날씨를 무시하고, 여자는 아파트를 나섰다. 아버지에게로 가기 위해서였다. 아버지가 살아 있다는 사실도 뜻밖이었지만 살아 있는 아버지로부터 연락이 닿아올 줄은 상상도 하지 못한 일이었다.

아버지의 소식은 여자가 모르는 사람이 가지고 왔다. 그 사람이라고 해서 아버지를 잘 안다고 할 수는 없었다. 그 사람은 아버지가 거주하고 있는 동洞에 소속된 사회복지사였다. 그는 자신이 공무를 수행하는 입장으로 방문했음과, 여자에게 아버지를 만나볼 의무가 있음을 강조했다. 하지만 여자는 그의 전격적인 방문을 받기 전 전화 통화에서도 이미 밝힌 대로, 자신이 그 의무를 져야 한다고 생각하지 않는다고 잘라 말했다. 그리고 그것은 사실이었다.

몇 번이나 더 말해요? 난 아버지가 존재했다는 사실조차 까마득히 잊고 있었다고요.

사회복지사는 선량한 표정을 짓고 있었지만 실은 끈질겼다.

이해가 갑니다만, 그러나 어쩌겠습니까? 이 세상에 피붙이라고는 아가씨밖에 없는걸요.

여자는 사회복지사가 입에 올린 '피붙이'라는 단어에 진저리를 쳤다. 내심, 이었다지만 앙앙한 결기가 눈가에 슬쩍 떠올랐을 수도 있었다. 하지만 사회복지사는 여자의 반응쯤이야 대수로울 것 없다는 태도를 취함으로써 여자의 방어선을 간단히 뛰어넘었다. 직무의 성격상 자주 부딪히는 일인 모양이었다.

사회복지사는 자신의 명함과 아버지의 주소가 적힌 종이쪽지를 신발장 위에 슬쩍 엎어놓고 돌아갔다. 여자는 종이쪽지를 멀뚱하게 들여다보다가 관리비 미납고지서와 함께 자석식

집게로 집어 냉장고에 부착해두었다.

다음 날 여자가 냉장고에서 식은 밥덩이를 꺼내려 할 때 쪽지가 눈에 띄었다. 집게에서 쪽지를 도로 뽑아 다시 한 번 요령부득의 청구내역이라도 살피듯 물끄러미 들여다보았다. 제가 뭔데. 여자는 쪽지를 와락 구겨서 쓰레기통 속에 던져넣었다. 미납과태료까지 붙은 관리비 고지서보다 더 처리하기 불쾌한 문건이었다.

어쨌거나 여자의 아버지가 당신에게로 가는 길을 열어둔 건 처음 있는 일이었다. 오래전, 번번이 감행했던 출분의 흔적은 언제나 묘연했다. 대체로 이른 새벽 시간에 집을 나섰을 아버지는 안개로 당신의 몸피를 가려놓거나, 아직 덜 깬 어둠 속에 들뜬 발자국을 지그재그로 숨겨놓기 일쑤였다. 이따금 날아드는 아버지에 관한 풍문은 확인할 길 없었다. 온갖 설이 무성한 가운데 한두 해가 지나고 나면 아버지는 전화든 인편이든 기별 한마디 앞세우는 법 없이 불현듯 들이닥치곤 했다. 부지불식간에 얻어맞은 따귀처럼 어리둥절한 귀환이었다.

여자의 아버지가 가장 짧게 집을 떠나 있었던 기간은 육 개월가량이었고, 가장 길게 집에 머문 기간은 대략 두 달이었다.

그 두 달 동안도 실상 마을 누군가의 사랑방에 죽치고 있거나, 읍내 주점이나 기원을 들락거리는 식의 불완전한 체류였다. 느지막이 퇴근이라도 하듯 술내와 지분내를 풍기며 집으로 돌아오는 아버지의 몰염치한 출입이야 그렇다 치고, 이웃들에게 얕잡히지 않을 요량으로 지레 욕을 달고 살 때와는 다르게 입귀에 누추한 웃음기를 매다는 어머니의 처신을 어린 여자로서는 이해할 수 없었다.

여자에게 아버지는 결국 사라지고 말 사람이었다. 여자의 어머니에게는 결국 돌아올 사람이었던 것처럼. 여자는 돌아온 아버지가 곧 다시 사라지리라는 사실을, 여자의 어머니는 사라진 아버지가 머잖아 돌아오리라는 사실을, 각각 힘주어 인식했다.

어린 여자는 아버지보다 어머니가 더 우스꽝스러웠다. 덜 깨친 문리文理로도 남세스러웠다. 아무리 요기를 부려본들 아버지에게 어머니는 아무것도 아니었다. 찢어진 고무신짝 신세를 못 면했다. 그것은 어린 여자뿐만 아니라 온 마을 사람들이 혀를 차는 사실이었다. 어린 여자는 차라리 아버지가 영원히 돌아오지 않기를 바랐다. 그렇게 바랐던 때문인지 아버지는 어느 날 이후로 정말 돌아오지 않았다. 그사이 아버지가 돌아오리라 믿었던 어머니는 시름시름 앓다가 세상을 버렸다. 그리고 또 세월이 흘렀다. 여자는 아버지가 돌아오지 않고 있다는 사실도, 영원히 돌아오지 않기를 바랐다는 사실도 잊고 있었다.

그런데, 이제 와서 여자의 아버지는 여자의 어머니가 아니라 여자에게로 돌아온 것이다. 딱히 아버지 본인의 의사였는지는 아직 알 수 없으되, 여하튼, 아버지의 거처가 적힌 주소를 떡하니 받게 된 건 여자였다. 어처구니없었다. 아니, 분통 터질 노릇이었다.

어쩌랴. 여자는 집을 나섰다. 아버지가 있다는 곳으로 가기 위해서였다. 주소가 적힌 종이쪽지를 없앴건만, 동네와 번지와 호수까지 머릿속에 빈틈없이 들어차고 만 것이야말로 굳이 말해 화근이라 할 만했다.

여자는 재개발단지를 벗어났다. 완벽한 시공과 조속한 입주를 스스로 다짐하고 촉구하는 건설사의 현수막이 비바람 속에서 퍼덕퍼덕 나부꼈다. 불순한 일기에 여자의 심기는 더욱 복잡해졌다.

◆ ◆ ◆

　남자는 자신의 육체를 물속에 가라앉힘으로써 지상에서 사라지는 방법을 알고 있었다. 지금 자신이 원하는 것이었다. 남자는 물이 차오르고 있는 수조 속에서 두 다리를 죽 뻗었다. 성기 주위에 난 터럭이 수초처럼 넘실거렸다.

　남자는 자신의 정신이 포효하는 사자처럼 갈기를 뻗는 순간을 견디지 못했다. 그 순간은 모든 두려움과 수치가 되살아나는 순간이었다. 그럴 때마다 물속으로 달아나 광란의 갈기를 누그러뜨려야 했다. 사라져야 했다.

　물은 점점 차올라 목울대에 이르렀다. 입수해야 할 때였다. 남자는 흡, 하고 숨을 멈추었다. 동시에 물속에 머리를 처박았다. 부표처럼 한사코 물 밖으로 솟아오르려는 뒤통수를 깍지 낀 손으로 눌렀다. 하나 둘 셋 넷……. 남자는 끝까지 버텼다. 버텨야 했다.

　남자는 자신의 의식이 점점 혼미해져가고 있음을 느꼈다. 가물가물한 가운데 어떤 방이 떠올랐다.

그 방은 어느 육중한 건물의 지하에 있었다. 시멘트 벽이 그대로 노출돼 있었고, 천장에서부터 드리워진 알전구 하나가 어둠 속의 맹수처럼 눈알을 번득이고 있었다. 창문은 없었다. 냉혹한 잿빛을 띤 철문이 하나, 복도로 나 있을 뿐이었다. 문은 정해진 시간에만 열렸다. 여닫힐 때마다 철커덩거리는 소리가 텅 빈 복도에 오래도록 메아리쳤다. 섬뜩한 효과음이었다. 철문 상단에는 스케치북만 한 구멍이 뻥 뚫려 있었는데 그마저도 굵직한 쇠막대에 가로막혀 있었다. 비명 소리 외에는 아무것도 빠져나갈 수 없는 구조였다.

남자는 방 한쪽 구석에서 마치 그 방의 주인인 듯 도사리고 있는 타일욕조―라기보다 물탱크에 가까운 저수조―를 보았다. 녹슨 수도꼭지에서 물이 한 방울씩 똑똑 떨어졌다. 남자의 눈에는 방울방울 떨어지는 핏방울로 보였다. 방 한복판에는 간이탁자와 철제의자 그리고 나무걸상이 하나씩 놓여 있었다.

남자는 자신이 왜 그 방으로 끌려왔는지 희미하게 짐작했다. 그러나 그런 방에서 일어나는 일에 대해서는 소름끼치도록 세세히 알고 있었다. 방에서는 피비린내와 지린내와 폭력의 냄새가 진동을 했다. 허여멀쑥한 살빛에 통통한 살집을 가진 사내가 철제의자에 앉아 몹시 지루해하는 표정을 짓고 있었다.

남자는 허여멀쑥하고 통통한 사내의 지시로 옷을 죄 벗었다. 극도의 수치심과 공포로 심장과 불알이 말린 무화과 열매처럼 쪼그라들었다. 사내가 볼펜으로 남자의 불알을 쿡쿡 찌르며 비웃더니 돌연 차분해진 어조로 남자에게 안경을 벗으라고 명령했다. 남자는 자신의 안경을 벗어 탁자에 내려놓았다. 떨지 않으려고, 적어도 떠는 손을 보이지는 않으려고 이를 앙다물었지만 어차피 사내의 눈에는 가소로울 게 뻔했다.

슬슬 시작할 시간이 된 모양이었다. 사내가 준비운동이라도 하듯 자신의 목을 좌우로 한 번씩 꺾고 손목을 서너 번 털었다. 사내는 남자의 알몸을 걸상에 묶고 차갑고 무시무시한 말들을 내뱉었다. 남자는 사내가 하는 질문을 알지 못했으므로 원하는 대답을 내놓을 수 없었다. 사내는 으레 그럴 줄 알았다는 듯이 냉정하고도 태연하게 맡은 바 임무를 수행했다. 자비는 없었다. 바로 지옥이었다. 아니, 지옥보다 더한 곳, 죽음조차 꿈꿀 수 없는 무간옥이었다.

창문이 없고 해가 들지 않았으므로 남자는 그 방에서 기어다닌 시간이 몇 날인지 몇 주일인지 전혀 감을 잡을 수 없었다. 신의 은총이란 게 있다면 그만 숨이 끊어지기를…… 하고 갈구했으나 신은 끝내 응답하지 않았다. 남자는 걸레조각처럼 너덜너덜해진 다음에야 철커덩거리는 쇠문을 통과할 수 있었다. 쩌엉 하는 쇳소리가 침침한 복도에 날카로운 여운을 남겼다. 남자는 눈을 가리운 채 축축하고 더러운 뒷골목에 부려졌다. 용도를 다한 폐기물처럼.

남자는 자신의 심연으로 내려갔다. 심연의 심연으로 내려가 태중의 기억까지를 복원해냈다. 그러자 남자의 몸이 비늘 없는 어족류로 변했다. 남자는 눈을 부릅뜨고서 아가미를 벌렸다. 수조의 물을 꿀꺽꿀꺽 들이켰다. 바닥이 드러나면서 시커먼 구멍이 나타났다. 남자가 찾던, 좁고 어둡고 기다란 통로의 입구였다.

남자는 어둠을 토해내고 있는 구멍으로 자신의 머리를 밀어넣었다. 곧장 시간과 공간의 블랙홀로 빨려들어갔다. 미끌미끌한 내벽의 연동운동으로 통로를 관통하는 일은 그다지 어렵지 않았다. 다만 가속이 붙을수록 전신에 거센 압력이 가해져왔다. 구토와 어지럼증이 회오리쳤다. 어쩌면 그 압력은 정액을 쏟기 직전의 고양된 압박감과 비슷할 것이었다. 둘레가 큰 머리통이 좁은 산도産道를 빠져나올 때처럼, 남자는 고통스럽고도 얼떨떨한 방출감을 맛보았다. 급기야 괴성이 터져나왔다.

으아아아아아아—!

◆ ◆ ◆

무슨 일인가에 열중해 있던 여자의 어머니가 꼭뒤가 서늘해서 돌아다보자, 거기, 자신보다 열두어 살은 아래일 것으로 보이는 젊은 여인이 기둥처럼 서 있더라고 했다.

여자의 어머니가 놀란 것은 젊은 여인의 수수로운 눈빛이 서리처럼 하얗게 자신의 가슴속에 내려앉아서이기도 했지만, 그보다는 젊은 여인의 손아귀에 잡혀 있는 아주 작은 여자애의 당돌한 입매 때문이었고, 젊은 여인의 봉긋하게 부푼 배 때문이었고, 저간의 사정이 전광석화처럼 빠르게 꿰뚫어졌기 때문이었다고 했다.

여자는 어머니에게서 그때의 일을 여러 번 들었다. 여자의 어머니는 아직도 등 뒤에 누군가가 살금살금 다가와 서 있는 것처럼 힐끗 뒤를 돌아다본 다음에야 말문을 열곤 했다. 여자는 어머니의 은밀한 말투와 뒤살핌에서 젊은 여인과 작은 여자애와 만삭의 배에 대한 모종의 적개심을 찾아내려고 몰래 기를 썼으며, 그런 자신의 내면풍경에 더 소름이 돋곤 했었다는 것을 기억한다.

여자의 어머니가 당신의 놀라움과 무너짐을 속살거릴 때에
는 대개 여자의 머리를 매만져주고 있을 때였다. 어린애였던
여자는 어머니가 들려주는 이야기의 결말을 벌써 알고 있었으
므로 여자의 어머니가 세 갈래로 나누어 땋아 내리고 있던 자
신의 머리카락이 올올이 곤두서는 두려움에 지레 사로잡혔다.
남상 지른 외모나 험한 말투와는 달리 어머니의 손길은 세심
했다. 그러나 여자는 머리카락이 죄 뽑히는 상상에 빠졌고, 실
제로 머리 밑이 얼얼했다. 땋은 머리 끝단을 리본으로 마무리
하고는 가볍게 등 떠밀어 마당으로 내려보내면서 어머니는 들
릴락 말락 한숨처럼 마지막 말을 흘렸다.

제 집에 들어서듯 날 빤히 올려다보던…… 그 당돌한 지집
애가 너였다.

결국, 여자는 아버지에게 가지 않았다. 도중에 길을 바꿨다.
아버지에게 가는 일이 아무래도 내키지 않았다. 어머니에게
운을 떼두는 일이 앞선 순서라는 생각도 들었다.

어머니는 종손 없는 선산에 누워 있었다. 어머니가 어린 여
자에게 되새겨주곤 했던 젊은 여인은 젊은 나이 그대로 여자

의 어머니 곁에 누워 있었다. 선후를 짚어 말하면, 눕기로는 젊은 여인이 먼저였고 여자의 어머니가 오랜 뒤 나중이었다. 여자는 무릎걸음으로 어머니에게 다가가 푸념을 털어놓았다.

아버지를 보러 가야 한대. 세상에, 이 무슨 헛소린지 모르겠어. 이제 와서, 것두 내가? 웃기지?

여자는 두 기의 봉분 주위에 빼곡하게 웃자란 개망초를 꺾어 꽃타래를 엮었다. 해 한 뼘 이울기도 전에 시들어버릴 두 개의 엉성한 들꽃타래는 그 흰빛 때문인지 눈이 알알하리만큼 시렸다.

꽃 받아요, 사이좋게. 암것두 못 챙겨온 대신이야. 집을 나설 때만 해도 아버지한테 갈 작정이었거든. 근데, 이게 웬일? 아버지란 말이 술술 나오네. 언제 한번 제대로 불러보기를 했다고. 웃긴다.

여자는 더 할 말이 없었다. 두 기의 봉분 사이에는 이십 수 년의 세월이 가로놓여 있었다. 부른 배를 안고 작은 여자애의 손목을 잡고, 그렇게 대문간에 서 있었던 젊은 여인은 25년 전에, 여자의 어머니는 3년 전에 각각 지상의 마지막 터에 몸을 뉘였다. 강산이 두 번은 더 변하도록 풍상을 견딘 쪽이나 상대적으로 햇수가 짧은 쪽이나, 둥그스름하게 깎이고 무디어져가는 외형은 별반 다르지 않다. 붉은 흙 속에서는 생전에는 친화할 수 없었던 두 뼈조차 서로 닮아가고 있을 것이다.

볕 좋네. 두 양반, 쓸쓸하진 않겠다.

여자는 마른 검불이 붙은 숄을 어깨에 둘렀다. 끼니를 챙기지 않은 탓에 헛헛한 빈속에 한기마저 들었다. 도무지 생각나지 않는 아버지의 얼굴을 떠올리려고―그래 봤자 실은 어머니가 잠꼬대하듯 이따금 흘려준 대로 머릿속에서 합성한 몽타주일 것이지만―애를 쓰다보면 끝에 가서 자꾸 공원에서 헤어진 남자의 얼굴이 겹쳐지는 때문일 수도 있었다.

남자에게서는 아무런 연락이 없었다.

이번이 진짜 마지막일지도 모른다.

아버지의 소재를 알려주러 온 사회복지사도 그런 말을 했다. 마지막일지도 모르잖느냐고. 어렵게 접속이 된 전화 통화상으로 여자는 맹렬히 아버지의 존재를, 아버지의 상황을, 상황에 대한 인지와 후속조처를 거부했다. 여자에게 아버지는 오래전에 부재 처리된 존재임을 누차 설명했건만 사회복지사는 기어이 여자를 찾아내서 인정의 회복을 강요했다. 여자는 가슴을 두 쪽으로 쪼개 그 속을 보여주고 싶었다.

보세요. 봐요. 한 번도, 정말이지 한 번도 아버지를 본 적이 없어요. 그런데 왜, 내가, 그 사람을, 만나야 하는 거죠?

여자는 숨이 차올라 헐떡거렸다. 사회복지사는 여자의 심정을 충분히 이해한다면서도 같은 말만을 되풀이했다.

그러니까, 그렇기 때문에라도 마지막으로 한 번은 봐야 하지 않겠습니까?

아아, 마지막이라니……. 마지막이라니…….

◆ ◆ ◆

남자는 여러 생生을 살았다.

어느 한 생에서 남자는 전장戰場의 척후斥候였다. 발이 재고 눈이 밝은 까닭이었다. 사령부에서는 지지부진한 전황을 유리하게 갈아엎을 정보가 필요했다. 차출된 남자는 구름이 달빛을 가린 야음을 틈타 숲의 주인처럼 길을 열었다.

남자는 그 숲을 속속들이 꿰고 있었다. 오솔길. 맑은 물이 고이는 샘. 이끼 낀 검은 바위. 두 사람이 너끈히 들어설 수 있는, 비를 피할 만한 석회질 동굴. 동굴 벽에 남은 서툰 낙서. 수련과 창포와 으름이 한창일 때. 그리고, 늪지와 늪을 에워싸고

73

있는 나무 한 그루 한 그루까지도.

숲은 남자가 자신의 여자의 몸속으로 들어갈 때처럼 적당히 젖어 있었고 은폐했다. 남자의 몸이 앞으로 나아갈 때마다 허리께를 스치며 갈라져 눕는 풀들은 자신의 여자처럼 순종적이었으며, 높은 가지 끝에 달린 나뭇잎들은 수수수수 소리 내며 엎치락뒤치락 쉴 새 없이 나부꼈다.

남자는 신중하면서도 용기 있는 자신의 발걸음이 무척 마음에 들었다. 너무나도 흡족한 나머지 경계심이 느슨해졌던 걸까. 바람의 현이 끊어져 팽팽한 긴장감을 허물어뜨리는 기미를 너무 늦게 감지했으니. 남자답지 않은 실수였다. 실수는 치명적인 결과를 가져왔다. 불온한 기미를 감지한 순간 어디선가 날아온 화살이 남자의 목을 꿰었던 것이다.

숨이 끊어지기 직전, 남자는 이미 너무 늦었지만 화살이 날아온 방향을 간파했다. 화살은 전방의 적진에서가 아니라 뒤에서 날아왔다. 등 뒤에는 자신을 내보낸 부족의 진陣이 있었다.

남자는 배반당한 자신보다 혼자 남게 된 자신의 여자를 동정하며 눈을 감았다.

그 후 남자의 영혼은 좁고 어둡고 기다란 통로를 지나 다른 생으로 빠져나왔다.

새로운 생에서 자수성가한 남자는 고귀한 여자를 아내로 두었다. 이마가 반듯하고 자궁이 따스한 여자였다. 남자는 나라의 일로 홀로 멀리 그리고 오래 집을 떠나 있게 되자 고민에 빠졌다. 고민은 깊었지만 결정은 간결했다. 어쩌면 선택의 여지가 없었다. 남자는 자신이 다시는 돌아오지 못하리라는 사실을 알고 있었으므로 후사後事를 남겨두어서는 안 된다고 자신을 설득했다. 남자는 아내에게 독을 먹였다. 남자는 아내의 검푸른 시신을 안고 오열했다. 그러고는 길을 떠났다. 묵어가는 길 어디에도 족적을 남기지 않았다.

처절하도록 외로운 세월이 흘렀다. 남자의 영혼은 또다시 이승을 떠나, 좁고 어둡고 기다란 통로를 빠져나왔다.

불의가 넘쳐나는 생에서 남자는 벙어리 투사로 살았다. 남자는 피를 토해 무명베에다 글을 썼다. 그러나 아무도 그 글을 읽지 않았다. 심지어 베를 찢고 남자의 얼굴에다 침을 뱉었다. 남자는 자신의 언어가 한 점 한 획의 효용을 획득하지 못한 채

다만 짐승의 울부짖음으로 전락하는 것이 참을 수 없었다. 모욕을 이길 방법은 하나뿐이었다. 남자는 스스로를 베었다.

남자의 영혼은 자신이 토한 피울음처럼 붉은 해를 향해 빨려들어갔다. 남자는 피같이 붉은 노을이 되었다. 비로소 남자는, 모든 생이 당면한 생을 불사르는 소모消耗임을, 당면한 생이 모든 생의 욕망의 현신現身임을 불변의 이치로 받아들였다. 남자는 자신의 운명에 복속했다.

남자가 몸을 일으켰다. 욕조의 물은 붉었다. 타는 노을처럼, 울음처럼, 울음에 지친 눈자위처럼 붉디붉었다.

◆ ◆ ◆

여자는 벽을 타고 건너오는 소리에 눈이 떠졌다고 생각했으나 사실 잠을 깨운 건 전화벨 소리였다. 흐리멍덩한 눈으로 전화기를 바라보며 받을까 말까 망설였다. 늙고 병든 아버지를 떠다미는 사회복지사든 매번 등을 보이는 남자든, 어느 쪽이든 간에 내키는 상대는 아니었다.

전화기는 집요하게 울려댔다. 여자는 벽을 더듬던 미심쩍은 시선을 거두고 전화기를 들었다. 여자의 이름이 흘러나왔다. 사회복지사도, 매번 사라지는 남자의 목소리도 아니었다. 뭔가 빗나가버린 듯해서 서운했다. 여자는 잠기를 과장한 목소리로 되물었다.

맞는데요…… 어디라고요?

늦은 밤에 걸려온 생면부지의 전화는 예사롭지 않은 속보를 토해냈다. 여자는 잠자코 상대방의 말을 듣고 있다가 가만히 전화기를 내려놓았다. 그리고 멍하니 창밖의 어둠을 응시하다 가 어쩔 수 없다는 듯 주섬주섬 옷을 입기 시작했다.

옆집을 지날 때 여자는 반사적으로 발소리를 죽였다. 작은 소리 한 톨, 불빛 한 점 새나오지 않았다. 당연했다. 표식이 있 는 집이었다. 철거를 앞두고 퇴거한 빈집마다 관리사무소에서 시커먼 스프레이를 치익, 치익 뿌려서 가위표를 그려놓았다. 가뜩이나 어수선한데다 불량스럽고도 음험한 분위기가 더해 졌다. 여자는 움찔 사리는 시늉으로 빠르게 그 앞을 지나쳤다. 여자가 이사를 나가고 나면 자신이 살던 집 현관문에도 옆집 처럼 봉인의 검은 표지가 그려질 터였다.

아무도 살지 않음. 또는, 아무도 살 수 없음.

여자는 아파트단지 근처에서 어슬렁거리고 있는 택시를 외면했다. 택시를 집어타는 습관이 붙어 있지 않기도 했지만, 서두르고 싶지 않다는 이유가 더 컸다. 여자는 야심한 시각에 자신을 호출한 저편의 처사가 못마땅했다. 억울한 마음이 뒤미처 치밀었지만 뭐, 단호하게 거절하지 못한 자신에게도 책임이 있다면 있었다. 여자는 느릿느릿 버스정류장으로 향했다. 얼마 후 버스가 달려와 여자 앞에 멈춰 섰다. 버스에 오르자 운전기사가 막차라고, 묻지도 않았는데 친절하게 알려주었다.

아 그래요. 다행이네요.

여자는 마음에도 없는 답례를 하고 자리에 앉았다. 차창에 비친 자신의 얼굴에서 약간의 억울함과 성가심을 읽어냈지만 저편의 정황에 대해서는 대체로 덤덤했다. 동요하지 않는 자신이 인정머리 없다고 생각되지도 않았다. 하나도 궁금하지 않다면 그것만은 위악이 섞인 거짓말일 테지만.

아버지는 왜 그런 일을 벌였을까. 어차피 길게 남지도 않은 목숨일 것인데. 끝끝내 나타나지 않은 여자를 원망해서일까, 당신 자신의 삶을 혐오해서일까. 뿌리도 열매도 없는 삶에 부과한 그 가증스러운 독선이라니······ 너무하잖아.

버스는 출렁이는 불빛의 행렬 사이를 요령껏 비집고 질주했다. 신호등 앞에서 잠깐씩 멈춘 것 외에는 정체는 없었다. 버스기사는 시간에 쫓기는 러시아워 때의 버릇대로 거칠게 차를 몰았다. 친절한 말씨와는 딴판이었다.

요양원이 가까워질수록 여자는 조금씩 화가 나기 시작했다. 이런 식으로 끌려가고 있는 자신에게. 졸렬한 방식으로 생의 대미를 장식하고 있는 아버지에게. 여자는 아버지를 동정하지도 않을 것이며, 불가해한 삶을 이해하지도 않을 것이라고, 앙갚음처럼 작정하고 다짐했다.

여자는 산 아랫동네에서 버스를 내렸다. 사방을 두리번거렸다. 깜깜하고 적막하고 음산했다. 건너편 담벼락에 요양원 입구를 알리는 낡은 안내판이 철 지난 선거벽보처럼 나붙어 있었다. 담벼락 위로 기우뚱 치솟은 쇠기둥에 보안등이 달려 있지 않았으면 그나마 식별이 어려웠을 표지였다.

여자는 좌우를 살피지도 않고서 차도를 무단횡단했다. 차도 중간쯤에 형체를 알 수 없게 짓이겨진 짐승의 몸뚱어리가 늘러 붙어 있었다. 여자는 짐승의 사체에서 흘러나온 진액을 밟지 않으려고 발끝을 세워 걸었다. 그러나 차도를 마저 건넌 뒤 어떤 힘에 이끌려 뒤를 돌아다보았을 때 도로는 흔적 없이 깨 끗해져 있었다. 방금 건너온 도로 저편에서 둥글고 미끈한 몸 체를 한 짐승이 자신을 노려보고 있었다.

여자는 한 차례 눈을 감았다 떴다. 그사이 도로 건너편에서 자신을 노려보던 물체가 온데간데없이 사라졌다. 기분 나쁜 동네였다. 여자는 요양원 안내판이 붙어 있는 담벼락 쪽으로 다시금 몸을 돌렸다. 순간, 여자는 소스라치게 놀랐다. 요양원 안내판을 가린 채 한 사내가 서 있었다. 여자는 비명도 지르지 못하고 그 자리에 주저앉았다. 사내가 미안한 기색 없이 손을 내밀었다. 그리고 말했다.

오실 줄 알았습니다.

사회복지사였다. 그가 아버지의 상태를 간략하게 설명했다. 그러고 나서 다소 생색조로 덧붙였다.

거처에 혼자 계시게 할 수 없어서 여기로 모셨습니다. 원칙 적으로 연고자가 있는 분은 받아주지 않는데 아는 안면으로 사정사정했지요. 아까 댁으로 전화를 건 분은 여기 봉사자 자 매님이셨구요.

여자는 묵묵히 그의 말을 들었다. 어쩐지 변명을 늘어놓고 있다는 느낌이 들었다. 하나 마나 한 변명. 아버지가 차아염소산나트륨 성분이 들어 있는 가정용 세척제를 들이마신 것도 그런 맥락이었으리라. 이를테면 전생前生에 대한 변명. 구구하기도 해라. 여자는 냉소를 지었다.

따님이 당신을 피한다는 사실에 충격을 받으신 모양이라고 밖에, 달리 특별한 이유나 조짐이 있었다고는……. 며칠 전에 가 뵈었을 때만 해도 아들을 만나면 꼭 전해줄 것이 있다고 하셨으니까요. 참, 저희가 추적한 바에 의하면 연고자가 따님 한 분뿐임이 분명한데도 자꾸 아드님이라고 우기시긴 했습니다. 말씀드렸다시피 약간 치매기가 있으셔서…… 뭐, 그럴 수 있겠다 싶었지요.

자꾸 말이 길어지고 있는 그를 여자가 무질렀다.

여기까지 왔으니, 만나기는 하지요.

여자는 사회복지사를 따라 요양원 구내병동으로 들어섰다. 생활동에 비해 병동의 규모는 작았다. 병증의 편차야 있겠지만 대부분의 노년이란 오랜 지병 두세 가지쯤 기본이다시피 달고 살게 마련이었다. 생활동이니 병동이니 하는 구분이 그저 형식적일 만큼. 그러니 조금 더 죽음에 가깝게 다가서 있는 노쇠한 육신의 수발을 용이하게 하기 위한 분리 수용에 불과할 것이었다. 병동은 화분의 흙처럼 차진 기운이라곤 없었다. 퀴퀴한 체취와 소독약 냄새가 한데 뒤섞여 새로운 악취를 합성해내고 있었다.

사회복지사는 복도 끝 넓은 방으로 여자를 안내했다. 얼핏 열 개가 넘어 보이는 병상이 통로를 두고 마주 보고 있었다. 비어 있는 침상은 없었다. 세월에, 독주毒酒에, 악습과 악덕에, 신의 악의에, 서서히 또는 급격히 허물어진 육체들이 열 개의 침상을 모두 점령하고 있었다. 피폐할 대로 피폐해진 육체에 속한 짓무른 눈들이 저마다 집요한 애원을 감춘 채 사회복지사와 여자를 바라보았다.

여자는 어느 한 시선과도 마주치지 않으려고, 아무것도 바라보지 않으려고, 사회복지사의 등 뒤에 바짝 붙어 섰다. 그러나 그가 어느 침상으로 다가가서 옆으로 비켜서는 바람에 여자는 한눈에 보아도 병색이 짙은 노인과 맞닥뜨리게 되고 말았다. 죽음의 길조차 멀지 않을 듯한 노인이 초점 흐린 눈을 끔벅거렸다.

여자는 죄책감을 느껴보려고 했으나 허사였다. 단지 죄책감을 느끼지 못하는 도덕성이 부담스럽게 느껴질 뿐이었다. 몇 차례 끔뻑임 끝에 노인의 시선이 갈고리처럼 여자를 찍어 당겼다. 불가사의한 안력이었다. 여자는 얼결에 한걸음 물러섰다. 사회복지사가 노인의 귀 가까이에 대고 고함을 질렀다.

어떠세요? 이곳이 마음에 드세요?

그러고는 여자를 끌어들였다.

아버님이세요. 알아보시겠지요?

여자는 노인의 흐릿한 이목구비에서 젊은 날 아버지의 것을 찾아내기 위해 기억을 톺아보았다. 아버지의 이마는, 아버지의 콧날은, 아버지의 입매는…… 어떠했던가.

여자는 아버지의 얼굴을 기억해낼 수 없었다. 아버지는 여자의 기억에 들어 있지 않았다. 아니, 여자에게는 아버지가 없었다. 여자의 아버지에 대해 말해줄 수 있는 사람은 어머니 곁에 하얀 뼈로 누운 젊은 여인뿐이었다. 여자는 훗날 젊은 여인 곁에 나란히 눕게 된 어머니의 생전의 말을 상기했다.

그 젊은 여인네는 뱃속에 든 아이아버지를 찾으러 온 거였어. 근데 그만 몸 풀다가 죽고 말았지. 아기도, 고추였는데, 이틀을 못 넘기고 어미 따라 죽고 말데. 어미 손아귀에 붙들려 왔던 작은 지집애만 덩그렇게 남겨두고서 말이지. 그 애가 바로 너였다.

그렇게 해서 '작은 지집애'는 친부도 친모도 아닌, 남상 지른 외모에다 말투가 억센 여인의 손에 의해 길러졌다. 그 드센 여인은 자연스레 어린 여자의 어머니가 되었고, 젊은 여인이 낳은 아기마저 죽고 난 뒤 아무런 연고가 없어진 어린 여자만 그 집에서 오래도록 눌러 살았다. 단 이틀 이 세상에 머물다 간 이부동생異父同生의 아버지는 언제나 정처가 없었다. 그러다 어느 해 이른 봄 집을 다녀간 뒤로는 감감무소식이었다. 어머니는 남편의 위안 없이 긴 병을 앓다가 숨을 거두었다. 남편의 손길 없이 염해졌고, 배웅 없이 언 땅에 묻혔다. 젊은 여인에게도 어머니에게도 아버지는 부재였다.

여자는 노인의 왼쪽 눈썹 끝자락에 매달린 팥알 크기의 사마귀에서 시선을 떼며 마침내 고개를 가로저었다.

이 분은 제 아버지가 아닙니다. 착오가 있었던 것 같네요.

여자는 사회복지사를 돌아보며 또박또박 말했다. 그런 다음 노인에게도 동의를 요구하는 눈빛을 들이댔다. 자, 무슨 말이든 해봐요. 할 수 있다면, 유언이라도 좋아요.

노인이 입술을 달싹였다. 헛헛 바람 빠지는 소리가 났다. 목에 시술해놓은 천공穿孔 때문에 소리가 흩어졌다. 가슴에 놓여 있던 노인의 손이 허공으로 들려졌다. 노인이 힘없이 손목을 가로흔들었다. 아니다라는 의미인지, 끝났다라는 의미인지 짐작할 수 없는 손사랫짓이었다.

여자는 그 순간을 놓치지 않고 노인에게서 돌아섰다. "법적으로……"라는 사회복지사의 말이 뒤통수에 엉겨 붙었다. 여자는 못 들은 체 병실을 나왔다. 노인들의 몸에서 풍겨나는 체취를 더는 참기 힘들었기 때문이었다. 그 냄새는, 냄새 자체보다는, 여자의 냄새에 대한 가장 오래된 기억을 환기시킴으로써 여자의 속을 뒤집어놓았다.

그것은…… 더운 김이 자욱하던 안방과, 지옥문을 보고 있는 듯 고통에 찬 젊은 여인의 신음과, 그리고 경이로운 탄생과는 도무지 어울리지 않는…… 토할 것처럼 역하고 비릿하던 피 냄새로 이어지는…… 여자의 첫 기억이었다.

◆ ◆ ◆

남자는 햇살을 받으며 누워 있었다. 일광욕 덕에 체온이 오르기 시작했다. 젖은 몸에서 아지랑이 같은 안개가 피어올랐다. 몸이 공중으로 둥싯 떠오르는 기분이었다. 그럴 때 남자는 자신의 몸뚱어리가 마치 하나의 휘발성 물체처럼 느껴졌다.

남자는 자신의 몸이 한 줄기 연기로 모아졌다가 대기 속으로 흩어져버리는 소멸의 과정을 상상했다. 언젠가 다시 자신의 영혼이 젖은 몸에서 증발하는 수분처럼 육체를 빠져나가, 좁고 어둡고 기다란 통로를 지나갈 날에 이르리라. 통로의 출구는 새로운 생의 입구와 맞닿아 있을 것이고, 새로운 생은 새로운 함정일 것이며 새로운 미혹일 것이다.

　남자는 상체를 일으켜 쪼그라들었던 자신의 성기를 내려다보았다. 새 힘이 뻐근하게 차올라 크고 단단해졌다. 남자의 오감은 우주의 한 미소한 먼지보다도 무의미한 찰나의 지체 속에서 이루어진, 숙연하고도 안온한 쾌감을 기억하고 있었다.

　남자는 여자의 자궁 속으로 돌아가 제 몸을 누이고 싶은, 억제할 수 없는, 다급하고 수줍은 열망에 사로잡혔다.

◆　◆　◆

　여자는 남자의 전화를 받았다. 요양원에서 돌아온 지 꼭 일주일이 지난 뒤였으며, 어머니와 젊은 여인 주위에 아버지의 뼛가루를 뿌리고 돌아온 다음다음 날이었다.

　남자는 자신이 저지른 유기와 침묵에 대해서는 거두절미,

당장 자기의 거처로 와달라고 말했다. 얼마나 다급하게 말을 잇는지 거의 헐떡이는 것처럼 들렸다. 게다가 여자가 몹시 원하는 방문을 허락한다는 투여서 비위가 상할 대로 상했다.

아뇨. 싫어요.

여자는 남자의 청을 거절했다. 남자는 당황스러워했으나 바로 수습이 된 듯 범상하게 물었다.

그럼 거기서 볼까?

거기 어디?

여자가 냉정하게 되묻자 남자가 비음이 섞인 목소리로 가까스로 대꾸했다.

아이 거기, 우리가 처음 잤던 곳.

여자는 그들이 처음 잤던 그 장소에서 이후로도 계속 잤으며, 거기서도 남자가 사라져버렸던 적이 있었다는 사실까지 기억해냈으나, 그보다는 남자가 한 번도 입에 올린 적이 없던 '우리'라는 단어에 그만 말문이 막혔다. 그래서 그들이 처음 잤으며 내내 잤던 여인숙으로 약속이 정해졌다.

몇 시간 뒤 여자는 2층에 자리 잡은 찻집에 앉아 있었다. 그곳에서는 길 저 끝에서 찻집 바짝 아래 노점까지의 거리가 한

장의 풍속화처럼 한눈에 들어왔다. 그리고 그들이 처음 잤으며 내내 잤던 곳 미모사장도 아주 잘 보였다.

미모사장은 찻집 건너편 건물의 3층 전체를 임대해 성업 중인 여인숙이었다. 한적한 골목 어귀도 아닌 간선도로의 왕래 빈번한 길가로 출입구를 열어놓아서 드나들 때마다 목이 한 치씩 움츠러들게 만들었다. 그들이 미모사장을 발견한 건 서로 빤히 쳐다보는 눈길조차 어색했던 연애의 초반이었다. 사진관인가? 멀찍이서 간판을 알아본 여자는 그렇게 딴소리를 했었고, 남자는 제법 미묘하고 에로틱한 작명감각이라고 추켜세웠었다. 가까이 다가가서 건물의 구조와 용도를 확인하는 시늉을 거쳐 그들은 급하게 계단을 밟아 올라갔었다.

여자는 길 건너편을 주시하던 눈길을 거두었다. 그리고 곧장 찻집 밖으로 나왔다. 남자가 미모사장에서 나오는 것이 보였기 때문이었다. 남자는 미모사장에서 32분을 버텼을 뿐이었다. 겨우 32분을. 여자가 남자를 기다린 시간의 몇십 분의 일도 되지 않았다.

여자는 찻집 계단 입구에 서서 남자를 바라보았다. 남자는 손차양으로 해를 가리는 체하며 주위를 두리번거리고 있었다. 이마에 올려붙인 왼손의 손목에 하얀 붕대가 친친 감겨 있었다. 언뜻 타는 해처럼 붉은 물이 배어나오는 성싶었다.

드디어 남자가 미간을 좁힌 채 자신을 바라보고 있는 여자를 발견했다. 반가움이랄 수 없는 놀라움과 가벼운 증오로 남자의 짙은 눈썹이 꿈틀거렸다. 여자는 남자가 보는 앞에서 몸을 돌려 조금 전 찻집에서 내려다보이던 길의 저 끝으로 천천히 걸음을 옮겼다.

남자가 처음 보게 된 여자의 뒷모습이었다.

여자는 남자를 아랑곳하지 않았다. 곁눈질 없이 버스와 전철을 번갈아 타고 집으로 향했다. 곧 비워줘야 할 낡은 아파트였다. 여자의 옆집은 벌써 이사를 나갔다. 빈집의 현관문에는 검은 가위표가 그려졌다. 그런데도 여자의 귀에는 벽을 타고 건너오는 소리가 끊임없이 들렸다.

여자는 집으로 오는 도중에 한 번도 뒤를 돌아다보지 않았다. 그렇지만 남자가 뒤를 밟아오고 있다는 것쯤은 느끼고 있었다. 여자는 남자처럼 자신이 지나온 길을 허겁지겁 지우는 짓 따위를 할 마음이 없었다. 여자는 남자가 오후의 해그림자처럼 길게 따라붙도록 내버려두었다.

여자의 아파트는 5층이었다. 층계는 지저분했고 벽은 군데

군데 칠이 벗겨졌으며 악취가 코를 찔렀다. 아파트단지 전체를 관리하던 두 명의 미화원을 한 명으로 줄였다는 공고를 본 기억이 났다. 조만간 나머지 한 명도 일자리를 잃을 터였다.

여자는 마지막 층계를 올라가서 그제야 생각난 듯 뒤를 돌아다보았다. 남자가 헉헉대며 4층과 5층 사이 층계참을 돌고 있었다. 여자는 5층 복도를 몇 발자국 더 나아가서 걸음을 멈췄다. 이윽고 남자가 여자의 곁에 와서 나란히 섰다. 여자가 남자를 보며 희미하게 웃었다. 그러고는 손을 뻗어 현관문을 열었다. 현관 맞은편 창문이 덜컹거렸다.

너무 낡았어.

여자는 쭈뼛거리는 남자의 등을 떠다밀었다. 남자는 고꾸라질 듯 비칠거리다가 중심을 잡고서 두 발 모두 현관 안으로 들여놓았다. 여자는 남자의 긴장한 어깨 너머로, 아버지와 어머니와 젊은 여인과 핏덩이와 어린 계집애의 묻는 눈빛들과 눈을 마주쳤다. 여자는 재빨리 시선을 거두고는 우물쭈물하는 남자의 면전에서 문을 쾅 닫았다. 평소의 여자답지 않은 민첩한 동작이었다.

여자는 검은 가위표가 그려진 문 앞을 벗어났다. 다음 집으로 가서 현관문에 열쇠를 꽂았다. 열쇠를 오른쪽으로 돌렸다.

문은 결코 아물지 않는 상처처럼 스르르 벌어졌다. 반대편 창문이 덜컹거렸다.

여자는 옷을 갈아입지도 않은 채 침대로 기어올라갔다. 삭은 창틀처럼 침대도 심하게 삐걱댔다.

상관없어.

여자는 눈을 감았다. 두런거리는 말소리와 질질 끄는 발소리가 들려왔다. 벽 너머에서 나는 소리들이었다. 희미한 소음 속에서도 여자는 조금씩 조금씩 깊이 잠이 들었다.

여자는 긴 터널 속으로 빨려들어갔다. 검은 숲을 지나고, 좁고 어둡고 기다란 수직동굴의 벽을 더듬으며 아래로 아래로 내려갔다. 이윽고 한 번도 닿은 적이 없는 편평한 바닥에 맨발이 닿았다.

그곳에다, 여자는, 자신이 끌고 온 모든 기억들을 조심조심 부려놓았다.

알래스카, 그 후

27일 오후 9시 30분경 중동부전선 초소에서 A부사관이
머리에 총상을 입고 숨겨 있는 것을 동료 병사 B상병이
발견했다. 해당 군부대 관계자는 숨진 A하사 주변에서
개인소총 K-1과 탄피 1개가 발견됐으며…….

이놈의 새가슴. 외진 모퉁이를 돌다 불한당 같은 그림자와
맞닥뜨렸을 때처럼 가슴이 벌렁거린다. 벌렁증이 가실 만하면
기다렸다는 듯 유사한 사고소식이 뉴스를 타니 당최 마음놓을
짬이 없다. 다행히도—꼭 이렇게 안도해야 하나 싶지만—휘와
는 무관한 일이다. 아니다. 따지고 보면 무관하지 않다. 이런 유
의 소식이 들려올 때마다 무슨 죗값을 치르는 심정이다.

신문기사는 '군 수사당국은 부대원과 관계자 등을 상대로 정확한 사고 경위를 조사하고 있다고 발표했다'로 끝을 맺고서 지난 몇 년간 일어난 군부대 내 자살로 인한 사망사고 그래프를 덧붙여놓았다. 그나마 드러난 게 이 정도란 얘기지, 쉬쉬 덮고 묻고 발뺌한 것은 어쩌고.

10시를 막 넘어서고 있다. 잠자리에 들었을라나. 망설이다 전화기를 집어든다. 몇 번 신호가 가더니 "지금은 전화를 받을 수 없"다는 음성안내로 넘어간다. 야간 비상이라도 걸린 걸까. 전화기를 팽개쳐놓고 온라인 게임에 혼을 빼고 있나. 중년 이상의 예비역들이라면 대뜸 세상 많이 좋아졌다, 부대에서 온라인 게임이라니, 우리 땐 쩝…… 하고 침 튀는 무용담을 늘어놓을 것이다. 군대 이야기만 나오면 두 손 홰홰 저으며 진저리를 치는 듯하다가도 불현듯 아련한 눈빛을 하고서 '삽질'의 향수에 젖는 건 또 무슨 심리들인지.

무소식이면 무사고이려니. 저쪽 액정화면에 '부재중 전화'가 떴을 테다. 기다리면 사정이 여의할 때 휘 쪽에서 전화를 걸어올 것이다. 재빨리 응답이 올 때도 있고, 한나절을 기다려서 제 말대로 "빡빡 기느라" 지쳐 쓰러질 지경이 된 목소리를 듣게 될 때도 있다. 하루나 이틀쯤 지나 깜빡 잊고 있었다며 "근데 뭔 일?" 하고 시큰둥하게 물어오기도 이젠 예사다. 그러면 기다리던 시간이 길고도 길어 초조하고 불안하던 마음이 획 뒤집힌다. 반가움은 뒷전, 자존심도 좀 상하고 부아도 좀 나서 퉁명스럽게 대꾸하게 된다. "뭐, 별일 아니고, 접때 휴가 나왔을 때 손톱깎이 쓰고 어디 뒀나 하고. 아무리 찾아도 안 보여서."

"흥!" 녀석도 콧방귀로 받아친다. "솔직히 말해보시지. 목소리 듣고 싶어서 전화한 거잖아." 짬밥깨나 먹었다고 제법 느물거리는 말투가, 가소롭지만 싫지는 않다. "싱거운 놈." 그쯤에서 휘가 쐐기를 박는다. "나 괜찮으니까 엄마도 잘 지내. 나 없을 때 짬짬이 연애도 하고. 아, 제발! 찌질한 놈, 쫌, 만나지 말고."

농담인 척, 이전 일 따월랑 시시한 가십거리에 불과할 뿐이라는 투로. 지나가는 말처럼 슬쩍 덧단 마지막 문장이 녀석의 본심이리라. 찌질한 놈 만나지 말라는 당부가 어미를 뜨끔하게 만들리라는 걸 충분히 알고서 하는 말이렷다. 전화란 그럴 때 참 유용하다. 얼굴 마주 보면서는 죽어도 못할 소리도 유들유들 덧달 수 있으니.

"너나 잘해! 이제 와서 짬밥 체질이네 아니네 철책 뛰어넘지 말고." 무안한 김에 내 쪽에서도 큰소리를 친다. "그러게. 쌍년

들만 아니면 딱 체질인데. 말뚝 박을까 싶다가도 그년들 지랄 떠는 거 보면 강원도 쪽으로 오줌도 누기 싫을 것 같다니까." 생활관 점검을 나오는 여자 상관들에게 어지간히 닦이기라도 했는지, 그저 여자에게 지기 싫은 수컷의 허세인지, 그녀들을 언급할 때마다 족족 욕설이다. 상관이라고 해봐야 제 나이 또래일 테니 매사 고분고분 굴기 고까울 만도 하겠다. 개네들도 새파랗게 어린 처자들일 텐데 시정을 알겠나, 융통성이 있겠나. 팔이 안으로 굽는다고, 속으로는 내 자식 편이면서도 겉으로는 타이르는 시늉을 한다. "말조심하고. 아주 쌍시옷이 입에 붙었어." "들으면 대순가, 아으 씨발년들."

말과는 달리, 그리고 우려와는 달리, 휘는 그럭저럭 부사관 생활에 적응하는 눈치였다. 어쩌랴, 상관의 한마디가 곧 하느님 말씀과 동격인 조직에서 신체 보전하자면 제 몸 낮출 도리밖에. 더욱이 자원한 감옥살이가 아닌가. "몇 년 썩지 뭐. 똥이 됐든 거름이 됐든 뭐가 돼도 되겠지." 제대로 푹 삭은 촌부 마냥 큰소리쳤지만 막상 똥통에 빠지고 보니 말처럼 거름되기가 쉽지 않은 모양이었다.

알래스카에서 그 어이없는 일을 치른 뒤 휘는 혼자 한국으로 돌아왔다. 일정의 절반도 채우지 못하고서였다. 휘를 먼저 돌려보내고 나자 내 차례가 왔다. 아들을 택했다기보다, 더는 B와 함께할 수 없었기 때문이었다. 원래는 아메리카 종단을 마무리하고서 B와 함께 귀국하기로 돼 있었다. B는 잘잘못을 떠나 휘가 거론되는 대화 자체를 못 견뎌했다. 결국 B가 못 견 뎌한 건 휘였다. 나는 그런 B를 견딜 수 없었다. "불공평하네. 명백한 불공정거래라고, 이건." 그러다 문득, 이 불공정거래를 암묵적으로 승인한 건 나였지 않나, 하는 생각이 들었다. 착각 은 본질을 감추거나 희석시킨다. 부비트랩에 발을 집어넣은 건 나였다.

분연히 새크라멘토를 떠나오던 날 아침, 곧잘 아버지에 대 한 불만을 내 귀에 찔러넣던 B의 딸이 내 겉옷 주머니에 편지 봉투를 찔러넣었다. 검지를 입술에 갖다대는 걸로 봐서 제 아 버지 모르게 읽으라는 뜻이었다. 뭔가 끝장이 났다는 낌새를 챈 뒤로 재미있어 죽겠다는 표정을 들키지 않으려고 눈도 맞 추지 못하더니, 이 무슨 겸연쩍은 작별의 제스처인가, 싶었다.

나는 공항에서 게이트가 열리기를 기다릴 때 편지를 읽었 다. '그동안 자신의 식사와 도시락을 챙겨주신 데 대한 감사'와 '불쑥 떠나시게 된 데 대한 섭섭함'과 아버지에 대한 여전한 험담 그리고 '다 잊고 잘 사시라'는 주제넘은 격려까지, 또박또박 써내려간 두 장짜리 편지였다. 자기가 이런 편지를 건넸다는 사실을 비밀로 해달라는 부탁에다, 다 읽은 편지는 없애달라는 주문이 추신으로 달려 있었다. 십대 여고생이 작성한 것이라기보다, 살아보니 인생 대단한 거 아니더라는 진리를 몸소 깨우친 아줌마들이 인터넷 카페에 올라오는 사연에다 열심히 댓글로 다는 훈수와 비슷했다. 과도한 이모티콘 사용과 핑크빛 헬로우키티 캐릭터 편지지가 간신히 소녀다웠달 뿐.

나는 B가 제 딸이 쓴 편지를 읽는다면, 하고 상상해보았다. 별로 재미있지도, 유쾌하지도 않은 그림이 그려졌다. 부녀간에 사소한 불화 정도는 일으킬 수 있겠지. 그러고 보면 B도 참 대책 없는 인생이 아닌가. 같은 유전자를 주고받았으면서도 동지가 될 수 없는 서글픈 부녀라니. 나는 B의 딸이 몰래 건네준 편지를 봉투째 찢어 휴지통에 던져넣었다. 그것으로 모든 것이 정리된 듯했다.

휘와 나는 미국에서의 일을 일체 입에 올리지 않았다. 휘는 휴학계를 내고 군에 입대했다. 훈련소에서 휘가 보내온 첫 편지는 간단명료했다.

걱정하지 마라

팩선지 한 장에 달랑 그 여섯 글자였다. 단체로 시키니 뺄 수는 없고, 그래 마지못해 쓴 티가 역력했다. 그래도 그렇지, 걱정하지 마라? 우습기도 하고 황당하기도 하고 괘씸하기도 한 편지 전문을 물끄러미 들여다보았다. 꿈보다 해몽이라지 않은가. 곰곰 씹어 읽으니 여섯 음절 안에 지나간 모든 불화를 덮으려는 가상한 뜻도 담긴 듯했다. 그래 덮자, 다 덮자…… 나 또한 잔열이 남은 마음화덕을 다독다독 덮었다.

신병 훈련을 마친 휘는 강원도 전방으로 자대 배치를 받았다. 때 되어 첫 휴가를 나오고, 첫 면회를 다녀왔다. 불어터진 건빵처럼 헛살이 오른데다 눈동자는 서리 맞은 겨울무처럼 반쯤 얼어 있었다. 애처로우면서도 낯설었다. 저게 B에게 덤벼들던 휘가 맞나 싶었다. 그러더니 두 번째 휴가를 나와서는 부사관에 지원하겠다고 했다. 잦아든 줄 알았던 내 마음화덕에 화르르 불기운이 지펴졌다. 남들은 2년도 길다는데 3년을 더 늘리겠다니.

불똥이 B에게로 튀었다. 새삼스레 B가 원망스러웠다. 남들 다 한다는 군대생활이나 버틸 정도이지, 체력이나 체격이 출중한 것도 아니질 않은가. 중고교 시절 담임선생이든 잠시나마 아버지의 배역을 떠맡았던 B든 그 누구의 충고도 질색하는 천둥벌거숭이가 아닌가. 마음화덕 저 밑바닥에서 뜨겁고도 축축한 뭔가가 치올랐다. 묻지 않을 수 없었다. "그러는 거, 엄마 때문이야?"

휘가 피식 웃었다. 무심한 듯, 무례한 듯, 그러나 결코 무정하지 않은 웃음이었다. "뭐, 엄마 덕에 공부는 좀 했지." 내가 흘겨보자 또 한 번 피식 웃더니 말했다. "엄말 보니까 인생 별거 아니더라고. 엄청 잘난 우리 엄마가 순 허당이더라고. 인생, 한 큐에 빵 뚫리면 좋겠지만, 다 그리 운이 좋으나? 짧게짧게 끊어 쳐라, 그러면 짧게짧게 끊어 쳐야지. 엄마도 그래왔잖아? 가다가 서고, 섰다가 다시 가고. 아니다 싶으면 내리고, 이거다 싶으면 팔랑팔랑 손짓해서 올라타고. 아 그래, 맞다. 그때, 알래스카에서 놓친 기차가 그런댔지? 가다 서다, 가다 서다……." 모처럼 긴 대꾸였다. 다른 집 아들 녀석들처럼 코밑 거뭇해진 뒤로 단답주의를 고수하던 휘는 알래스카 이후로 더욱 말수가 줄었더랬다.

"그거, 플랙 스톱? 가다 서다가 아니고, 기찻길 어디서나 손 들고 기차를 세울 수 있는 시스템이지. 하지만 그건 다른 얘기야." "그거나, 그거나." "다르다니까. 네가 병역의무를 다 하는 것과 직업군인이 되는 게 어떻게 같니?" 휘가 벽에 난 못자국을 물끄러미 바라보았다. 땡볕에 까무잡잡하게 그을린 옆얼굴에서 애리애리한 어릴 때의 모습은 사라지고 없었다.

"그러면 이런 이유는 어때? 어차피 복학할 마음도 없다, 제대하면 배낭 메고 돈 떨어질 때까지 떠돌고 싶다, 그러자면 떨어질 돈푼이라도 만들어둬야 한다. 그래서 내 의무를 다할 뿐아니라 한시적으로 내 자유를 저당 잡히기로 한다. 왜냐? 완전한 자유 독립을 위해서." 휘가 잠시 눈치를 보듯 말을 끊었다가 흐릿하게 덧붙였다. "······엄마로부터."

툭하면 전화를 받지 않는 건 그래서인가. 그저 성가시고 귀찮은 건가. 아니면 부재중 전화를 확인하지 못한 건가. 시계바늘은 11을 지나 12를 향하고 있다. 이제는 젖은 소금가마니가 된 채 널브러져 있을지도 모른다. 이미 곤한 잠에 빠졌을지도.

잘 자라, 아들. 엄마가, 많이······ 아주 많이······ 미안.

◆ ◆ ◆

생각이란 함부로 날뛰는 야생마와 같아서 전혀 그럴 타이밍이 아닌데도 불쑥불쑥 물음표를 달고 기억창고의 지붕을 뚫는다. 더군다나 맥락도 닿지 않고, 분별도 없이. 가령, 알래스카 철도를 탔더라면 달라졌을까, 하는 어리석은 자문처럼. 그러니까 지지난해에, 여름이라기엔 아직 이른 극북의 6월에, 모든 일정이 차질 없이 진행됐더라면……? 어떻게 사소한 어긋남, 사소한 삐걱거림 없는 여행이 가능하겠는가마는, 만약에…….

그랬더라면 B와 휘가 그처럼 으르렁거리지 않고, 그 불똥이 튀어 B와 나의 관계가 재건 불가능한 잿더미로 변해 스러지는 일도 일어나지 않아서, 누구나 온당하다고 여기는 삶의 거푸집을 태연히 구축하며 살고 있을까, 지금쯤? 혹은, 내 눈 내가 찔렀으니 하는 수 없지, 탄식하며 살아가고 있을까? 후자라면 좀은 비굴하게, 좀은 날이 선 채로 살아가겠지. 아마도.

지나간 일은 지나간 일이다. 가정이란 부질없는 되새김질에 불과하다. 그리고 그때 운 좋게—어쩌면 운 나쁘게—알래스카 철도를 탔더라도 상황이 달라지진 않았을 것이다. 앞당겨졌을 뿐 언젠가는 터질 문제가 터졌으니까.

공동체건 개인이건, 그리고 크건 작건 인간의 역사는 분쟁의 역사다. B와 나도 몇 번의 접전을 치렀다. 가장 큰 충돌은 미국행을 앞두고 일어났다. B의 딸에 대한 애매한 태도가 발단이었으나 끝에 가서는 시시콜콜한 지난 일까지 들춰냈고, 회의와 의혹이 가세하면서 감정의 골이 깊어졌다. 화해는 불가능한 듯했다. 결국 나는 잔류를, 그는 딸아이와 동반 출국을 결정했다.

국제공항처럼 결별에 적합한 장소가 어딨겠나. 딱 여기까지야. 그렇게 거기서 B를 떠나보내고 나는 내 자리로 돌아왔어야 했다. 물리적 거리감이 주는 애틋함에 휘말려 석 달 뒤 기어이 B와 새크라멘토에서 재결합하는 만용을 부리지 말았어야 했다. 쿨하게 빠이빠이, 그랬으면 얼마나 좋아. 늦긴 했어도 알래스카에서 백 번 천 번 잘 터진 거라고, 그나마 고름주머니를 찬 채 전전긍긍하는 작태로까지 나아가지 않게 되었으니 천만다행이지 뭐냐고, 뒷날 혼자 집으로 오는 공항버스 안에서 그따위로 안도하는 일 같은 건 생기지도 않았을 텐데.

어쨌거나 우여곡절 끝에 새크라멘토에서 B와 합류한 나는 전부터 꿈꿔왔던 알래스카 여행을 실행에 옮기기로 했다. 그 여정에 동행하기로 한 휘도 출발 며칠 전 미국으로 건너왔다. 한 팀이 된 세 사람이 렌터카에 어마어마한 짐을 쟁여넣을 때까지만 해도 난조의 조짐은 없……었다기보다 그다지 뚜렷하지 않았다. 점점 커져가는 구멍처럼 어느 날 문득 우리는 메울 수 없는 커다란 구덩이를 발견했다.

"그까짓 게 뭐라고 기어이 그걸 타겠다는 거야?" "기왕이면 거기까지 가는 김에 타보고 싶다는 거지. 꼭 타야 한다는 게 아니라." 내 완곡한 희망의 표현에도 B는 썩 내키지 않는 표정이었다. 나는 못 본 체했다. 그러거나 말거나, 그가 원하는 코스만으로 계획을 짤 수는 없는 거니까.

페어뱅크스와 앵커리지를 왕복하는 열차는 일주일에 단 한 차례만 운행됐다. 우리는 노라조의 슈퍼맨처럼 '달리고 달리고 달리고 달'렸다. 알래스카산맥을 따라 마침내 페어뱅크스에 도착했을 때, 플랫폼은 텅 비어 있었다. 열차는 서너 시간 전에 떠났다. 허망하다기보다 차라리 홀가분했다. 나는 〈기차는 8시에 떠나고〉를 허밍으로 읊조리기까지 했다.

당초의 계획은 '페어뱅크스 역에 미합중국 본토에서부터 끌고 온 밴을 주차해두고 알래스카 철도를 탄다'였다. 페어뱅크스에서 앵커리지까지는 약 550킬로미터, 총 11시간이 소요됐다. 평균 시속 50킬로미터 안팎이라는 계산이 나왔다. 아주 느려터진 기차였다. 거기에다 앵커리지에서 다시 그 느려터진 기차를 타고 페어뱅크스로 되돌아오는 코스의 중복까지 감안하면 사실 이만저만 비효율적인 스케줄이 아니긴 했다.

그럼에도 불구하고 굳이 그 열차를 타고 싶었던 건 '플랙 스톱' 때문이었다. 철로변 어디서나 손만 들면 기차를 세울 수 있고, 집에서 가장 가까운 지점을 통과할 땐 서행하는 기차에서 뛰어내릴 수도 있는 플랙 스톱. 달리는 열차를 멈추게 하는 건 사람만이 아니다. 기관사는 언제든 브레이크를 잡아줄 태세로 전방을 주시한다. 저만치 레일 위에 어른거리는 저 검은 점은 무스일까, 카리부일까. 어쩌면 이리일지도 모를 일.

나는 내심 기대했었다. 열차는 두 대도시를 잇는 두 가닥 레일 위에서 '가다 서다'를 반복하며 알래스카 내륙의 들판을 보여주리라. 그 원시의 들판에 점점이 흩어져 사는 원주민들의 거친 일상을 보여주리라. 그 치장하지 않은 맨살을 보여주고, 야생의 풍경을 보여주리라…….

페어뱅크스 시내를 어슬렁거리며 일주일을 기다리자는 고집은 부리지 않았다. 그거야말로 무모한 짓이다. 연쇄적인 차질을 염려해야 하고, 고무줄처럼 늘어날 일정을 메울 경비 생각도 해야 한다. 애당초 빠듯한 예산이었다. 나는 홀가분해진 마음을 감추고 얼른 인심을 썼다.

"차라리 잘됐네, 뭐. 대신 데날리 국립공원에서 좀 더 여유롭게 트래킹을 할 수 있겠고." B도 〈기차는 8시에 떠나고〉를 허밍으로 흥얼거렸다. 웬일로 휘에게 하나도 우습지 않은 농담을 던지기도 했다. 당연히, 휘는 웃지 않았다.

◆ ◆ ◆

받아, 좀!

차의 시동을 걸기 전 마지막으로 휘에게 전화를 건다. 여전히 받지 않을—못할—뿐 아니라 아예 전화기를 꺼두었다. 군대의 특수성을 감안하더라도 이번 통신두절은 답답증나게 오래 끈다. 어쩌면 휘가 전화를 '씹는' 건지도 알 수 없다.

전화 줘.

문자메시지를 남긴다. 짧은 망설임 끝에 마침표까지 찍어서. 마침표를 찍지 않으면 말을 끝맺지 못한 것 같다. 말꼬리를 흐린 것 같은 투미한 기분도 언짢다. 상대방의 메시지는 괘념치 않다가도 내 쪽에서는 늘 그 대목에서 주춤거리게 된다.

"당신이 보내는 문자 말인데, 턱 밑까지 단추 꽉꽉 채운 로만칼라 같아. 칭찬 아냐. 숨 막힌다고. 찜통에 들어앉은 것처럼 머리 뚜껑에서 김이 펄펄 난다고." 자주 안부를 주고받는 오랜 동료 O로부터 지적을 당한 뒤로는 마침표를 찍기 전 주춤거리는 시간이 조금 더 길어졌을 뿐이다. 누군가의 질책으로 굳은 습벽이 단번에 무너진다면야. 오히려 애 같은 반발심이 준동해 마침표와 쉼표와 말줄임표는 물론, 때로는 방점과 따옴표까지 착실하게 찍어서 전송 버튼을 눌렀다.

엊그제는 주기적으로 괴팍해지는 O가 마침내 뚜껑이 열렸다. 자동차를 빌리는 문제로 한참 문자메시지를 주거니 받거니 하던 중에 갑자기 전화를 걸어와 다짜고짜 퍼부어댄 것이다. "그거, 강박일세. 병일세. 빨간 펜 들고 교정쇄 체크하는 것도 아니고, 누가 문자 보내면서 일일이 쉼표 찍고 마침표 찍고 띄어쓰기까지 신경 쓰고 그러나? 누가 당신더러 책 만드는 사람 아니랄까봐 그러나? 아니다, 당신만 책 만드는 사람이나? 당신만?"

천성까지 울퉁불퉁하지 못한 O인지라 그는 자신의 타박이 마음에 걸렸던가보았다. 어제 퇴근 무렵, 빌리는 사람이 가야 옳다는 내 만류에도 부득부득 사무실 근처로 자동차를 끌고 와서 키를 넘겨주었다. "알고 있어, 병인 거. 나도 갑갑해. 내가 생각해도 환자 맞아." 그의 배려가 고맙고 미안한 나머지 비위를 맞춰준다는 것이 그만 O의 짜증을 상기시키고 말았다. "아, 알면서 왜 그러는데?" O는 정말로 짜증이 났던 모양이었다. 나는 풀이 죽어 말했다. "그래야만 나 여기 온전하게 살아 있다는…… 증명서를 발송한 것 같은 안도감이 찾아오니까."

고마운 건 고마운 거고, 아무리 무람없는 사이여도 이리 으르딱딱거릴 건 아니지. 속으로 삐쭉거리면서도 어물어물 변명을 늘어놓는 나는 또 뭔가. "걱정 마. 증명서 발송하지 않아도 당신이 살아 있다는 거, 당신이 알고 내가 아니까." O가 심히 딱하다는 얼굴로 그 자신과 내 가슴을 번갈아 콕콕 짚었다. "그럴……까?" 내가 말끝을 늘이자 O가 참을 만큼 참았다는 듯이 팩 성질을 냈다. "글쎄, 안다니까! 안다고! 알아!" "아니, 내 말은…… 내가 살아 있기나 한 걸까, 하고."

때와 장소가 있지, 그 순간에 말도 안 되는 그 소리가 왜 튀어나왔는지 모르겠다. 곰 같은 사내들을 한 손가락으로 까딱까딱 잘도 부리다가도 불리할 성싶으면 "몰랐어요? 실은 나, 여린 여자예요"라는 듯 속눈썹 파르르 떠는 여자 동료들을 무지 밥맛없어라 하는 O 앞에서. O가 제 가슴을 엄지로 누르며 머리를 들이밀었다. "그럼, 당신 앞에 있는 난 살았어, 죽었어? 나도 송장이야?"

O는 오가는 사람들이 흘끔거리는 길바닥에서 한바탕 푸닥거리를 하고 나서야 숙지근해졌다. "내일 술 약속 있어. 불금이잖아, 불타는 금요일. 보나마나 작취미성으로 불타오를 거고, 모레하고 글피는 죽은 듯이 내리 잘 거야. 등가죽이 요에 딱 들러붙어 떨어지지 않으려고 하겠지. 어차피 차 쓸 일 없다는 얘기야." O가 차문을 열고 운전석으로 나를 밀어넣으며 뚝뚝하게 말했다. "잘 다녀와. 조심하고."

O는 절교 선언이라도 하고 돌아서듯 비장하게 몸을 돌렸다. 지하철 역사 쪽으로 성큼성큼 걸어가면서 어깨 위로 한 손을 치켜올렸다 내리더니 바지 주머니 속으로 쓱 찔러넣었다. 한결같은 그의 인사법이었다. 나는 O의 뒷모습이―차츰 머리통이―계단 아래로 한 칸씩 쑥쑥 꺼지다 아주 사라지는 것을 차 안에서 지켜보았다. 그의 트레이드마크인 말총머리도 이제는 희끗희끗한 반백에다 윤기를 잃었다. 나는 핸들을 잡기 전에 O에게 한 박자 늦은 감사의 문자메시지를 보냈다.

고마워술잔에코박지말고다녀와서밥살게

O는 내 메시지를 무시했다.

그리고 휘는 나흘째 묵묵부답이다. O의 자동차로 휘의 자대가 있는 Y읍에 가서 정작 휘를 만나지 못하고 돌아올 확률이 그만큼 커졌다는 뜻이다. 간만에 바람 쐬러 간다고 생각하지, 뭐.

시동을 건다. O는 휘발유를 가득 채워놓았다. 지금쯤 O는 간밤에 들이부은 술에 잠겨 심해의 잠수정처럼 가라앉아 있겠지. 깊은 바닥을 차고 오르려 두 팔과 두 다리를 허우적거리려나.

내가 타던 자동차를 처분한 건 이태 전이었다. 새크라멘토의 B와 합류하기 전에 처리해야 할 일들 중 하나였다. 연식이 제법 있는데다 수동형이어서 중고시장에 내놔도 제값을 받지 못할 게 빤했다. 그러느니 후배에게 넘기기로 했다. 후배는 그즈음 차를 폐차하고 나날이 평수 넓어져가는 몸을 대중교통에 의탁하던 터라 조건 없는 인계를 감지덕지했다. 물론 환송을 겸해 파워블로거가 '강추'한 비스트로에서 와인병을 땄다.

몇 달 못 가 주위에 꽤 요란하게 소문을 흩뿌리고 떠났던 내가 급거 귀환하자 후배는 "그깟 남자 없이 못 살 선배도 아니고, 잘하셨어요" 하면서도 자동차에 대해서는 언급 자체를 자제했다. 등록하랴 보험 들랴 돈 들어갔을 줄 빤히 아는 내 쪽에서 치졸하게 언급할 일이 아니거니와, 경우 아닌 줄도 알았다. 나는 후배의 심신 안정을 위해 제풀에 너스레를 떨었다.

"말도 마. 운전이라면 신물 나. 말이 쉬워 아메리카 종단이지, 어떤 날은 하루에 700, 800마일씩도 달렸다니까! 800마일이면 1,200…… 1,200이 뭐야, 얼추 1,300킬로네. 어휴, 당분간 비엠더블유로 버틸 테다." "엥? 선배, 베엠베 산다고요?" "돈 많아? 빌려줄래?" "아니, 방금 선배 입으로 그러……?" "버스, 메트로, 워킹. 비. 엠. 더블유." "아아, 난 또 위자료라도 후덜덜하게 받아낸 줄 알았잖아여." 후배가 개운한 얼굴로 지갑을 열더니 그날의 밥값과 술값을 계산했다. 그 후로 나는 자동차가 필요할 때마다 O의 차를 징수……했다기보다 O 쪽에서 알아서 키를 넘겨주곤 했다.

일주일에 닷새 이상 술 담배에 절어 지내는 O이지만 차 안은 신통하게도 말끔하다. O는 자동차 뒷좌석에 종이상자 하나를 싣고 다녔다. 그 안에 반듯하게 접은 침낭과 무릎담요가 들어 있다. 트레킹화는 좌석 밑 구두상자에 들어 있고, 등받이 네트에는 지퍼백에 든 수건과 치약과 칫솔이 꽂혀 있다. 그러고 보니 예전부터 O의 사무실이나 책상 주변이 항상 가지런했었다는 기억이 난다. O가 디자인한 책들이 O를 빼닮았다는 것도.

내게서 물려받은 고물차를 여봐란 듯 당당하게 굴리고 있는 후배는 O와 나의 '팀워크'에 고개를 갸웃했다. "O대표……훈훈해 뵈죠? 명 선배가 O대표 지랄 떠는 거 안 봐서 그래요."

"봤어, 지랄 떠는 거." "아, 명 선배도 아는구나." "별명이 벌집이었어. 옛날에 한 사무실에서 일할 때." "근데도 둘이 친할 수 있어요?" "이 사람아, 나도 한땐 여왕벌이었다네. 그땐 나도 한 지랄 떨었거든. 아 그때가 좋았다." "그럼 된다. 여왕벌과 벌집, 벌집 쑤시는 여왕벌. 그래서 마누라한테도 안 넘긴다는 자동차를 아무 때고 넘길 수 있는 거구나." "내가 마누라를 넘겨줬거든. 그건 그렇고, 헤이 유! 밥벌이시켜주는 갑 선배한테 지랄이 뭐니, 지랄이? 콱! 일러, 말어?"

편집기획자 출신 프리랜서 후배는 외주 일감을 주는 O와 갑을관계에 놓인 처지다. O의 아내, 갑의 슈퍼갑, 그러니까 나의 옛 동료 A는 밴쿠버에서 5년째 머무르고 있다. 둘 사이가 그 시공을 감당할 만큼 단단한지 어떤지 나는 잘 모른다. O는 비교적 솔직한 타입이지만, 솔직하다고 해서 내장이 훤히 보이는 유리고기처럼 그 속내가 밖으로 내비치는 건 아니다. 그의 솔직함이란 대인관계를 위한 전술적 개방일 수도 있으니까. 일종의 패션 아이템과도 같은.

연휴의 첫날임에도 국도는 한산하다. 대부분 새로 닦은 고속도로를 올라탄 모양이다. 이름난 유원지로 부리나케 달려가서 사진 몇 장 박고 밥 먹고 다시 부리나케 돌아올 수 있게끔 산을 뚫고 도랑을 메우고 길을 넓히느라 국토가 몸살을 앓고 있건만, 미스인지 미세스인지 내비게이션은 신이 났다. 쉴 새 없이 잔소리를 해댄다. 속도를 줄여라, 왼쪽 차로를 이용해라, 오른쪽 도로로 빠져나가라…… 제발 닥쳐주세요. 운전에 방해된다고요.

내비게이션의 잭을 뽑아버린다. 살 것 같다. 콘크리트 도로를 구르는 바퀴 소리만이 귀를 긁아댄다. 갑작스런 침묵 탓인지, 수면 위로 튀어오르는 연어처럼 생각지도 않던 의문이 솟구친다. 뭐, 의문이랄 것도 없는 작은 궁금증. O는 출장을 자주다니나봐, 차에 저런 걸 싣고 다니는 걸 보니. 아니, 세면도구는 그렇다 치고 침낭과 담요 따위는 왜 싣고 다니는 거지? 더러 차에서 자기도 하나 보네. 그나저나 A는 언제쯤 한국에 들어오려나. 나는 왜 A에게도 O에게도 거기에 대해 물어보지 못하는 걸까.

2년 전 그때, 밴쿠버에서 A와 접선하기로 약속이 돼 있었다. 알래스카에서 새크라멘토로 내려가려면 올라갈 때와 마찬가지로 밴쿠버를 경유하게 되어 있는지라. 그러나 그 약속은 무산되고 말았다. B가 여행의 반환점인 앵커리지에서 휘와의 동

115

행을 보이콧했고, 그 바람에 하행이 육로에서 하늘길로 바뀌었으므로. 그랬으니 지난 5년간 전화 통화로 간간이 A의 목소리를 들은 게 접촉의 전부다. 처음 한두 해는 그럭저럭 뜸하지 않게 통화라도 한 듯싶은데 그것도 갈수록 횟수가 줄었다. 어쨌거나 A는, 목소리만큼은 활기찼다. 어느 날인가 잘 지내는 것 같아 다행이라는 말로 통화를 마치고는 전화기를 내려놓는데, 무언가 차고 미끄러운 것이 쓰윽 훑고 지나간 듯 등골이 서늘했다. 말은 안 해도 O는 회의하는 눈치던데, A라고······.

국도는 강줄기를 뒤로하고 산허리를 파고든다. 커브를 돌 때마다 양양한 햇살과 짙은 그늘이 다투듯 앞장을 선다. 짱짱한 기운을 잃어가는 초가을 숲은 도로 양옆으로 날개를 펼치고 있고, 골짜기 아래 드문드문 터 잡은 민가와 가건물 들이 빠르게 시야에 들어왔다 사라진다. 동지까지는 산등성이 너머로 해가 떨어지는 시각이 점점 당겨질 것이다. 자동차는 용의 잔등을 타듯 넘실넘실 오르막과 내리막을 번갈아 달린다. 이대로라면 Y군까지 두어 시간도 걸리지 않을 것이다. 그 안에 휘의 회신을 받을 수 있을까.

O와 A 커플의 속내를 알고 모르고는 엄밀히 내 소관이 아

니지만—정말?—휘의 속마음을 알고 모르는 건 엄연한 내 문제다. 통증을 수반한 자괴감으로 추락할 우려가 있다는 점에서 다른 차원의 문제다. 그리고 그 문제는 어쩔 수 없이 B로 귀착된다는 점에서 또 문제인 것이다. "저 새끼 어디가 좋아?" 텐트를 치기 위해 언 땅에 펙을 박으면서 휘가 한심한 듯 내게 물었을 때는 B보다도 나를 향한 힐난이 더 컸을 테니까.

그 말이 나오던 날, 휘와 나는 텐트를 붙들고 낑낑대고 있었다. B는 야영장 주변을 '탐색'하는 임무를 스스로에게 부여했는지 어슬렁어슬렁 자리를 떴다. 휘는 오솔길로 접어드는 B의 뒷모습을 힐끗 쳐다보고는 내게 말했다. "대체 저 새끼 어디가 좋아? 난, 뒷짐 지고 사색씩이나 하는 인간, 딱 싫던데."

◆ ◆ ◆

군청 소재지가 있는 Y읍은 여느 지방 소읍과 다를 게 없는 풍경이다. 열 걸음도 떼기 전 가까이 군부대가 주둔하고 있다는 사실을 알게 된다는 점 말고는. 햄버거나 피자 따위를 파는 프랜차이즈 패스트푸드 업체가 몇 집 건너 하나씩이고, 먼 데서 면회를 온 애인이나 부모를 겨냥한 숙박업체나 음식점도

즐비하다. 게임방이니 PC방이니 하는 간판도 적지 않고, 전방 군사지역답게 군인용품점도 눈에 띈다. 휘의 숙소는 중심가에 서 조금 벗어난 야산 비탈에 있다. 숙소라기보다 대전차 방호 벽을 연상케 하는 멋대가리 없는 건물이다.

휘는 이제 오가는 데 걸리는 시간과 경비가 아깝다며 휴가 때에도 집에 잘 들르지 않는다. 부사관 숙소에서 텔레비전을 보며 뒹굴거나 스마트폰 게임으로 금쪽같은 휴가를 탕진하는 모양이다. 강도 높은 훈련이나 대민봉사 노역에 헉헉대다가 그나마 자유시간이 주어지는 주말이면 돌아눕기도 귀찮다던 가. 고향이 멀어 숙소 붙박이가 된 동기들과 적당히 술추렴을 하거나 하릴없이 어깨를 겯고 이 거리 저 골목을 배회할 때도 있다지만.

푸른 전투복과 땀에 전 군화, 각진 경례와 구호에 익숙해져 가는 휘는, 내게는 아직도 낯선 모습일 수밖에 없다. 고등학생 시절 몽둥이를 든 수학선생에게 "저는 맞지 않겠습니다" 하고 대들었다는 휘가 아닌가. "그래애? 이유를 대봐." 이놈 봐라, 하 는 선생에게 휘는 진지하게 대답했다고 한다. "저는 모든 종류 의 폭력을 혐오합니다." 개교 이래 전무후무한 전설의 어록을 남긴 휘가 부사관 신분으로 이 전방의 부대에 매여 있다니, 이런 아이러니가 어디 있을까.

'군인면회가족환영' '주차장완비'라고 써 붙인 모텔에 방을 잡고 보니 하루 종일 식사다운 식사를 하지 못했다는 생각이 든다. 막상 거리로 나서긴 했으나 입맛을 잡아당기는 메뉴도 없다. 휘도 한두 번쯤 이용했을 분식점에서 김밥 한 줄을 사고, 그 옆 편의점에서는 캔맥주와 안주가 될 만한 스낵을 집는다. 비닐봉지를 들고 터덜터덜 모텔로 돌아와서는 휘에게 문자메시지를 보낸다.

시외버스터미널 지나 20미터쯤, 신라장모텔에 있어. 212호실.

어쨌거나 여기까지 왔다. 휘가 있는 곳. 텔레비전을 보며 김밥을 씹고 맥주를 들이켠다. 종일 비워둔 위장이 요란하게 회를 친다. 옆방에도 면회를 온 가족이 투숙하는지 복도가 소란스럽다. 내일이 토요일이니 푸른 군복에 갇힌 청춘들과 애틋한 눈길을 차마 거두지 못하는 부모들이 음식점마다 들어차겠지. 전화로나마 애인이나 친구와 단 몇 마디라도 더 주고받고 싶을 아들, 한마디 대답이라도 더 듣고 싶을 늙은 부모들이 그래도 한자리에 앉아 밥을 먹겠지.

텔레비전 화면 속에서 머리카락을 하얗게 탈색한 빅뱅의 지드래곤이 열창하고 있다. 지난번 집에 다니러 왔을 때 휘가 했던 말이 생각난다. "우린 허드레군이지. 온갖 허드렛일은 다 하니까. 흐흐." 멍하니 지드래곤의 노래를 듣는다. 저런 애들은 예쁘고, 재주도 많구나. 맥주와 감자스넥을 번갈아 입으로 가져간다. 한 곡이 끝나고 조명과 무대가 바뀐다. 보송보송한 어린 여자애들이 우르르 뛰어나온다. 하나같이 자작나무처럼 쭉쭉 뻗은 다리에다 10센티는 족히 될 듯한 하이힐을 신고 있다. 봉분 같은 엉덩이는 핫팬츠로 겨우 가려놓았다.

텔레비전을 끄고 이불을 끌어당긴다. 끼이익, 모텔 앞 도로 쪽에서 급브레이크를 밟는 소리가 날아든다. 먼지와 고무타이어 타는 냄새도 덩달아 끼쳐오는 듯하다. 빽빽한 침엽수림 사이로 한 줄기 띠같이 뻗은 도로가 검은 브라운관에 떠오른다. 누에고치에서 뽑아낸 실처럼 끝 간 데 없는 저 길은 어디로 이어지는가.

도로 양옆으로 야생의 기운이 서린 숲들이 끝없이 펼쳐졌다. 도중에 곰이나 사슴과 맞닥뜨리기도 했다. 계류의 물빛은 숲처럼 짙었다. 저 멀리, 혹은 갑자기 눈앞을 가로막듯 다가드는 산들은 원시의 위용을 간직한 채 서늘한 냉기를 뿜어냈다.

골짜기를 돌아 산을 하나 넘으면 또 산이었다. 그러다가도 탁 트인 전경 속에 주위의 풍광을 고스란히 담아내고 있는 호수와 작은 마을이 나타나곤 했다. 우리는 로지와 리조트와 스키 캠프가 있는 소도시 근교의 오토캠핑장에다 텐트를 쳤다.

마침내 캐나다 국경을 넘어 미국 영토인 알래스카로 들어섰다. 백양나무나 자작나무 몇 그루가 듬성듬성 서 있을 뿐인 툰드라 지대가 나타나기 시작했다. 지평선 저 끝에는 꼭대기에서 중턱까지 흰 눈을 뒤집어쓴 설산 연봉이 툰드라의 초원을 에워싸고 있었다.

알래스카 내륙을 관통하는 도로는 구릉에서 구릉으로 뻗어 있었다. 간간이 눈발이 흩날리기도 했던 캐나다의 며칠에 비해 알래스카의 날씨는 걱정했던 것보다 쾌청했다. 그러나 냉엄한 대기와 따가운 햇살, 빙하와 신록이 공존하는 계절이었다. 변화무쌍한 극북의 기후답게 언제 또다시 비나 진눈깨비를 뿌릴지 알 수 없었다. 지평선 너머로 해가 가라앉지 않는 6월의 하늘은 저녁 9시, 10시가 돼도 훤했다. 산골짜기의 빙하를 엷은 분홍빛으로 물들일 뿐이었다.

"백야로군. 늦가을에 왔으면 오로라를 볼 수도 있었을 텐데. 차가운 불길이 너울거리는 광경을 상상해봐. 장관일 거야. 그러려면 더 극북으로 올라가야겠지만. 아쉽네, 아쉬워." B는 정말 아쉽다는 듯 같은 말을 되풀이했다. "여하튼 대단한 땅덩어리야. 원주민을 쫓아내고 아메리카 본토를 차지했지, 겨우 720만 달러로 이 노다지 대륙까지 얻었지…… 이 탐욕스런 앵글로색슨의 영화도 언젠가는 겨울의 태양처럼 기울겠지만 말이지."

뒷좌석에서 B가 맞장구를 기대하며 찬탄을 이어갈 때 나는 곁눈으로 휘를 살폈다. 휘는 오른손 중지로 핸들을 톡톡 건드리며 전방을 주시하고 있었다. 언제 어디서 무스나 그리즐리가 길을 막고 어슬렁거리고 있을지 모르는 지역이었다. 내비게이션은 들판의 작은 마을 근처를 지나갈 때 말고는 잠잠했다. 나는 B의 혼잣말과 휘의 침묵 사이에 가로놓인 보이지 않는 장대를 위태롭게 오갔다.

그날의 목적지는 데날리 국립공원이었다. 매킨리 산을 품은 데날리 국립공원은 페어뱅크스 남쪽에 있었다. 페어뱅크스 시내에서 시간을 많이 소요한 탓에 서둘러야 했다. 날이 훤해 시간감각이 무뎌진 때문이었다.

핸들은 주로 휘와 내가 교대로 잡았다. B는 운전을 그다지

즐기지 않았다. 그러면서도 휘의 운전을 못 미더워했다. B는 웬만해선 휘에게 직접 말을 걸지 않았다. 나를 거쳐 자신의 의사를 전달하거나, 휘 쪽에서 포충망 같은 청력으로 낚아채주길 바라는 듯 허공에다 대고 요구사항을 우물거리는 식이었다. 휘가 자신을 썩 좋아하지 않는다는 걸 '소심한' B가 눈치채지 못했을 리 없었다. 책상물림인 B에게 새파랗게 젊은 '요즘 것'인 휘는 공포스러운 존재였을 것이다.

"이러다 늦겠는데……. 내일 새벽 일찍 움직이려면 빨리 도착해서 좀 자둬야 하는데 말이지……." B가 에둘러 잔소리를 했다. 그럴수록 휘의 운전이 거칠어졌다. 저만치 도로를 가로지르는 토끼나 북극다람쥐를 발견할라치면 경고 없이 브레이크를 퍅퍅 밟았다. "어이쿠!" B는 그때마다 신음 소리를 냈다. 둘 다 기미가 좋지 않았다. 거슬러 올라가면 균열의 기미는 새크라멘토에서부터 있었……던 것 같았다. 장거리 장기여행에 필요한 짐들, 그 가운데서도 엄청난 양의 식재료와 취사도구 등속을 밴의 짐칸에 쟁여넣을 때부터였나. 더 전에 둘이 첫 대면을 할 때부터였나. 휘는 B의 첫인상을 묻는 내 질문에 딱 한마디를 던졌다. "뭐, 퍽 소심하던걸."

석양에 물든 진홍빛 구름이 하늘의 반쪽을 덮었다. 벌써 11시였다. 어둠은 쉬 내리지 않았다. 북극의 태양은 수평에 가까운 완만한 사선을 그리며 천천히 서쪽으로 이동했다. 그렇게 어둑어둑해지는 듯싶다가 그대로 날빛이 환해지면서 아침이 올 것이었다. 자정 전에 데날리에 도착하려면 속도를 좀 내야 했다. 그날 데날리 캠프촌에서 야영을 하고, 다음날 새벽에는 예약해둔 셔틀버스를 타야 했다. 물론 B가 짜놓은 일정이었다.

"어이! 속도를 좀 내봐!" 어지간히 조바심이 났던지 결국 B가 휘에게 직접 말을 걸었다. 말투에 짜증이 섞였다. 휘가 예고 없이 가속페달을 푹 밟았다. B의 상체가 등받이 쪽으로 벌렁 넘어갔다. B가 목덜미를 싸쥐며 끄응, 앓는 소리로 불만을 드러냈다. 나는 휘의 손등을 가볍게 토닥였다. "위험해. 제한속도로 가." 휘가 속도를 낮췄다. B가 오만상을 찌푸렸다. 나는 가능한 한 부드럽게 말했다. "얜 아직 초보야. 초보치고는 잘 달리고 있고. 내가 핸들을 잡아도 제한속도 이상은 안 돼." 길에서 자는 한이 있어도, 라는 말은 덧붙이지 않았다. B의 표정이 굳을 대로 굳어 있었기 때문이었다.

바로 그때였다. 휘가 도로 밖으로 핸들을 홱 꺾었다. 차체가 심하게 흔들렸고, 백양나무가 눈앞으로 확 다가들었다. 끼익, 브레이크 밟는 소리와 함께 푸석한 흙먼지가 피어올랐다. 밴과 백양나무 사이에 몸 하나가 빠져나올 만한 간격이 남아 있었다. 휘가 운전석에서 내려 차 앞을 빙 돌아 내가 앉은 조수석 쪽 문을 열었다. 나는 운전석으로 자리를 옮겼다. 내가 핸들을 잡고 있는 동안 휘는 내내 눈을 감고 있었다.

가까스로 데날리 국립공원 야영장에 당도했을 때는 자정을 넘긴 시각이었다. 그 시각까지도 잠들지 않은 야영객들은 숲 속 빈터에 모닥불을 피워놓고 삼삼오오 모여 맥주를 마시거나 담배를 피우며 두런거리고 있었다. 우리는 넓은 캠프촌을 두 바퀴 반이나 돈 끝에 간신히 빈 사이트 하나를 찾아냈다. 찬밥에 인스턴트 카레를 끼얹어 늦은 저녁을 해결하고 났더니 누적된 피로가 몰려왔다. 서너 시간 눈 붙이자고 텐트를 쳤다 걷었다 할 시간도 기력도 남아 있지 않았다. 불편한 대로 좁은 차 안에서 웅크리고 새우잠을 청할 수밖에 없다는 결론이 났다.

파카를 껴입고 담요를 뒤집어써도 차 안은 한데나 다를 바 없었다. 제대로 무릎을 펴지도 못한 채 추위에 떨며 잠을 청했다. 자다 떨다 서너 시간을 끙끙대다가 알람 소리에 떠지지 않는 눈까풀을 간신히 밀어올렸다. 온몸이 천근만근이었다. 6월 중순이어도 알래스카의 새벽 공기는 뼈가 시리도록 싸늘했다. 칫솔을 입에 물고 뻣뻣한 삭신을 끌며 공동세면장으로 향했다. 세면대 거울에 퉁퉁 부은 얼굴이 떠 있었다. 사서 개고생이 구나. 푸념이 절로 나왔다. 단순히 고행이 되어버린 여행만이 문제가 아니었다. 잘못된 조합에 대한 우려가 불안감으로 바뀌고 있었다.

아니나 다를까. 씻는 둥 마는 둥 대강 물을 칠한 뒤 볼일을 해결하고 데날리 인포메이션센터를 찾아가는 도중, 그예 사단이 났다. 그날 아침따라 B는 초절약형 자동차여행이 감수해야 할 인내의 수칙을 깡그리 잊은 듯 줄기차게 역정을 냈다. 몸이 찌뿌드드하다느니, 페어뱅크스를 들르는 게 아니었다느니, 어리바리하게 인포메이션센터로 가는 방향을 놓치고 헤맨다느니…… 드디어 내 인내심도 바닥이 나서 울컥하려는 순간, 휘가 쇳덩이 같은 목소리로 말했다. "그만 좀 합시다. 여기, 지금, 힘들지 않은 사람 있습니까?"

나는 내 몫의 항변을 꿀꺽 되넘겼다. B가 눈을 치떴다. 눈밑이 파르르 떨리는 것도 같았다. 이런 몹쓸 놈 봐라, 이런 하극상이 있나, 하는 표정으로 대뜸 언성을 높였다. "뭐, 이런 새끼가? 싸가지 없는 놈 같으니라고. 너 말야, 첨서부터 내 맘에 들지 않았어." 평소 욕설과는 거리가 먼 B였다. 그런 그가 입속에서 으깨진 벌레를 퉤퉤 뱉어내듯 쌍시옷을 붕붕 날렸다. 꽤 씸함과 분함을 참지 못해 목소리마저 쩍쩍 갈라졌다. 한마디로 스타일 구기는 일갈이었다.

훈장질하는 어른이나 대가리에 피도 안 마른 어린 사내놈이나, 어디 한번 알래스카 벌판에서 맞닥뜨린 번식기의 무스처럼 뿔 겨루기를 해 보시지. 나는 두 사람의 설전에 끼어들지 않았다. 안내판의 표지에 따라 핸들을 돌리는 데 열중했다.

"이 새끼 저 새끼 하지 마쇼. 당신 새끼 아니니까. 그리고 싸가지 어쩌고 하기 전에 자신부터 함 돌아보쇼. 귀찮으면 뒷짐 지고 쌩까고, 남 부리기 예사고. 씨발, 인간성이 글러먹었잖아." 지나치긴 했지만 휘로서는 쌓이고 쌓인 불만을 터뜨린 것이었다. "뭐야, 이 새끼! 뭐가 어째? 보자보자 하니까 아주 못돼 처먹었어. 누가 그렇게 가르치디, 엉?" 나는 실소를 금치 못했다. 휘는 더는 맞대꾸 없이 창밖으로 고개를 돌려버렸다. 꽉 움켜쥔 주먹에 푸른 힘줄이 돋았다. 다행히도 전방에 국립공원 관리소 건물과 주차장이 나타났다. 나는 주차라인 안에 밴을 집어넣고 나서 여전히 씨근거리고 있는 B에게 나직이 말했다. "내 새끼니까 내가 그렇게 가르친 셈이네. 다 왔어."

희극이었다. 아무도 웃지 않는 블랙코미디. 물속에 처넣은 고무공이 한사코 수면 위로 떠오르듯, 그날의 명장면들은 한

컷 한 컷 이물질처럼 머릿속을 부유하다 부지중 홀로그램 형상으로 눈앞에 나타나곤 했다. 횡단보도를 건너다가도, 교정쇄를 들여다보다가도, 퇴근길 지하철에서 꾸벅꾸벅 졸다가도. 나는 그 기묘한 광학현상에 멍하니 넋을 잃는 일이 잦았다.

◆ ◆ ◆

무슨 소리가 나는 것 같다. 눈까풀을 밀어올린다. 여기는 어딘가. 익숙지 않은 풍경에 당황하는 사이 다시 쿵쿵, 소리가 울린다. 엉거주춤 방문에 귀를 갖다댄다. 안의 기척쯤 다 알고 있다는 듯 귀에 익은 목소리가 넘어온다.

"나, 휘."

문을 열자 정말 휘가 서 있다. 까까머리에 검정 비니를 눌러 쓰고 위아래 한 벌 트레이닝복 차림으로. 바지 주머니에 두 손을 푹 찔러넣은 폼이 정예육군의 각은커녕 딱 동네불량배 꼬락서니다. 휘는 어칠비칠 방 안으로 들어와 그대로 이부자리 속으로 고꾸라진다. 가을볕에 국방색으로 그을린 얼굴이 띵띵 부은데다 거칫거칫하다. 뺨에는 나뭇가지에 긁혔는지 바늘땀 형상의 피딱지가 앉아 있다. 휘가 졸음기 조불조불한 눈을 반쯤 감고서 투덜거린다. 마치 어제 보고 오늘 또 보는 듯 심드렁한 말투다.

"뭐하러 와, 이런 델?"

"하면, 도로 가?"

"할마씨, 삐지기는."

베개를 괴어주자 휘가 이불을 목까지 끌어올리며 짐짓 딴소리를 한다.

"으으 뜨뜻하다. 일단 눈 좀 붙이고."

"밤 샜어?"

"행군, 또 행군. 지겹게 걸었어. 일주일 만에 어제 자정 넘어…… 아니다, 자정 넘었으니 오늘이라고 해야 맞나? 암튼 졸려 죽겠는데, 씨발, 복귀하자마자 댓바람부터 또 운동장 집합이라잖아. 축군지 지랄인지 한다고."

"토요일인데, 쉬지 않어?"

"순진하셔. 쉬고 안 쉬고는 윗대가리들 마음이지."

"그런데 이렇게 나와 있어도 돼?"

한순간 까무룩했는지 잠잠하다가 몇 박자 늦게 휘가 어어? 하는 얼굴로 사방을 두리번거린다.

"축구 빠져도 되냐고."

"으응…… 모친 문자 뵈주니까 빼주데."

"아침은 먹었어?"

"나중에…… 잠부터 좀……."

휘는 말끝도 맺지 못하고 그냥 곯아떨어진다. 저렇게 졸음이 쏟아지는 상태로 여기까지는 어떻게 내려왔을까. 그보다도, 군장을 지고 몇 날 며칠 산악행군을 어떻게 버텨낼까. 어려서는 낯도 가리고 잠자리 투정도 어지간했다. 외가에 다니러 갈 때도 꼭 제 쓰던 담요와 베개와 식기를 챙겨야 한다고 까탈을 부려서 내 성질을 돋우곤 하던 녀석이었는데. 군에 들어가고부터는 방바닥에 머리카락 몇 올만 닿아도 꼬로록 잠 속으로 입수한다. 무슨 꿈을 꾸는지 알아들을 수 없는 잠꼬대도 하고 가볍게 코도 곤다. 나는 벽에 기대앉아 미간을 좁힌 채 잠든 휘를 내려다본다. 스물셋. 푸른 봄날의 네 나이…….

네가 내게로 왔을 때, 그때 내 나이 스물셋이었단다, 얘야……. 난들 무얼 알았겠니. 지금도 앞이 캄캄할 때마다 그 뻘 같은 어둠이 무서워서 두 눈 더 질끈 감아버리고 마는데. 현실이라는 열차에서 뛰어내려 아득한 들판 저 너머로 사라져버리고 싶은 마음 굴뚝같은데. 뛰어내리다 접질린 발목을 시큰시큰 딛고서라도.

휘는 꿀잠을 잔다. 수마가 몸을 걸타고 누르는지 옴짝도 않
는다. 벼랑에서 굴러떨어진 바윗돌마냥 요지부동이다. 내 새
끼, 아깝기도 하고 듬직하기도 하다. 실은 측은한 것이다. 모로
누운 아들의 어깨를 살짝 건드린다.

"그래도 밥은 먹고 자야지. 그래야 잠도 든든하지."

재울까 깨울까 마음이 이쪽저쪽이라 내 귀에도 들릴락 말락
목소리를 낮추게 된다. 휘는 기척도 없다. 뭘 좀 먹어야 할 텐
데. 뭘 좀 먹여야 할 텐데. 꾸역꾸역 풀려나오는 후회처럼 맥없
는 혼잣말로 어미 노릇을 하고 있다. 우두커니 허공을 바라보
며 서너 식경을 흘려보낸 뒤에야 작정하고 휘의 어깨를 잡아
흔든다. 휘가 벌떡 허리를 곧추세우더니 방 안을 한 차례 휘이
둘러보고는 도로 이부자리로 쓰러진다.

"뭐라도 좀 먹자."

그 말에 휘가 굼뜨게 상체를 일으킨다. 벽에 기댄 채 두 손
바닥으로 얼굴을 쓱쓱 문지르며 웅얼거린다.

"참, 그렇지. 엄마 밥 먹어야 하는구나."

"나 말고 너."

휘가 마지못해 앞장을 선다. 그다지 넓은 등도 아닌데 시야
를 가린다. 비 온 후의 와디처럼 강마른 가슴골에 물길이 지나

간다. 누군가의 등 뒤에 숨고 싶은 시절이 있었다. 그러다 문득 정신을 차리면 눈앞의 가벽은 쓰러지고 흙먼지가 뒹굴고 비바람이 몰아치고 있었다. 바람이 자고 해가 뜨기를 기다리는 불면의 밤은 얼마나 길었는지. 이것이 정답이다, 하고 윽박지르는 삶은 얼마나 매몰차게 정직한지.

휘는 조수석 의자를 젖히기 무섭게 곯아떨어진다. 어쩐다? O의 종이박스에서 무릎담요를 꺼내 휘에게 덮어준 뒤 천천히 차를 몰고 읍내를 벗어난다. 외곽을 돌다 그럴싸한 음식점이 보이면 차를 세울 심산이었지만 깊이 잠든 휘를 선뜻 깨울 수 없어 번번이 그 앞을 지나치고 만다. 하긴, 밥보다 잠이 보약이다. 하릴없이 Y군 일대를 빙빙 돌고 있자니 그해 데날리 국립공원에서의 해프닝이 생각난다.

그날 새벽 휘는 인포메이션센터 주차장에 홀로 처졌다. "다녀와. 난 여기서 기다릴게." 휘가 밴을 가리키며 말했다. "여덟 시간짜리 사파리야. 그동안 너 혼자 여기서 어쩌려고." "밀린 잠이나 실컷 자지 뭐." 휘가 고집을 부렸다. B는 B대로 뚱한 낯이었다. 기름과 식초처럼 겉도는 둘을 억지로 대동할 수도 없는 노릇이었다. "뭐든 챙겨 먹어. 인포메이션센터에 가면 시간

보낼 만한 게 있을지도 몰라. 인터넷 같은 거라도." "걱정 마. 알아서 할게."

B는 휘의 잔류를 오히려 홀가분해했다. 한시름 던 기분으로 셔틀버스에 오르고부터 낯빛도 어조도 훨씬 낫낫해졌다. 그는 우정 살가운 언행으로 내 마음 갈피에 낀 얼음장을 깨트리려 애쓰는 눈치였다. 나는 반응하지 않았다. 그 정도 벌은 B도 감수해야 마땅하다고 생각했다.

관광객을 실은 버스는 초록 융단을 펼쳐놓은 것처럼 생명의 기운이 번지기 시작하는 툰드라를 가로질렀다. 그사이 서너 시간 자취를 감추었던 태양이 머리 위로 떠올랐다. 기온이 오르고 아지랑이가 피어올랐다. 저 멀리 매킨리의 영봉이 축복처럼 구름 밖으로 그 장엄한 위용을 드러냈다. 폭이 좁은 강줄기는 사행곡선을 그리며 초원을 휘돌아가고, 수면에는 은빛 물비늘이 백양나무 이파리처럼 찰랑거렸다. 찬탄할 만한 풍광을 눈앞에 두고서도 내 머릿속은 천덕꾸러기가 되어 차 안에 구겨져 있을 휘로 인해 뒤숭숭했다. 봄 털갈이를 하느라 흰빛이 사라져가는 북극여우를 발견했을 때도 별다른 감흥이 일지 않았다. 북극여우는 연신 카메라 셔터를 눌러대는 관광객들을 흘낏흘낏 뒤돌아보며 잔설이 희끗한 언덕 너머로 달아났다.

여덟 시간 만에 주차장으로 되돌아왔을 때 휘는 밴 꽁무니에 달라붙어 뭔가에 몰두하고 있었다. 캐나다를 거쳐 알래스카 내륙을 도는 동안 흙먼지를 잔뜩 뒤집어쓴 밴의 외부는 안이 들여다보이지 않을 정도로 뿌옜다. 휘는 작업용 면장갑을 끼고서 밴의 후미에 두텁게 발린 흙먼지를 신중하게 긁어내는 중이었다.

가까이 다가가자 휘가 전체를 볼 수 있도록 뒤로 한 발자국 물러섰다. 왼쪽 반절에 드러난 형상은 알아볼 만했으나 오른쪽 반절은 여전히 먼지투성이로 남아 있는 미완성 그림이었다. "토템폴이야. 거기, 어디였지? 오다가 바닷가 인디언 마을에서 봤던 거." "응, 해인즈. 우리가 들렀던 공방은 칠캣 센터고."

대개의 원시부족들이 그렇듯이 알래스카 인디언들에게도 각 부족마다 자신들의 시조라고 여기며 각별히 숭배하는 동물이 있다. 동물만이 아니라 지상의 모든 사물에도 영혼이 깃들어 있다고 믿는다. 정령신앙을 가진 인디언들은 먼 조상의 영혼과 그들 세계에 내려오는 전설을 잊지 않기 위해 나무기둥에다 시조 동물을 형상화한 전통문양을 새겼다. 말하자면 토템폴은 그들의 신화와 세계관을 기록한 역사적 문화적 기념물인 것이다. 그것이 휘의 관심을 끌었던 모양이다.

"틀링깃이랬나, 아사바스칸이랬나, 여튼." 휘가 왼손에 들고 있던 자그마한 종이쪽지를 보여주었다. 해인즈의 인디언 공방에서 얻어온 브로슈어를 응용한 듯 여러 동물형상을 스케치한 도안이었다. "흰머리수리, 고래, 회색 곰, 늑대. 멋진데?" "알아보네. 더 심플하게 단순화시켰는데." 기분전환이 됐는지 휘의 목소리가 모처럼 밝았다. 덕분에 내 마음도 좀 가벼워졌다.

"뭘 좀 먹었어?" "아니. 잤어. 깨면 또 자고. 일어난 지 얼마 안 돼. 오줌 누고 오는데 차 뒤를 보니까 낙서나 좀 할까 싶더라고." "겸손해서 나쁠 건 없지만 이만하면 작품이라고 우겨도 되겠다. 저기, 저 사람들도 엄지를 세워주잖아. 마저 잘 그려봐. 네 전공이잖아." 휘가 멋쩍은 듯 장갑의 먼지를 털면서 말했다. "어차피 렌트한 찬데 뭐. 다 그려봤자 비 한번 내리면 줄줄 구정물이 돼 흐를 거고." 나는 손가락으로 프레임을 만들어 보였다. "움직이는 포트폴리온데, 기념촬영으로 길이길이 남겨야지, 안 그래?"

그 포트폴리오는 완성하지 못했다. 앵커리지로 이동하는 도중에 B와 휘 간에 돌이킬 수 없는 격돌이 다시금 일어나고 말았으니까.

그나저나 휘는 무슨 잠을 저렇게 정신없이 잘까. 저만하면 거의 혼절에 가깝다. 도대체 몇 날 밤낮을 길바닥에서 보냈기에 저 지경일까. 저 근근한 체력으로 제대할 때까지 버틸 수나 있으려나. 군인은 사람이 아니고 군수품일 뿐이라고 자조하더니, 복무를 연장한 제 선택을 이제 와 후회하는 건 아닐까. 스물여닐곱에 전역을 해도 학교로 돌아가는 대신 집을 떠나겠다고 한다면…… 그러니까 엄마를 떠나겠다고 한다면…… 보내주어야겠지. 어딜 가든 잠 하나는 잘 자겠으니 그건 다행이네.

◆　◆　◆

휴대전화가 울린다. 휘의 주머니에서 나는 소리다. 휘가 잠기를 털지 못한 목소리로 관등성명을 댄다. 위치보고 시간을 넘긴 모양이다. 차에서 그만 잠들어버렸다고 웅얼거리자 저쪽에서도 별로 다그치지 않는 눈치다. 휘가 전화기를 주머니에 집어넣으며 묻는다.

"안 바빠, 요샌?"

"마감 땐 바쁘기도 하고, 급하지 않은 일도 있고. 왜, 엄마 가?"

"그게 아니고…… 그냥…… 졸리니까 아무 생각이 없네."

"일단 밥부터 먹자."

"그보다…… 나, 그냥 올라가면 안 될까?"

"들어오래?"

"아니. 눕고 싶네."

이를 어쩌누. 밥 한 끼 마주 보고 먹을 궁리를 하느라 몸 편하게 재워야 한다는 생각은 뒷전이었다. 늘 이런 식이다. 넘치지 않으면 모자라는 엄마. 한술 밥이라도 뜨게 해서 학교에 보내려고 10분이 금쪽같은 아이의 이불을 걷어내곤 했던 일이 떠오른다. 실랑이를 하다보면 가벼운 몸싸움이 되어 등짝도 치고 서로 팔다리도 얽히고 그랬는데. 그런 실랑이조차 아마득하다. 이제 다 큰 아들은 어깨로 흘러내린 머리카락을 집으려 무심코 손을 뻗기만 해도 뜨거운 것 피하듯 목을 움츠리곤 한다.

"진작 올려줄 걸 그랬다?"

밥보다 눕고 싶다니, 하는 수 없지. 휘가 검지로 코밑을 문지르며 멋쩍게 덧붙인다.

"다음 달 휴가 때 집에 갈게."

서운함을 감추고 Y읍으로 차를 돌린다. 읍내 거리는 오전에 비해 외출이나 외박을 나온 장병들로 제법 북적인다. 애인

137

이나 친구 그리고 가족에게 둘러싸인 군복의 청년들은 대체로 그 청춘의 나이답게 유쾌하게 들떠 있다. 그 과장된 해방감 속에는 임박한 복귀에 대한 두려움과 미래에 대한 근원적인 불안이 도사리고 있으리.

"너네 부댄 괜찮아?"

"뭐가?"

"하도 뒤숭숭해서……"

"어? 아아, 왜, 걱정돼? 탕! 그런 짓 할까봐?"

"말이래두……"

휘가 불현듯 정색을 한다.

"엄마나 잘하셔. 난 엄마가 맘이 안 놓여. 전과가 있잖아, 알래스카……"

직격탄이다. 내내 불편한 기억으로 남아 있었다는 반증일 테지.

알래스카 여행은, 내 딴에는 마지막 선물 같은 것이었다. 엄마의 새출발로 빙하에서 떨어져나간 얼음덩어리 신세가 된 아들을 위로하고 싶었다. 생부의 얼굴조차 모르는 휘가 아닌가. 세상 천지에 저와 나 둘뿐인 가족의 해체라면 해체였다.

그러나 그 여행은 추억은커녕 되레 휘에게 큰 상처가 됐다.

나는 나대로, 휘는 휘대로 자책감과 죄책감이라는 후유증을 앓느라 조금씩 소원해지고 소홀해졌다. 그 거리만큼이나 나는 늘 조마조마했다. 게다가 잊을 만하면 한 번씩 군부대 총기사고가 뉴스에 떴다. 휘 또한 어떤 극단적인 충동에 휩싸일지 모른다는 급성공포증보다, 하필이면 그런 뉴스를 접할 때마다 휘의 내면에서 어떤 분화가 일어나고 있는지 전혀 알지 못한다는, 그 격절이 오싹오싹했다. 식은땀이 나도록 무섭고 미안했다.

"난 말이지……."

휘가 잠깐 생각에 잠겼다가 말을 잇는다.

"난 상관없어. 누가 날 버렸건, 모욕을 주건, 조롱을 하건, 죽일 듯이 두들겨패건…… 상관없어. 상관 안 한다고. 걱정 마. 내 안의 이유가 아니라, 외부의 이유로는 굴복 안 해. 자존심이야, 이건."

낮지만 또렷한 말투. 그런데 휘, 엄마 귀에는 다짐이 아니라 비명으로 들리는구나. 오기라고, 만용이라고 그렇게 말해서는 안 되겠지. 그래도 네게 그런 쓸데없는 것들만 물려주었을까 싶어 걱정은 좀 되는구나.

나는 좌회전 신호에 맞춰 언덕 쪽으로 핸들을 꺾는다. 제법 경사가 가파른 오르막길 끝에 휘의 숙소인 노도부대가 있다. 운동장 입구에 차를 세운다. 밤색과 쥐색 털이 얼룩덜룩한 고양이 한 마리가 쓰레기 더미를 헤집다 소각용 드럼통 뒤로 몸을 숨긴다. 미관을 고려하지 않은 숙사는 온기 없는 집처럼 을씨년스럽다. 휘가 차 밖으로 몸을 내밀다 말고 고개도 돌리지 않고서 덧붙인다.

"근데 가끔 곱씹긴 해. 우리가 정말 알래스카에 갔던 걸까, 하고."

무슨 답을 하랴. 나는 못 들은 척 일상의 언어로 대꾸한다.

"아프지 말고. 다치지 말고."

"엄마도 잘 지내. 잘 올라가고."

휘가 건물 쪽으로 걸어가면서 뒤돌아보지도 않은 채 한 손을 어깨 위로 올렸다 내린다. 해독하기도 전에 사라지는 이국의 표지판처럼 재빠른 저 손짓은, 누구를 닮았을까. 나는 휘가 건물 안으로 들어가는 모습을 끝까지 지켜보지 않고서 곧바로 차를 돌린다. 구름이 해를 가린 건지, 일몰이 가까워오는지, 날빛이 흐리다. 한 차례 사나운 바람이라도 불어올 것만 같은 기세다. 렌터카를 반납하러 앵커리지 공항지점으로 향할 때, 그때도 하늘빛이 딱 이랬는데.

데날리 국립공원에서 보낸 한나절은 최악이었다. 어렵게 마음을 먹고, 야생의 툰드라와 설산에 대한 기대를 품고 수천 마일을 달려간 수고가 무참했다. 날선 눈빛과 꽉 다문 입술로 서로의 신경을 긁어대느라 여독이 가중됐다.

세 사람을 실은 밴은 앵커리지를 향해 달렸다. 저녁시간까지 시내 민박집에 도착해야 했기에 느긋하게 풍광을 즐기거나 휴식을 취할 여유가 없었다. 달리는 차 안에서 빵 조각이나 바나나로 요기를 하고, 급하면 길섶에서 볼일을 봐야 하는 강행군이었다. 운전대는 먼지그림으로 기분이 나아진 휘가 잡았다. 나는 CD를 바꿔가며 음악을 들었다. 두어 시간을 내리, 아주 긴한 전달사항을 제외한 침묵 속에서 달리고 있을 때 갑자기 B가 신경질적으로 외쳤다. "주유소를 그냥 지나치면 어떡해!"

광활한 캐나다 땅이나 알래스카를 달리다보면 가도 가도 인적 없는 도로를 달리게 될 때가 많다. 그러므로 '주유소가 보이는 족족 오일탱크를 채워둔다'가 자동차여행 수칙 중 하나다. 휘는 그 수칙을 지키지 않았다. 직구를 잘 날리지 못하는 B의 성정을 감안하면, B가 내지른 일성은 딴에는 나 들으라는 소리였을 것이다. 물론 그 기저에는 휘에 대한 불만과 억눌린 감정이 깔려 있었겠지만.

내가 곁눈으로 오일게이지를 체크하려는 순간 휘가 급브레이크를 밟았다. 그와 동시에 빠르게 핸들을 감았다. 자동차는 위태하게 반원을 그린 뒤 휘청거리며 반대편 차선으로 넘어갔다. 한순간에 주행 방향을 거꾸로 돌려버린 것이었다. B는 경악을 넘어 사색이 된 얼굴로 손잡이를 꽉 움켜잡고 있었다. 휘는 좀 전에 지나쳤던 주유소로 거침없이 진입해서 주유기 바짝 앞에다 차를 세웠다.

침묵이 흘렀다. 몇 분이나 지났을까, 휘의 숨소리가 고분고분해질 때쯤 B가 내 옆구리를 쿡 찔렀다. "나가서 얘기 좀 해." B는 차에서 10여 미터쯤 떨어진 나무 아래에서 걸음을 멈췄다. 그러고선 비장하게 선언했다. "이 상태로는 무리야. 더 이상 쟤랑 여행 못해." "어쩔 건데, 그럼?" "무슨 대책을 세우든가 해." "무슨 대책? 어떤 대책?" B가 내 눈을 피하며 말했다. "쟬 돌려보내든가…… 하라고."

나는 마음속으로 하나, 둘, 셋을 셌다. 그런 다음 말했다. "좋아. 무슨 말인지 알겠어. 근데 그전에 내 말부터 들어. 난 하루에 열두 번도 더 당신 새끼 비위 상해도 참아왔어. 당신과 사는 한, 앞으로도 계속해서 참아야 될 거고. 당신 새끼뿐만 아니라 당신 부모까지 참아달랬지? 그런데 당신은 내 새끼 못 참겠다고 돌려보내란 거네. 새크라멘토에서 출발한 지 오늘로 열흘? 열하루? 고작 그것밖에 안 지났는데. 쟤가 서울서 새크라멘토로 날아온 날로부터 쳐도 보름 깔딱 넘겼을 뿐이라고. 그러니까 당신은 내 새끼 겨우 그 보름도 못 참아내겠다는 거잖아."

그러나 B는 스트레스를 견디지 못했다. 끝내 남은 여행일정을 완전히 엎어버리고 새크라멘토로 돌아가는 가장 빠른 비행기를 타겠다고 고집했다. 때문에 안이 들여다보이지 않도록 길 먼지를 흠뻑 뒤집어쓴 밴은 앵커리지 공항지점에 반납하는 수밖에 없었다. 항공요금을 제하고 수중에 남은 경비와 거의 맞먹는 패널티를 지불했다. 새크라멘토에 도착하자마자 휘는 인천공항으로 가는 가장 빠른 비행기로 티켓을 바꿨다. 패널티가 붙었다. 그 얼마 후 나도 새크라멘토를 떠나왔다. 역시 지정된 티켓을 앞당기느라 패널티를 물었다.

돌아오는 비행기 안에서, 살면서 얼마나 더 많은 패널티를 물게 될까, 그런 생각도 스치듯 했던 것 같다.

Y읍과 멀어진다. 갈림길이다. 이제 어디로 간다?

짧게 망설이는 사이 뒤차가 빵빵 경적을 울려댄다. 알았다고! 나는 핸들을 꺾는다. 휘를 만나러 달려온 길과는 반대쪽으로. 부리나케 집으로 돌아가야 할 일이 있는 것도 아니다. 차는 내일까지 쓰기로 되어 있고, 내일이 아니라 며칠을 넘기더라도 O는 타박하지 않을 것이다. 지난 이십 수년간 휘의 생부가 누구냐고도 한 번 물어오지 않았던 그다. 궁금하지 않은 걸까. 알고 싶지 않은 걸까. 만약 O가 휘의 생부에 대해 물어온다면…… 어떻게 대답해야 좋을까. 그러고 보니 O는 늘 그 자리에 있고, 나는 늘 어딘가로 떠났다가 되돌아왔다는 생각이든다. 알래스카로 떠날 때도 알래스카에서 돌아왔을 때도 O는 이전의 O였다.

핸들을 꽉 잡고 브레이크를 깊게 밟는다. 동시에 오던 방향으로 차를 홱 되돌린다. 저만치 뒤따라오던 트럭이 경적과 함께 욕설을 퍼부으며 지나간다. 나는 속도를 높인다. 조금 전 Y읍에서 빠져나온 교차로를 지나친다. 알래스카에서 Y읍까지 쉬지 않고 달려온 것만 같다.

아, 알래스카여. 휘의 말대로 우리는 정말 알래스카에 갔던 걸까.

휘는 Y읍에 있다. 휘는 길을 찾지 못했고, 나는 길을 잃었다. 꿈에서도 가까이 길을 두고 멀리 돌았다. 어떤 불가해한 이끌림에 혹했던 걸까. 오만과 오독이 먼지뭉치처럼 뒤엉켜 있는

144

내 머릿속의 문제일까.

길 위에 길은 없다. 수천만 수천억 톤의 하중을 떠받치는 이 위대한 공학적 구조물은 음험한 진흙탕을 덮고 있는 위장막에 불과하다. 저 앞에는, 아가리를 쩍 벌리고 발밑 어두운 자의 영혼을 삼킬 순간을 기다리는 크레바스가 길을 끊고 있을 것이다.

나는 가속페달을 힘주어 밟는다. 자동차는 발사대를 벗어난 미사일처럼 앞으로 튕겨나간다. 그리고 단단한 부리로 바람을 가르는 극북의 맹금류처럼 대지의 어둠을 뚫고 앞으로, 앞으로 내달린다. 지금 내가 할 일은, 정녕 내가 할 수 있는 일은, 다만, 얼음 벌판 위를 미끄러지듯 달려나아가는 것뿐이다.

자서 _{自序},
끝나지
않은

1

"세상에, 유난스럽기는."

902호 여자와 엇갈릴 때, 903호 민오엄마가 불퉁스럽게 이죽거렸다. 들을 테면 들으라는 투였다. 아파트단지 간 진출입로 폐쇄를 둘러싼 항의 시위에서 돌아오는 길인지라 가뜩이나 심사가 뒤틀려 있던 차였다.

눈을 내리깐 채 엘리베이터 안으로 들어서던 902호 여자가 그 말을 속으로 곱씹었을지 어쨌을지는 알 수 없다. 민오엄마는, 까짓 대수냐, 기세 양양했다. 사납고 유치하기로 호가 난 값을 했다. 정작 가슴을 움찔 졸인 건 나다. 쉰다섯 해 온갖 어쭙잖은 꼬락서니들을 두루 섭렵한 내가 아닌가. 그러니 소심해서라기보다 딸뻘인 민오엄마가 저보다 10년은 너끈히 윗손

일 성싶은 902호 여자를 성토하고 몰아붙이는 데 은연중 나를 끌고 들어가려는 행사가 마뜩잖아서였다. 왠지는 모르겠으나 나는 여자를 맞은편에 두고 민오네와 한편을 먹고 싶지 않았다. 적어도 그렇게 보이기 싫은 발뺌심리가 내 속에서 파르르 휘돌아쳤다.

"봤어요, 티셔츠에 신발까지 신긴 거?"

민오엄마가 뒤를 힐끔거리며 덧붙였다. 목소리를 한 단 낮추긴 했어도 여전히 비쭉샐쭉한 말투였다. 나는 민망한 나머지 눈짓으로나마 민오엄마를 나무랐다.

됐어, 고만해.

그 순간 고개를 똑바로 세운 902호 여자와 눈이 딱 마주쳤다. 무색무취, 도수 높은 알코올처럼 감정이 실리지 않은 눈빛이었다. 작위의 기미는 살짝 오므린 입술에서 느껴졌다. 그 상태에서 엘리베이터의 문이 스르륵 닫혔다. 나와 민오엄마를 부려놓은 엘리베이터가 902호 여자와 티셔츠에 신발까지 신은 치와와를 태우고 아래로 내려가기 시작했다. 뒤늦게 민오엄마를 나무라던 내 눈짓을 여자가 오해했겠구나 싶었다. 그러자 민오네가 좀 지겹다는 생각이 들었다. 교양의 결여에서 오는 무데뽀 정신을 곧 세상사 요령이자 무기로 삼고 있으니.

"개놈 팔자가 내년 팔자보다 낫네. 저래 우아고상한 종자들은 길거리 나앉아 게게거리는 사람 심정 죽어도 모를 거야, 그쵸?"

느닷없는 비약도 민오엄마의 장기 중 하나다. 나는 대꾸하지 않았다. 속히 집에 가 두 다리 쭉 뻗고 싶었다. 딱히 용쓴 일도 없이 피곤했다. 흥분한 다른 주민들처럼 핏대 세워 구호를 복창한 것도 아니었다. 하필 은행을 다녀오다가 민오엄마들한테 붙들려 엉겁결에 머릿수나 채워주고 서 있었을 뿐이었다. 반상회에서 실력행사에 나서기로 방침을 정했다기에 격렬한 집단충돌이라도 불사할 줄 알았더니 겨우 십수 명이 웅성웅성거리는 형세여서 슬쩍 빠져나오기가 더 난처했다.

"통행로를 원상 복구하라!" "복구하라!" "통행권을 보장하라!" "보장하라!" 반눈에도 안 차는 십수 명이 핸드마이크를 든 선창자의 구호를 받아 외쳐대거나 말거나, 저쪽 민영단지 주민위원횐지 뭔지는 없는 집 개가 짖거니 귀를 딱 틀어막은 채 내다보지도 않았다.

일반분양아파트 대 영구임대아파트 간의 꼴사나운 신경전이 어디 어제오늘 일인가. 재산권 행사는 애당초 핑계였다. 대립의 내막은 계급 사수. 비천한 세계와의 분리를 관철하려는 중산층의 이기심과 졸지에 전염병 수용시설 감염자 취급을 당한 영세민의 피해망상성 자격지심이 멱살잡이의 실체였다. 인정이고 나발이고 법대로 하겠다는데 불리한 건 자본이 허약한 쪽일 수밖에 없다. 거기에다 대고, 더불어 사는 세상이니, 지역 공동체니, 화합이니…… 막말로 씨알도 안 먹히는 헛나발 불어봤자 땡전 한 푼 떨어질 리 만무했다.

"애들 통학로까지 가로막는 저쪽 주민들 처사도 괘씸하지만, 난요, 내 일 아니다, 나 몰라라, 혼자 도도하게 보행하시는 저런 여자…… 정말이지, 비위 상해 죽겠어요. 어차피 저도 임대 사는 주제면서 밥맛 떨어지게시리."

까딱하면 뒤집히고 문드러진다는, 그놈의 비윗살. 불참과 수수방관이 어디 여자 하나만을 탓할 일이어서?

오늘만이 아니었다. 민오엄마는 902호 여자의 기척이 느껴지거나 눈에 띨 때마다 칠색 팔색을 했다. 들어보면 별것 아닌 트집이 대부분이었다. "공동주택에서 개를 키우려면 이웃에게 양해를 구해야 하는 거 아니에요?"라든가, "산보 나가는 모양인데 오드리 헵번 모자에 잠자리 날개 같은 숄까지 둘렀네. 아유, 자기가 무슨 장미희라도 되는 줄 아나봐"라든가, "꼴값을 떨어요. 우리들이랑은 상종하기 싫다는, 뭐, 그런 안하무인 아니겠어요?"라든가.

그런 지적들이 근거 없지만은 않다 하더라도, 나는 민오엄마의 역성을 들어주기가 때때마다 망설여졌다. 민오네와 달리 나는 여자가 그다지 고깝지 않았다. 아니, 오히려 부러웠다. 혼자인 삶의 단출함이 부러웠으며, 남의 수군거림 따위에 연연하지 않는 초연함이랄까 무신경이랄까 그런 안하무인이 부러웠으며, 무엇보다 무엇인가 다른 세상 하나를 품고 사는 듯한 비현실적인 분위기가 마음에 들었다. 물론 내 동경을 입 밖에 내 민오엄마를 자극하지는 않았다.

눈에 뵈는 족족 비꼬아대면서 열외인간 취급을 하는 민오네가 902호 여자에게 품은 가장 큰 불만은 같은 층 이웃인 우리들과 한사코 겉돈다는 점이었다. 교양의 문제가 좀 있긴 해도 나름대로 경우 지키고 상식적인 민오엄마이건만 여자에 대한 반감만큼은 어지간히 신경질적이었다. 여자와 정면으로 낯을 붉힌 적도, 여자로 인해 피해를 입은 적도 없는 것 같은데도. 그 일방적인 까탈일랑 일일이 짚기도 뭣해서 대충 귓등으로 흘려넘기고 말아왔는데, 이따금 무언의 동조로 해석해버릴 게 문제였다. 방금 전처럼 여자의 면전에서 히스테리를 부릴 때는 탐탁잖은 정도를 넘어 안면을 취소하고 싶었다.

피해를 입혔기로 치면 독신인 여자에 비해 한창 부산스런

153

애가 둘씩이나 딸린 민오네가 걸릴 게 더 많은 처지다. 특히 민오란 놈, 풀 방구리에 쥐 드나들 듯 우리 집과 자기네 집 현관을 들락거릴 때마다 발뒤꿈치 얌전히 붙이는 법이 없었다. 노상 뒤가 급한 것처럼 후다닥후다닥, 주의를 줘도 그때뿐이었다. 명색 공용구역이랄 좁은 복도에서 자전거를 끌며 타며 선봉대장이라도 된 듯 고함을 지르는 놈도 우리 집 애와 합세한 민오였지, 여자와 여자의 개는 아니었다.

902호 여자는 민오네가 원하는 수위만큼 개방적이지는 않았지만 그렇다고 아주 폐쇄적이지도 않았다. 매일 아침 문간에 떨어져 있는 신문을 들여갔으며, 혼자서는 거의 날마다 또는 며칠에 한 번씩 개를 동반하고서 산책을 나섰다. 언제 나갔는지는 알지 못하지만 밤늦게 현관문이 여닫히는 소리로, 외출 갔다 돌아오는가 보다, 짐작하게 될 때도 있었다. 여느 주부처럼 건너편 농협 마트에서 장을 봐오는 듯했고, 재활용품 분리수거일에도 드물지 않게 마주치곤 했다. 그런 기척들은 여자가 평범하고 일상적인 생활을 유지하고 있음을 의미했다.

굳이 유별스럽다고 한다면―그것도 민오엄마의 생각이지 내 생각은 아닌 생각이지만―903호 사는 민오엄마와 901호 사는 내가 어느 쪽 집에서든 봉지커피를 마시며 대수롭지 않은 주민정보나 이웃 민영아파트와의 신경전을 화제로 삼고 있을 때 새중간에 낀 902호 현관이 철통같이 닫혀 있었다는 것. 어지간한 소란에도 복도에 얼굴 내밀지 않는다는 것. 단지 그뿐이었다.

나도 처음부터 민오엄마와 트고 지내는 사이는 아니었다. 그럴 마음도 없었다. 나이 차도 한참이나 지는데다, 그네의 얼굴에서 위성도시의 영구임대아파트로 떠밀려 내려온, 실은 내 것이기도 한 자곡지심을 읽어버린 탓이었다. 꽁꽁 여미지 못하고 설핏설핏 드러내는 민오네의 수심과 울화가 성가시고 짜증스러웠다. 한번 받아주면 화수분처럼 마르지 않는 게 수다요, 하소연인 법이다. 나 또한 남에게 들키고 싶지 않은 사연이 대하소설 분량이고, 이 나이에도 삭이지 못한 심화가 간헐적으로 심혈관을 죄어왔으며, 더더구나 집안에는 몇 년 째 운신이 여의치 않은 환자가 버티고 있는 형편이었다.

그럼에도 불구하고 민오엄마가 비집고 들어올 수 있었던 건 어느 날 갑자기 떠안게 된 보라 때문이었다. 제 집 아이와 비슷한 또래가 드나드는 걸 주시하고 있던 그네의 집요한 관심을 피해갈 도리가 없었다.

하긴 내 쪽에서도 어느 정도의 연대가 필요하긴 했다. 남의 배로 낳은 자식 둘에, 내 배 앓아 낳은 자식이 둘, 그렇게 내 손으로 감당한 네 아이들이 차례로 집을 떠나자 그때를 맞춰 드러누운 남편 뒷바라지가 4년 차였다. 육아라야, 오래전이긴 하나 손에 익지 않은 일은 아니니 보라를 거두는 게 딱히 어려울 건 없었다.

"할아버지 할머니가 살아계신데 고아원에 보낼 수는 없지 않겠어요?" 보라를 인계하러 온 이모인지 외숙모인지 하는 젊은 여자가 애 듣는 데서 따박따박 읊어댔다. 나도 애 듣는 데서 지지 않고 물었다. "그럼 이 애 엄마는 죽었어요?" 이모인지 외숙모인지 눈도 까딱하지 않았다. "죽은 셈 치세요. 우리도 그러려고요. 어디서 뭘 하고 자빠졌는지도 모르거든요." 얼마나 으르딱딱대어 다짐을 받아냈는지 이모인지 숙모인지가 저를 두고 휙 가버려도 아이는 꿈쩍하지 않았다. 기가 찰 노릇이었다.

나는 보라의 아버지가 수감된 교도소로 면회를 갔다. 애아버지는 내 손에 제 딸 보라가 넘겨진 사실에 대해 그다지 놀라워하지도, 미안해하지도 않았다. 어련할까, 저희들끼리 그러기로 짜 맞춘 성싶었다. "여기서 나갈 때까지만 봐주세요." 이 집 내력으로 미루어 그런 날이 오더라도 아비 노릇하러 제꺽 달려 오랴마는, 나는 또 봐주고 말았다.

제 아버지가 형기를 마치고 데리러 올 날까지 보라를 마냥 텔레비전 앞에다 앉혀둘 수 없었다. 별수 없이 어린이집에 집 어넣었다. 그러고 나니 자잘하게 교환해야 할 정보가 한두 가지가 아니었다. 보라를 민오와 묶어준 건 그래서였다.

보라의 아버지는 내 손으로 먹이고 입힌 네 아이 중 제일 큰 애다. 큰애는 남편의 첫 번째 아내에게서 났다. 남편이 두 번째 아내와 새로 아이를 낳아 기르는 동안에는 친가에 잠시 맡겨졌었다.

스물하나에 처음 만난 남편과 살을 섞고 이듬해 살림을 합친 뒤에야 나는 내가 남편의 세 번째 아내라는 사실을 알았다. 세 번째 여자가 아니라 세 번째 아내. 싫으나 좋으나 나는 이미 두 아이의 어미 노릇을 하게끔 정해져 있었다. 그 결합이 어떤 결합이었던가. 절연을 들먹일 정도로 완강했던 친정의 반대를 무릅썼지 않았던가. 거기서 돌아선다면 너무 빠른 파국이었다. 자존심이 상했다. 아니, 내 분별력이 그릇되었음을 인정하기가 더 끔찍했다. 누구나 자신의 분별력을 오인할 때 가장 어리석은 선택을 하는 것처럼 나도 최악의 선택을 했다.

나는 일주일을 고민하고 나서 그 밥상을 받겠다고 선언했다. 남편의 후안무치를 타도하기보다 내 분별력을 지지하고자

오기를 부렸다.

그때, 일주일의 고민 끝에 철면피한 위인이 차려준 밥상을 둘러엎었으면 어땠을까. 그랬으면 902호 여자처럼 고요하고도 강건하게 앙앙불락의 이 폐허를 밀쳐낼 수 있지 않았을까.

2

남편의 배 위에 신문지를 펼치고 손을 잡아끌었다. 곰팡이 핀 벽지처럼 어룽더룽한 검버섯이 손등을 잔뜩 덮었다. 짧고 뭉툭한데다 그나마 가지런하지 못한 손. 한때는 누군가에게 위협적으로 군림했던 손. 동시에 치부이기도 했던 손.

손톱을 깎는 내내 남편은 인상을 썼다. 안면근육이 한쪽으로 실그러져 있어서 인상을 쓰나 안 쓰나 별반 차이가 없긴 하지만.

그는 누가 자신의 손을 건드리거나 유심히 들여다보는 걸 질색했다. 보통은 주먹을 그러쥐거나 주머니에 손을 찔러넣은 채 지냈다. 사업상 또는 교제의 목적으로 악수를 주고받아야 할 상황이면 그는 서로 맞잡은 두 손 위로 얼른 자신의 나머지

한 손을 덮었다. 상대방이 자신의 손에서 남다른 점을 발견하지 못하게 하기 위함이었다.

그러나 이제는 그 모든 것이 옛날이야기가 되어버렸다. 그는 스스로 일어나 앉을 수도, 몸을 뒤집을 수도 없게 된 신세다. 전처럼 주먹을 꽉 그러쥘 수도 없거니와, 때문에 누군가와 악수를 나눌 일도 없게 되었다.

남편은 자율신경이 망가졌다. 회복의 전망은 전무하다. 평생을 그의 곁에서 숨죽이면서 살았던 내게 그의 무력한 육체는 또 다른 족쇄다. 막연히, 때가 되면 그의 곁을 훨훨 벗어날 수 있을 줄 알았다. 그런데 이게 뭔가. 차돌처럼 단단하던 근육과 편벽한 성정은 어디로 가고, 하루아침에 천덕꾸러기로 전락한 육체라니. 이제야 만만해진 그 육체가 터무니없이 강고한 족쇄라니.

주위를 곧잘 살벌한 얼음판으로 만들던 시절보다 진정 그를 두려운 존재로 여기게 되었던 건 그때부터였던 것 같다. 아무려나, 그는 최후의 순간까지 내 일생을 틀어쥐는 데 성공했다.

"할머니."

아파트단지 내 도서관에서 빌려온 그림책을 들여다보고 있던 아이가 용기를 냈는지 무릎걸음으로 다가들었다. 전보다 나아지긴 했으나 아직도 불안정하게 흔들리는 눈빛은 영락없이 어릴 적 제 아비다.

몇 사람의 품을 거쳐 내게로 왔을 때 큰애는 이미 사람을 믿지 않았었다. 도통 애답지 않은 야비한 눈빛으로 동네 새끼건 달처럼 젊은 새엄마의 위아래를 훑어내리곤 했다. 그 무렵 나는 나이 든 노인네처럼 자주 한숨을 쉬었다. 그래, 네게 무슨 죄가 있다고. 나는 내가 큰애의 고통을 이해한다고 생각했다. 그랬으므로 큰애 쪽에서도 내 고통을 이해해주리라 쉽게 생각했다. 그러나 큰애에게는 나 역시도 고통의 수여자였다. 큰애는 머리카락을 쓰다듬는 내 손길을 피해 자라처럼 목을 움츠렸고, 제 앞으로 밀어주는 음식 그릇을 사납게 낚아챘으며, 제 이름을 부르거나 무엇인가를 물으면 까맣고 반질거리는 눈동자를 굴리며 이기죽거렸다. 아직 폭발하지 않은 증오를 감춘 눈빛이었다.

보라도 의심이 그득했다. 이모인지 외숙모인지 하는 젊은 여자가 저를 이 집에 남겨두고 돌아가자 현관 신발장에 기댄 채 한 발자국도 움직이지 않으려 했다. 불안스레 낯선 집 안을 살피기만 할 뿐 앞으로의 제 운명에 대해 묻지도, 마음놓고 울지도 않았다. 이렇게 제 쪽에서 쭈뼛쭈뼛 다가들기까지 꼬박

석 달이 걸렸다. 그 점, 민오의 공이 컸다.

"할아버지 손가락은…… 언제 다쳤어요?"

호기심과 놀라움에 걱정까지 스며든 복잡한 눈길로 아이가 좋알댔다. 그는 대답할 수 없었고, 나는 대꾸하지 않았다.

바투 깎아 단정해진 여덟 개의 손톱. 그리고 한 마디씩밖에 남지 않은 오른손 중지와 약지. 나는 그의 손을 집어넣고 이불을 여며주었다. 그의 짓무른 눈가에 물기가 잡혔다. 설마. 나는 고개를 돌렸다.

그가 누군가. 눈물이라면, 회오의 눈물은 아니리라. 뜻밖의 자리보전이, 털끝만큼도 상상하지 않았던 이런 방식의 종말이 분해서 견딜 수 없는 것이리라. 지금도 젊은 날의 광기 어린 파란과 긴장을, 조직과 계보와 구역을, 충성과 복종을, 그로써 누린 헛된 영화를 머릿속으로 그리고 있을지 누가 알랴. "만약 늙고 병들고 마비가 온다면, 그래 전적으로 남의 손에 사지 의탁하게 되는 사태가 발생하면 내 차라리 혀를 끊고 죽고 말지"라던 장담을 되새기고 있을지 누가 알랴. 대명천지에 이런 날이 도래하리라고는 꿈에도 알지 못했겠지.

젊어 피가 끓던 시절 그는 수십 명이나 되는 건장한 수하들을 거느렸다. 그 자신 허리를 굽혀야 하는 대상은 언제나 한둘을 넘지 않았다. 그는 언제나 2인자이거나, 아무리 못한 시절에도 3인자에 머물렀다. 넘버투 내지는 넘버쓰리. 더 위로도 더 아래로도 올라서거나 밀려난 적이 한 번도 없었다.

그러나 법보다 주먹이 가깝던 시대가 바뀌었다. 법치의 세계는 용의주도해졌고, 주먹의 세계는 교활해졌다. 의리와 명분보다 오로지 이권에만 혈안이 된 조직들이 창궐할 즈음, 그의 몸은 이전 같지 않았다. 시라소니니 낙화유수니 하는 한때의 건달들이 해방과 혁명의 시공간 너머로 사라져간 것처럼, 그의 두둑한 기지와 배짱도 낡은 풍문이 되어버렸다. 자식들의 눈을 더 이상 속이기도 어려웠다. 학부모가 되면서 직업란을 채워야 할 때마다 어울리지 않게 끙끙거려야 하는 현실을 수용할 수밖에 없었다. 그는 자신의 손가락 두 개를 바친 세계와 점진적 결별을 결심해야 했다.

가정주의자로 개과천선한 그가 집안과 아이들로 눈을 돌린 뒤부터 지뢰밭이 따로 없었다. 성급하고 민활한 그는 식구 중 누구라도 하릴없이 드러누워 빈둥거리는 꼴을 봐 넘기지 못했다. 이불을 홱 젖혀버리거나 발로 옆구리를 걷어차기 일쑤였다. 큰애가 미처 감추지 못한 만화책은 북북 찢겨 창밖으로 던져졌다. 두서너 달에 한두 번은 욕실 문짝이 떨어져나가고 식탁의자가 박살났다. 사나흘이 멀다 하고 격한 고함과 욕설이 터졌다. 눈치만 빠삭해질 뿐 제대로 아귀 짓는 일이 드문 큰애는 무시로 치도곤을 당했다. 귀가시간을 어긴 둘째의 교복을 육포를 찢듯 짝짝 찢어발긴 적도 여러 번이었다.

그 틈바구니에서 내 속으로 난 순하디순한 셋째는 순전히 두려움 때문에 말을 더듬었다. 속 터져 죽겠다고 으르딱딱대는 그 앞에서 오줌을 지리지 않는 것만도 다행이었다. 한데 천하의 무뢰배에게도 천적은 있는 법, 네 자식 중에서도 가장 어린 막내딸만은 예외였다. 그 애만이 아버지를 무서워하지 않았다. 폭력적인 권위 따위에 숨죽이기는커녕 되레 칼칼하고 조리 있는 언변으로 아버지와 대적했다.

이상하기는 그도 마찬가지였다. 그는 막내의 반격에 얼빠진 표정을 짓곤 했다. 다른 자식들에게 하듯 고함부터 꽥 지르거나 손바닥을 쳐들어 보이다가도 막내의 맞받아치는 말대꾸나 눈빛에 말문이 막히는지 눈알만 부라리다 말았다. 무서워하지 않는 상대가 무섭다는 걸 그는 본능적으로 알았다. 그럴 때면 그는 갑자기 볼일이 생각난 것처럼 차를 몰고 휙 사라졌다가 자정이 임박해서야 돌아오곤 했다.

"엄마는 도대체 아빠 같은 사람을 어디서 어떻게 만난 거야?

163

아빠는 그렇다 치고, 난 진짜 엄마가 이해가 안 가." 제 아버지 대신 나를 상대로 저 하고 싶은 말들을 쏟아낸 딸애는 그가 귀가한 기척을 엿듣고도 늦은 시간임을 핑계로 잠든 척 방에서 나오지 않았다. 나는 똑 부러지는 딸애의 기질이 신기한 만큼, 그런 딸애를 어쩌지 못하고 꽁무니를 빼는 그가 기이했다.

가정주의자가 된 후 그는 합법적인 조그만 사업체 하나를 꾸려나갔다. 그는 수완이 꽤 있는 편이었다. 그런지라 안에서도 밖에서도 기고만장했다. 다혈한 그의 기질은 좀처럼 잠재워지지 않았다. 이전처럼 함부로 분출할 수 없는 에너지가 혈관을 타고 휘돌아치다가 소소한 자극에도 솟구쳤다. 그의 몸속에 웅크리고 있는 짐승, 반사신경적인 수성^{獸性}이야말로 그의 본성이었다.

지랄맞은 성질머리를 호쾌한 숫기라고 자부하는 그는, 고요를 견디지 못했다. 한 가지를 오래 들여다보거나 한 자리에 오래 앉아서 꼼지락거리는 취미나 직업을 가진 이들에게는 말보다 손발이 먼저였다. 이유는 단 한 가지, 복장이 터진다는 것이었다. 그저 자신의 눈에 띄었다는 죄목만으로 복덕방 평상의 바둑판은 말없이 둘러엎어졌고, 시장통 시계수리포의 허술한 미닫이문은 걷어차였으며, 오가는 길목 도장집 노총각은 애먼

목덜미를 당수로 내리찍히곤 했다.

그는 그런 사람이었다. 그랬으므로 자신의 육신인들 용인할리 없(다고 나는 믿)었다. 하여, 말 마디마디마다 모질고 혹독했던 그 자신의 장담대로 혀를 깨무는 거사를 실행에 옮길까, 모로 쓰러져 다시는 스스로 몸을 가누지 못하게 된 그날부터 낮밤으로 주의를 게을리 하지 않았건만, 실제로는 아무 일도 일어나지 않았다. 그는 4년째 백태가 낀 혓바닥으로 각질이 뜬 입술을 축이기나 할 뿐, 어떤 액션도 취하지 않았다.

그가 혀라도 깨물었으면 나는 그를 용서했을지 모르겠다. 그보다 서른서너 해 전 여름밤, 홀린 것처럼 그의 허세에 빠져들었던 나를 용서했을지 모르겠다.

3

뜨거운 여름이었다.

낮 동안 달아오른 열기로 도시 전체가 죽 냄비처럼 들끓었다. 해거름이 되어도 수직으로 치솟은 수은주는 좀체 가라앉을 줄 몰랐다. 속에 천불을 안고 사는 형편인지라 가만 앉아만

있어도 가슴골짜기로 비지땀이 졸졸 흘렀다.

그런 날, 나는 새로 소개받은 일자리를 찾아가고 있었다. 아니, 일자리라기보다 일을 주겠다는 사람을 만나기 위해 약속 장소로 가는 길이었다. 새로운 직장에 대한 기대는 별로 없었다. 그때까지 나는 운이 좋은 편이 아니었다. 내 앞에 펼쳐지는 상황을 수용하도록 강요당하며 살아왔다고나 할까. 내가 자진해 뛰어든 구덩이조차도 실은 불운의 여신이 등을 떠다밀었기 때문이라고 여길 정도였다.

내 불행의 발원은 아버지였다. 수정하면, 우리 가족의 불행.

아버지가 저질러 놓은 도박빚은 줄기감자처럼 꼬리에 꼬리를 물었다. 아내마저 내기에 걸 정도로 아버지는 밑바닥이었다. 그러므로 엄마의 가출은 지당해 보이기까지 했다. 나는 마음으로나마 격려를 아끼지 않았다. 기왕지사 자식도 집도 버렸으니 돈 많은 남자 허리춤이라도 붙들어 팔자 고쳐요, 엄마.

그러나 엄마가 팔자 도망할 시간도 벌기 전에 동생이 사고를 당했다. 실족사고로 머리를 다친 남동생은 여섯 살짜리로 되돌아갔다. 실족 직전 학교 옥상에서 일어난 일에 대해서는 속 시원히 밝혀진 바가 없었다. 동생은 나보다 더 운이 나빴다고 말할 수밖에.

어찌어찌 동생의 사고소식을 들었는지 엄마가 돌아왔다. 신수도 입성도 여전히 그저 그랬다. 아버지는 내놓고 반기는 대신 외상 아님 투전판 개평으로 끊어왔을 돼지고기 한 근을 도마에 척 갖다 올리는 것으로 어물쩍 넘어갔다.

엄마는 하루 중 대부분의 시간을 동생 치다꺼리와 구슬 꿰는 부업에 썼다. 기운이 처지면 싱크대 깊숙이 감춰놓은 됫병들이 소주를 병째 기울여 한 모금씩 들이켜는 눈치였다. 밖에서 깡술을 배워온 엄마는 원망과 푸념을 안주 삼아 씹었다. "아이고 이 드런 놈의 집구석. 아이고 망할 놈의 안가놈." 엄마에게는 원래부터도 징징 짜는 버릇이 좀 있었다. "야야, 종미야. 너 안강최라고 들어봤냐?" "그게 뭔데?" "것도 모르냐? 안가, 강가, 최가 순으로 꼽아서리 안강최라고들 허질 않냐." "안강최가 어쨌다고?" "최가 고집은 고집도 아니라고. 고집으로치면 안가가 넘버원이다, 넘버원."

아버지는 정신을 차리지 못했다. 엄마가 애지중지하던 카세트라디오까지 안고 나갔다. 파월장교 귀국 박스에 묻어온 일제 카세트라디오의 원 소유주는 앞집이었다. 그 집이 이사를 가면서 엄마에게 중고가로 넘겼다.

아버지의 저지레가 아니더라도 살림은 점점 진창으로 빠져드는 수레바퀴 같았다. 와중에 나는 꽤 괜찮은 대학에 합격했다. 언감생심, 뾰쪽한 수를 기대한 건 아니었다. 합격했다는 사실만으로 충분하다……고 생각했다. 하나도 기쁘지 않았다. 후유증으로 패배의식을 얻었다. 우연히 출판사 경리 겸 사환으로 취직했지만 달라진 것은 없었다. 우울했고, 짜증스러웠고, 천재지변이 일어나 눈 깜짝할 새 고통 없이 죽었으면, 하는 발설하지 않은 희망을 유서처럼 품고 살았다.

내가 잠깐 다녔던 출판사는 영세했다. 편집과 광고와 영업을 사장 혼자서 도맡다시피 했다. 사장은 늘 큰소리를 쳤다. "이번 건 정말 감이 온다구." "두고 봐, 딱 한 방만 터지면 돼." 나는 그 출판사에서 넉 달을 일하고 간신히 두 달치 월급을 받았다. 두 번 다 제 날짜에 받지도 못했다. 이번에 새 일자리를 주선한 건 바로 그 출판사 사장이었다. 정확하게 말하면 새 직원이 필요하다는 사람을 주선한 것이었지만. 그래도 나는 살짝 감동을 먹었다. 이렇게나마 보상하고 싶어 하는구나. 나는 아직 땟국이 덜 빠진 어린 처자였다.

약속장소는 광화문 근처의 이름난 제과점이었다. 테이블마다 손님들이 들어차 있었다. 나는 내게 일자리를 주겠다는 사람의 얼굴을 몰랐다. 난감했다. 그때 안쪽에서 누군가 한 손을 번쩍 치켜들었다. "여기! 안종미 씨!" 그 복더위에 가죽장갑이라니.

그는 솔직했다. "미스 안을 만나려고, 내, 장 사장을 졸랐어요. 장 사장이 내 부탁을 거절할 입장이 아닌 걸 이용한 셈이지." 그러고 보니 한 번쯤 그를 본 적이 있는 것도 같았다. 출판사를 찾아왔던 사장의 친구로서. 아니면 금전거래나 이해관계 당사자로서. 사실 얼굴보다는 가죽장갑이 기억의 환기를 거들었다. "이해해줘요. 출판사도 문 닫은 마당에 이렇게가 아니면 만나볼 수 없을 것 같아서 실례를 무릅썼지."

그러니까 그가 원한 건 이력서가 아니었다. 나는 준비해 가지고 온 이력서를 마음으로 박박 찢었다. 맥이 풀리면서 동시에 일말의 호기심이 생겼다. 팥빙수를 한 숟갈씩 떠넣으며 그를 넘겨다보았다. 한눈에도 그는 나보다 훨씬 나이가 들어 보였다. 그 자신은 자신의 나이를 별로 의식하지 않는 듯했다. 어쩌면 근육이 주는 자신감과 젊음을 혼동하는 것 같았다. 눈매도 안광도 예사롭지 않았다. 그동안 내 눈에 익었던, 문학 언저리를 기웃거리는 시인이나 작가 지망생들과는 사뭇 다른 날카로움이었다. 결코 수월할 것 같지 않은 첫인상 못지않게 온몸에서 뿜어져 나오는 모종의 다부짐까지, 출판사를 드나들던

169

구질구질한 책상물림들과는 확연히 다른 부류였다.

그 모든 불안정한 느낌에도 불구하고 나는 그다지 기분이 나쁘지 않았다. 오히려 솔깃했다. 더위를 먹었던 것일까. 이 사람, 대체 어떤 사람이지? 어차피 그날이 그날이었다. 하루쯤 기분대로 흘러간들 나쁠 것도 달라질 것도 없었다. 끈끈이종이에 날개가 붙어버린 파리처럼 지쳐 죽을 때까지 버둥거리게 될지 모르는 운명으로 달려드는 꿈을 꾼 게 아닐까, 그때. 아마도…… 그럴지도.

그는 나보다 열세 살이 많았다. 처음 볼 때와는 달리 나이 차에 신경을 쓰는 건 내가 아니라 그였다. 그것만 아니면, 그는 그제까지 내가 주변에서 보아온 소심한 남자들과 달랐다. 말이든 행동이든 씀씀이든 도통 쭈뼛거리거나 잴 줄 몰랐다. 매번 집 앞까지 바래다주었고, 한 번도 빈손으로 들여보내지 않았다.

남동생은 다디단 케이크며 슈크림에, 꿈도 못 꾸었던 바나나와 파인애플에 넋이 나갔다. 그가 사 안긴 선물이 하나둘 늘어갈수록, 통조림에서 국산 금성사 카세트라디오에 이르기까지 선물의 목록이 다양해져갈수록 나는 초조해지기 시작했다. 뭔가 대가를 치러야 할 날이 다가오고 있었으므로.

마지막 불볕더위가 기승을 부리던 어느 날이었다. 선풍기조차 없는 집에서 진을 빼고 났더니 데이트랍시고 나선 저녁나들이도 설레지 않았다. 대가에 대한 압박감 때문일 수도 있었다.

그날도 나는 그를 극장에서 만났다. 우리는 나란히 앉아 영화를 보았다. 영화는 시시했다. 나는 간간이 빗물이 새는 영사막을 뚱하니 올려다보았다. 높직한 천장에는 두 대의 큼지막한 선풍기의 날개가 힘겹게 돌아가고 있었다. 앞뒤 좌우의 관객들이 지루한 나머지 몸을 뒤챌 때마다 시큼한 땀내와 찝찔한 소금기가 훅훅 끼쳐왔다. 그날 새로 개봉한 영화였음에도 빨려들지 못했던 건 상영 전 극장 복도에서 이전에 다니던 출판사 사장을 맞닥뜨린 탓이기도 했다.

전직 출판사 사장은 — 이제는 그가 관리부장으로 있는 그 극장의 일개 직원일 뿐이지만 — 화장실 입구에서 나와 얼굴이 마주치자 전에는 한 번도 본 적이 없는 미소로 알은체를 했다. 비굴하고도 야비한, 떳떳지 않은 비밀을 공유하는 자끼리 은밀히 나눌 법한 미소였다. 그 석연찮은 미소가 맘에 걸렸다.

어둠 속에서 나는 자주 몸을 뒤척였다. 그는 내 불쾌한 심기를 알아챘다. 단숨에 상대방을 제압하는 기운 못지않게 눈치가 아주 빠른 사람이었으니까.

우리는 상영 도중에 극장을 나왔다. "영화가 재미없었나보지?" "뭐, 그럭저럭 볼 만했어요." 적어도 그는 내가 다른 일에 신경 쓴다는 걸 알았으리라. "하고 싶은 거 있음 말해봐, 뭐든 들어주지." "정말이지 오늘은 지독하게 더웠어요. 난 여름이 싫어요." 나는 불쑥 날씨 타박을 했다. 그는 내가 어리광을 부린다고 생각했을까. "팥빙수 먹으러 갈까?" 나는 고개를 흔들었다. 그 말투는, 삼촌 같잖아. 밝은 제과점에서 마주 앉아 팥빙수를 떠먹기엔 우린 좀 그래. 나는 속마음을 감추고 기지개를 켰다. "아아, 어디 물속에나 뛰어들었으면……." 그러자 그가 뭔가 떠오르는 얼굴로 싱긋 웃더니 다짜고짜 내 손목을 잡아 끌었다.

그가 나를 택시에 태워 데려간 곳은 변두리 야산 기슭에 자리 잡은 야외풀장이었다. 다붓한 잡목림이 천연 울타리를 이루어 은벽한 운치가 있겠다지만, 그건 어디까지나 낮의 분위기일 터였다. 그땐 벌써 긴 여름해도 완전히 넘어가버린 시각이었다. 울타리 너머 사위는 이미 어둑어둑했다.

이용객이 빠져나간 풀장은 을씨년스러웠다. 풀의 물도 다 뺀 뒤였다. 다이빙대 뒤편 어스름한 보안등 불빛이 아니었다면 발굴이 진행 중인 거대한 석곽묘를 들여다보는 것 같았으

172

리라. 흐린 불빛에 젖은 타일이 번들거렸다. 나도 모르게 눈물이 났다. 뜨겁고 불길한 예감처럼 근원을 알 수 없는 슬픔……이 엄습했다. 근원을 알 수 없는, 도저한 슬픔. 출판사에서 일할 때 무심코 집어든 교정지에서 그 비슷한 글귀를 읽은 기억이 났다.

하늘색 타일로 마감한 풀 바닥을 내려다보며 엉성한 기억의 갈피를 헤집는 사이 그는 주인인지 관리인인지 모를 사내와 무슨 이야기를 나누고 있었다. 협상이 끝났는지 그가 나를 소리쳐 불렀다. "미야!" 손가락으로 브이 자까지 그려보였다. 물론 왼손이었다. 그때는 그의 오른손 단지^{斷指}의 의미를 모를 때였다.

믿기 어려운 일이 일어났다. 콸콸콸콸. 두 개의 입수구로 굵은 물줄기가 콸콸 쏟아져 들어왔다. "저 물, 계곡에서 끌어들인다는군. 좀 차가울 거야." 그제야 나는 그의 의중을 파악했다. '아아, 물속에나 뛰어들었으면……'이라고 했던 말은 가벼운 찜부럭에 지나지 않았는데. 찌뿌드드한 기분을 털어내고 싶어 뜻 없이 내뱉은 투정일 뿐이었는데.

풀에 물이 차오르기 시작했다. 발목까지, 종아리까지, 무릎까지, 허벅지까지…… 마침내 허리를 지나 가슴까지 잠길 정도로 수위가 높아졌다. 그는 뿌듯해하는 얼굴로 팔짱을 낀 채

물이 차오르는 광경을 지켜보고 있었다. 무엇에 홀린 듯, 나는 그의 옆얼굴을 훔쳐보았다. 그의 무한한 능력에 감탄해서가 아니라 기껏 작은 저수조 하나, 욕탕 하나에 불과하다는 듯 그 넓은 풀을 다시 채우려는 그의 의지 자체에 압도된 까닭이었다.

기분이 야릇했다. 내 환심을 사기 위해서라면 무슨 짓이든 할 태세인 남자라니. 마음이 흔들렸다. 태풍에 휘청거리는 가로수처럼. 그때는 왜 생각하지 못했을까. 그는 자신이 원하는 것을 수중에 넣기 위해서라면 무슨 짓이든 할 수 있는 사람이라는 사실을. 나는 훨씬 나중에야 그 사실을 깨달았다.

4

쯧쯧쯧쯧, 아까운 수돗물을…….

막내에게서 온 전화를 끊고 멍하니 앉아 있는 새 욕조의 물이 흘러넘치고 있었다. 그가 더럽힌 담요를 불리느라 물을 받던 중인 걸 깜빡 잊었다. 이 정도 건망증은 줄을 섰다. 며칠 전에는 식초를 친다는 것이 식용유를 들이부어서 파래무침을 통째로 버렸었다. 다 데워진 음식 그릇을 꺼내려 전자레인지 대신 냉장고 문을 열고는 한참이나 들여다보는 일쯤은 건망증과는 좀 다른 얼뜬 짓거리였다. 사소한 실수야 웃어넘기면 그뿐이지만 자칫 큰 사고로 이어질 수도 있는 망각이나 부주의가 문제였다.

가장 신경이 쓰이는 건 가스불이다. 올해만 해도 찻물 올려둔 주전자 하나, 삼중바닥 곰솥 하나를 태워먹었다. 보라까지 쳐서 집에 사람이 둘씩이나 있다 해도 믿고 맡길 주제들이 못 된다. 현관문 안쪽에다, '가스불 꼭! 꼭! 확인할 것'이라고 쓴 쪽지를 붙여놓고도 나가다 되돌아온 게 벌써 몇 차례였었나. 건망증이라기엔 빈도가 지나치다 싶다. 혹 치매의 전조면 어쩌나. 펄펄 날던 시절만은 못해도 아직 오금 멀쩡한데. 겨우 쉰다섯에 정신이 오락가락한다면 노인정 어른들이 웃겠지. 이러다 자리보전한 환자보다 내가 앞서갈지도 모르겠다.

그럼 억울할까? 아버지도 어머니도 오래전에 갔는데. 두 살 아래 남동생도 벌써 오래전에 갔는데. 한 달 상관으로 동생이 어머니를 뒤따랐을 때 나는 다행이라고, 차라리 잘되었다고 속으로 열십 번도 더 되뇌었다. 남편 말대로 정작 독한 건 그가 아니라 나일 수도 있으리. 그를 견뎠으니. 내 앞에 살았던 두 여자의 아이들과 내 아이 둘을 감당했으니. 큰애의 딸애 보라까지, 밥상을 피하기는커녕 새 밥상을 덜컥 또 받고 말았으니. 나야말로 안강쇠 중의 안가가 아니던가.

"할머니."

아이가 욕실 문고리를 잡고 서서 말을 걸어왔다.

"또 왜?"

처음 이 집 문턱을 넘던 몇 달 전에 비하면 질문도 늘고 말수도 늘었다. 묻지도 않고 대답도 굼뜨던 아이가 이부자리에 오줌지도를 그리고 난 아침에야 비로소 물기가 그렁그렁한 눈으로 말문을 텄었다. "집에 보내주세요." 마치 내가 널 가두고 있다는 투로구나. 인질로 붙잡힌 신세이기나 한 듯. 널 고아원에 보내겠다는 사람들이 사는 곳이 네 집이라니? 네 엄마를 죽은 셈 치라던 사람들이 보고 싶다고? 그럴 수 있다면 누구보다도 나부터 그러고 싶구나.

앙칼진 마음의 불이 혀를 끊어 죽지 않은 남편에게로 옮겨 붙었다. 내가 싸가지 없는 당신 씨앗들 거두러 들어온 평생 애보개더냐. 공덕 모르는 종자들, 대를 물려서까지 내 몫으로 점지해 두었더냐. 그날, 그 여름밤, 이러자고 영업 끝난 풀장에 가득가득 물을 다시 채우라고 엄포를 놓았더냐…….

나는 불끈거리는 내 안의 말들을 꾹꾹 눌렀다. 그러고는 오줌지도를 그린 요를 베란다 난간에 내다 널고 아이의 축축한 파자마를 벗겼다. 아랫도리에 비누칠을 한 뒤 차가운 물을 끼얹으며 아이에게 일렀다. "여기도 네 집이다. 네가 얌전히 말 잘 듣고 있어야 네 아빠가 널 데리러 올 거다." 억지로 꾸민 목소리가 내 귀에 몹시 거슬렸다. 그는 하고 싶은 말만을 하고 살았는데, 나는 왜 여태도 하고 싶지 않은 말들을 늘어놓아야 하는 걸까.

"설날에 엄마가 못 온대요?"

아이가 뜬금없는 말을 꺼냈다. 나는 발로 밟고 있던 담요를 비눗물에 재워둔 채 욕조 밖으로 나와 섰다.

"그게 무슨 소리냐?"

"아까 할머니가 그랬잖아요. 설에 안 올 거냐고……."

저런. 제 노는 데 정신이 팔린 줄 알았더니 귀를 세우고 있었나 보다. 하긴 내 열대여섯 나이 때도 집 나간 엄마를 기다리고 또 기다렸었는데, 일곱 살짜리가 아빠도 사촌도 없는 할아버지 집이 따스우면 얼마나 따스울까.

"엄마 전화가 아니고 네 고모 전화였단다."

"고모?"

아이는 생전 듣도 보도 못한 소리라도 되는 듯 두 눈을 끔뻑였다. 머리 굵어진 자식들이 탈출이라도 하듯 줄줄이 이 집을 떠난 게 제가 태어나기도 전이었던 데다, 모두가 제 아비처럼 이 집과는 발길을 끊다시피 하고 살았다. 하나같이 하늘에서 뚝뚝 떨어진 존재들처럼. 밖에서 저희 동기간끼리도 왕래가 없었던 모양이니 아이가 친가붙이들을 모르는 것도 무리는 아니겠다. 그래도 제 어미와 아비와 외가 식구들을 통해서 간간 스쳐들은 기억 꽁다리라도 있을 법한데. 그다지 좋은 말들로 전달된 건 아닐지라도.

"보라 너, 이모는 엄마 동생이고 외삼촌은 엄마 오빠인 건 알지?"

아이가 고개를 끄덕였다.

"네 아빠한테도 형제들이 있다는 건 아니?"

"근데요…… 본 적은 없어요."

이놈의 집구석. 오롯이 한 아버지 밑에서 나온 자식들이 동서남북으로 흩어져서는. 첫째 둘째는 생모가 아닌 죗값이려니 여긴다지만, 내 밑으로 본 셋째와 막내는 무슨 업으로 이다지도 아득할까. 샤워기로 종아리에 묻은 비눗기를 씻어내고 변기뚜껑 위에 걸터앉으니 아이와 얼추 눈높이가 비슷해졌다.

"있잖니…… 아빠 형제들은 삼촌, 고모라고 불러. 네겐 삼촌,

큰고모, 작은고모가 있고."

"삼촌이랑 고모는 어디 살아요?"

"모두 멀리 살지. 달나라만큼 멀리. 아까 할머니가 전화로 얘기하던 사람은 너 작은고모고. 요번 설날에 못 온다는구나."

못 온댈 걸 뻔히 알면서, 실은 못 오는 게 아니라 안 오는 거라는 걸 뻔히 알면서 이번 설에 다녀갈 거냐고 물은 건 나였다. 그래도 저러고 누워 있는 아버진데……라는 말 대신이었다. 네 얼굴 한번 보고 싶구나……라는 말 대신, 엄마하고도 낯 안 보고 살 참이냐……라는 말 대신이었다.

막내는 여전히 칼끝이었다. "나, 설 연휴 동안 당직 서. 명절마다 당연히 내 몫으로 떨어지는 거 엄마도 알잖아. 그보다 엄마 통장으로 용돈 좀 부쳤어. 제발 엄말 위해서 써. 철면피 같은 종자들 턱밑에 갖다 바치지 말고." 독립할 때까지 제 아버지가 벌어다준 돈으로 먹고 입고 공부를 마쳤으면서 그 아버지 밑으로 몇 푼 녹아들어갈까 에둘러 말하는 딸년이라니, 이럴 때는 한창 시절 넘버투 넘버쓰리였던 그여도 별수 없다. 가엾다고 해야 할는지 어떨는지. 그나마 막내는 같은 땅덩어리 안에 있으니 통화라도 수월하건만, 필리핀 수빅조선소 기술자로 달아나버린 셋째는 귀국을 미루더니 아예 그 땅에 눌러앉을 작정이랬다.

"왜 못 온대요? 고모도 우리 엄마처럼 돈 벌러 갔어요?"

"그래, 멀리…… 다들 멀리…… 돈도 벌고, 공부도 하고…….
너도 봄 되면 초등학교 들어가서 공부 열심히 해야 돼."

"나도 빨리 커서 돈 많이 벌고 싶다. 그래서 할머니, 할아버
지, 맛있는 것 많이많이 사줄 거예요."

"고맙구나. 그런데 할아버지는 주무시니?"

"잠깐만요, 내가 가서 보고 올게요."

아이가 팔랑거리며 거실 쪽으로 뛰어갔다. 바깥을 내다보고
싶다는 눈짓을 해와 휠체어로 옮겨 앉혔던 게 언젠데, 여태 잠
잠하다. 팔걸이에 종을 달아두어서 도로 자리에 눕고 싶으면
소리를 내기로 돼 있었다. 이래 달라 저래 달라 요구가 없는
걸 보니 앉은 채 겉잠이라도 든 모양이었다.

"할아버지! 할아버지!"

그를 깨우는 아이의 목소리가 들렸다. 그래도 그렇지, 목도
리와 무릎덮개를 두둑이 둘러주고 중간문도 열어두었지만 실
내와는 온도 차가 꽤 날 텐데 감기라도 들라. 나는 손과 종아
리의 물기를 닦고 허리를 폈다. 거울 속의 나와 눈이 마주쳤다.
빛의 속도로 파노라마가 지나갔다.

그 여름밤 둘만의 유영은 스물한 살 애송이에게는 거부할 수 없는 매혹이었다. 태어나서 처음으로 맛보는 세상의 관대함이었다. 나는 한쪽 눈을 감기로 했다. 차갑고도 부드러운 물의 감촉이 미지의 나에게로 나를 인도했다. 나는 대가를 치를 순간이 왔다는 걸 직감했다. 그리고, 첫 남자이자 마지막 남자를 받아들이고 나서 거울을 들여다보았을 때…… 그때도 저런 눈빛이었다.

소중한 것을 거머쥔 것 같은 득의와, 더 소중한 무엇인가를 잃어버린 듯한 허탈함과, 돌아갈 수 없는 다리를 건너버린 데 대한 불안이 물감처럼 뒤섞인, 더 이상 어리지 않은 여자의 눈빛…….

그날 밤, 그 눈빛 속에서 내가 최종적으로 읽은 것은 달콤함이 아니라 불길함이었다.

5

다행이었다. 902호 여자는 집에 있었다.

902호를 두드리기 전에 903호를 먼저 두드렸으나 하필 민오네는 집에 없었다. 902호 여자는 한 번도 없던 일이 필경 의아할 텐데도, 내색 없이 내 용건을 기다렸다. 여자의 뒤에서 여자의 작은 개가 짖지도 않고 연신 꼬리를 흔들어댔다.

나는 아이의 손을 끌어다 내 앞에다 세웠다. 여자가 아이를 내려다보느라 고개를 약간 숙였다. 집 안을 살필 생각도 겨를도 없었음에도, 그 짧은 틈을 타 여자의 어깨 너머로 여자의 세계를 넘어다보았다. 똑같은 평수, 똑같은 구조여도 여자의 집은 우리 집이나 민오네와는 확연히 다른 분위기였다. 짧게, 부분적으로 넘어다본 것에 불과하지만 여하튼 여자의 집은 여자와 잘 어울렸다. 그리고 우리의 삶의 방식과는 아주 멀어 보였다.

"염치없지만……."

나는 여자에게 아이를 좀 맡아주었으면 한다고 부탁했다. 여자의 시선이 막연히 903호 쪽으로 옮겨갔다가 되돌아왔다. 같이 어울리던 이웃은 어쩌고? 하는 질문이 분명했다.

나는 방금 전 내게 일어난 일을, 가능한 한 건조하고 담담하게 설명했다. 여자는 한순간 주춤했다. 얇은 벽 하나 너머에서 그런 일이 일어났다는 사실에 약간 충격을 받은 것 같았다.

여자는, 아이를 맡는 것 말고 다른 도울 일이 없느냐고 물었

다. 나는 고맙다고, 그러나 그럴 일은 없다고, 그보다는 현재로
선 잘 생각나지 않는다고 두서없이 말했다. 여자는, "그래요,
그럴 거예요"라고 덧붙이면서 아이의 어깨를 자기 쪽으로 끌
어당겼다. 아이는 방금 전 일어난 일을 정확히 이해하지 못한
채 어리벙벙한 얼굴로 나를 한 번 올려다보고는, 곧 여자의 치
와와에게 관심을 보이기 시작했다. 여자가 재빠르게 메모지에
다 뭔가를 적어서 내게 건넸다. 자신의 전화번호였다.

나는 집으로 돌아왔다. 현관문 손잡이를 돌릴 때 전율이 한
번, 베란다 쪽을 바라보면서 거실로 올라설 때도 전율이 한 번
등줄기를 훑고 지나갔다. 곧장 베란다로 가서 그의 굳은 얼굴
을 들여다볼 엄두가 나지 않았다. 믿기지 않으면서도 무서웠
다. 무서우면서도 실감이 나지 않았다.

그가 다시 눈을 뜨지나 않을까. 참았던 숨을 깊고 길게 토해
내지나 않을까.

제발 그랬으면 싶다가도, 한편으론 정말 그런 일이 일어날
까 겁이 났다. 솔직히 혼란스러웠다. 무슨 일이 일어났는지 명
약관화한데도 두 눈을 감고 탁한 물속으로 뛰어든 것처럼 아
무것도 보이지 않았다. 아무것도 보고 싶지 않아서 두 눈을 감
아버린 것과 무엇이 다를까. 오래도록 기다려온 순간이 죄책

감을 동반해 들이닥치리라는 걸 누가 알았을까.

　나는 정신을 집중하려고 애를 썼다. 지금부터 해야 할 일을 떠올리려고 애를 쓸수록 지나온 시간의 기억들이 아우성을 쳤다. 아우성은 어느 순간 물소리로 변했다. 콸콸콸콸. 아까 분명 수도꼭지를 잠갔는데. 나는 욕실로 들어갔다. 욕조의 물은 그대로였다. 그래도 이명처럼 물소리가 들렸다. 그것도 점점 커지는 듯했다. 귀를 기울였다.

　앰뷸런스 사이렌 소리가 점차 가까워지고 있었다.

우연한
생

1-1

웃기는 짓이지. 혜련이 거울 속의 자신을 향해 이죽거렸다. 새삼스러울 것 없는데도, 그리고 이제 무슨 상관이랴 싶은데도 은근히 신경이 갔다. 염치없다고 할까, 어처구니없다고 할까, 아무튼 그 여전한 까탈이 언짢았다.

그래도 기왕이면 좋은 게 좋은 거니까⋯⋯.

조심스런 손길이 덧지나갈수록 애당초 그녀가 머릿속에 그렸던 이미지에서 멀어지고 있었다. 세월 앞에 장사 없다고, 날로 주름지고 건조해져가는 피부 탓이겠지만, 오래전에 사용기한을 넘긴 메이크업 제품 탓도 있겠거니 싶었다. 필링서비스는커녕 그만저만한 마사지조차 받아본 지가 언제였더라, 아마득했다. 그 아마득함이 돌연 섬뜩했다. 눈가에 불현듯 비장한 결기가 서렸다. 붓을 내려놓고 결연하게 경대 앞을 벗어나는 것으로 화장을 마무리했다. 약속시간까지 별로 여유가 없었다. 하긴 공을 더 들인다고 해서 앙다문 매화봉오리 뜨거운 찻물에 띄웠을 때처럼 화라락 피어날 것도 아니었다. 그런 시절은 애저녁에 지났다.

혜련은 어제 뒤집어엎은 서랍 맨 밑바닥에서 전화번호가 인쇄된 냅킨 한 장을 찾아냈다. 반가움도 아니고 놀라움도 아닌, 그저 무지근한 동통이 명치 안쪽을 지그시 누르다 잦아들었다. 얼마만인가……. 그녀는 지나간 세월을 짚어보며 그 일곱 자리 숫자를 눌렀다. "네, 유리동물원입니다" 하고 예전의 그 레스토랑이 튀어나왔다. 그녀는 몹시 놀랐지만 처음부터 그럴 요량이었던 듯 예약을 하고 싶다고 말했다. 날짜와 시간을 대고, 조금 용기를 내어 자신의 이름을 댔다. 수화기 저쪽에서 그녀의 이름을 기계적으로 복창했다. "네, 석 자, 혜 자, 련 자……"에서는 그 어떤 갈채나 동경의 기미도 포착할 수 없었다. 당연한 일이었다. 그녀는 낯을 붉히며 수화기를 내려놓았다.

냅킨은 전화기 옆에 그대로 놓여 있었다. 다시 전화를 걸어 시간을 조금 늦추겠다고 말할 수도 있겠으나 그러기가 번거로웠다. 원래가 두말하는 성격이 아니었다. 여태 그 경양식집이

문을 닫지 않았다는 사실이 대견하고 고마워서라도 어떻게든 제시간에 대가고 싶었다. 유행이라는 것이 한 해, 한 철 넘기기 어려운 요즘 시속^{時俗}이었다. 그사이 IMF와 그 못잖은 불황에 멀쩡하던 업체도 픽픽 넘어가지 않았는가. 장장 이십수 년을 더 그 자리, 그 간판으로 버텨왔다는 게 경이로웠다.

그러고도 그녀는 작은 방에서 족히 20여 분을 더 허비했다. 역시나 머릿속에 그려두었던 이미지대로 실루엣이 살아나지 않았던 탓이다. 딱히 걸칠 만한 옷이 없는 건 아니었다. 지난 몇 해 동안, 아니 백화점 쇼핑을 중단한 근 10년 이래 새로 사들인 외출복이 없긴 하다만, 석혜련이 누군가. 아무짝에도 쓸모없어진 무대의상을 비롯해서 작은 방 하나를 드레스룸으로 전용할 만큼 쌓이고 널린 게 옷가지다. 그런데도 막상 온 방을 몇 번이나 헤집어보고도 딱 이거다, 눈에 차는 게 없었다. 유행에 매이지 않는 에스닉룩은 나이가 나이인지라 자칫 후줄근하게 보일까 두려웠다. 자신감도 잃었다. 그 자신감을 받쳐주던 것이 하나둘 사라진 뒤로는 패셔너블했던 자신을 기억하는 사람들을 만나는 일이 세상에서 가장 무서운 일이 되어버렸다.

그녀는 적잖은 망설임 끝에 무릎을 살짝 덮는 샤넬라인 블랙드레스로 결정을 보았다. 사실은, 최근 몇 년간 조심스러운 자리가 생길 때마다―이제 그런 일은 거의 없고, 그나마도 점점 줄어들고 있지만―마지막 선택은 항상 블랙드레스였다. 거기에 전 같으면 공식처럼 진주목걸이를 휘둘렀을 테지만 이번에는 상앗빛 레이스 머플러를 한 바퀴 휘감아 늘어뜨리고 연한 재색 모피코트를 걸쳤다. 머플러와 짝이 맞게 진줏빛 레이스로 장식한 모직장갑이 어떨까 짧게 고민하다가 디자인이 간소하면서도 독특한 은반지를 중지에 꼈다. 하나, 둘, 셋이나 되는, 손등에 내려앉은 엷은 저승꽃은 애써 외면했다.

혜련이 등신대 거울 속 제 앞모습을 그럭저럭 수긍하며 허리를 비틀었다. 뒤태도 무리 없어 보였다. 보정속옷을 입지 않아도 될 만큼 군살 없는 몸매는 타고난 것이다. 그 또한 한때 부러움을 샀던 신체조건이지만 그걸 부러워할 만한 어느 누구와도 교유를 지속하고 있지 않으니 남루한 자기만족에 그칠 따름이었다. 어쨌거나 전체적으로 나쁘지는 않았다. 지나치게 무난한 게 맘에 걸렸지만, 경험상 휘황찬란하게 개성을 강조하는 것보다 위험부담이 적은 코디네이션이라는 걸 잘 알았다. 이만하면 우아하고 세련된 여배우처럼 보일 (수도 있을) 것이다. 왕년의 히로인……처럼.

그녀는 몇 초간 눈까풀을 꾹 누르고 있다가 반짝 치떴다. 쓰디쓴 조롱기를 입매에 물고서 자신을 되쏘아보고 있는 거울 속의 여자가 한순간 끔찍했다. 그 시절을 그리워한 적이 있었던가. 스스로도 미심쩍었다. 아쉬운 건 적었으나 그렇다고 남들이 넘겨짚는 것처럼 광휘에 싸여 오만방자를 부릴 만큼 찬란하지만은 않았다. 그리고 그 시절은…… 너무 짧았다. 응달에 든 볕뉘처럼 훈기도 돌기 전에 물러갔다. 삐끗, 연이은 불장난으로 무대와 멀어진 뒤, 나머지 날들은 내도록 고단했다. 평온무사의 삶과는 거리가 멀었다.

따지고 보면 어떤 식으로든 대가를 치르게 돼 있는 게 삶이다. 단지 그 대가가 과한 것에 마음이 깊이 베였다. 그녀는 영혼이 빠져나간 육체처럼 바닥에 나동그라진 채 숨을 죽이고 살았다. 바닥을 칠 기력도, 바닥에서 벗어날 운도 바닥이 난 상태로 기신기신했다. 아직 바닥에 닿지도 않았을지 모른다는 의심이 들면 가위에 눌린 것처럼 옴짝달싹도 할 수 없었다. 어렸을 때 자주 그런 꿈을 꾸었다. 꿈을 꾸는 내내 바닥을 향해 추락하고 있는 꿈. 다족류 곤충처럼 사지를 버르적거리며 수직강하하는 꿈. 끝끝내 바닥에 닿지 않는 꿈.

그녀는 새로운 트집거리가 눈에 잡히기 전에 거울 앞에서 돌아섰다. 구두를 고르느라 약간의 시간을 또 지체했다. 그것으로 외출 준비가 끝났다. 11시 45분이었다. 예약은 1시. 버스에서 내려 지하철을 한 번 갈아타야 하지만 늦지는 않을 거였다.

그녀는 현관문을 나서기 전에 집 안을 한 차례 둘러보았다. 동남향으로 앉은 집이어서 오전 내내 햇빛이 머물렀다. 맑은 날에는 선반이나 탁자유리에 내려앉은 입자 고운 먼지들을 낱낱이 깨울 태세로 직사광선이 들이쳤다. 버티컬블라인드를 걷거나 세울 엄두조차 내지 못했다. 블라인드를 투과해 들어오는 빛만으로도 실내는 지나치게 환했다. 그녀는 그 어느 날부터 환한 것을 좋아하지 않게 되었다. 어수선해지는데다 마음이 떠서 싫었다. 빛 멀미를 한다는 그녀의 말을 그럭저럭 참아주다가 종내는, "뱃멀미한다는 말은 들어봤어도"라며 코웃음으로 밀쳐냈던 누군가가 떠올라서 더욱 싫었다. 그 말 속에는 돌이킬 수 없는 권태와 짜증이 녹아 있었다.

혜련은 마지막으로 선글라스를 찾아 쓰고 집을 나섰다.

1-2

엘리베이터의 문이 열렸다. 모피코트를 걸친 여자가 들어섰다. 여자는 한 발 한 발 아주 신중하게 엘리베이터 안으로 몸을 들여놓았다. 엘리베이터가 하중을 이기지 못하고 바닥으로 곤두박질칠지 모른다고 염려하는 사람이나 할 법한 동작이었다. 양 씨는 단박에 여자를 알아보았다. 그런 망상을 가질 만한 여자는, 또 그런 튀는 치장을 할 만한 여자는 그가 알기로 5동에서는 단 한 사람, 그 여자뿐이었다. 어쩌면 아파트단지 전체를 통틀어도 그 여자뿐일 것이다. 그러니까 엘리베이터는 5동 13층에서 내려오는 중이라는 얘기였다.

양 씨는 호기심 어린 눈빛으로 모니터를 들여다보았다. 그의 손에는 막 부려놓고 간 택배상자가 들려 있었다. 오전 중에만 해도 벌써 서로 다른 업체의 택배기사들이 저마다 맡겨놓고 내빼버린 상자가 여섯 개나 쌓였다. 그중 몇 개는 꽤 늦은 시각까지 선반에서 주인을 기다리게 될 게 뻔했다. 그리고 한두 개쯤은 요령 없고 굼뜬 부모를 기다리는 보호소의 미아처럼 밤을 넘기게 될 터였다. 그것도 아침 교대 전에 인터폰을 연결해서 통화를 하고 난 뒤에라야 슬리퍼를 찍찍 끌며 나타나는 물건의 주인에게 상자를 안겨줄 수 있을 것이었다.

1301호 여자를 실은 엘리베이터가 1층에 당도할 때까지 양 씨는 모니터에서 눈을 떼지 않았다. 카메라의 각도 때문에 여자의 표정을 세세히 살필 수 없는 게 유감이었다. 하긴 세세히 살펴보지 않아도 여자의 표정쯤이야 눈에 선하다. 불평을 내색하는 짓 따위로 품위를 손상하고 싶지 않으시다는 가식 섞인 의연함. 실은 주변의 모든 정황을 두 눈에 쓸어 담으면서도 아무것에도 신경 쓰지 않는 체하는 계산된 무표정. 어쨌거나 그런 안팎이 고스란히 드러나는 표정을 지을 만한 여자도 단지 전체를 통틀어 흔치 않았다.

양 씨는 그 여자 말고도 13층 여섯 가구 입주자들 면면을 꿰고 있었다. 이른 아침에 그중 네 가구의 가장이 앞서거니 뒤서거니 출근을 한 뒤로 초등학교에 다니는 꼬마 셋과 중학교에 다니는 여학생, 이어 대학생인지 재수생인지 아니면 직장인인지 애매한 청년이 엘리베이터를 타고 내려와 단지 밖으로 빠져나갔다. 네 가구의 가장 중 한 명이 중학교에 다니는 여학생의 엄마라는 사실은 택배상자를 찾아가는 과정에서 우연히 알게 됐다. 언제나처럼 대략 10시 15분 전쯤 길 건너 농협 하나로마트에서 시간제로 일하는 6호집 노처녀 이모가 출근을 위해 부리나케 내려왔겠지만, 마침 그때 양 씨는 어느 집 베란다에서 개념 없이 날려보낸 담배꽁초를 줍느라 그 동향을 모니터로 직접 확인하지는 못했다.

양 씨는 들고 있던 택배상자를 선반에 올려놓고는 경비실 앞을 부러 멀찍이 돌아서 가는 1301호 여자의 뒷모습을 눈으로 좇았다. 하릴없는 관심이라는 걸 알면서도 자동으로 목이 돌아가는 자신을 쩝, 입 다시는 소리로 나무란 뒤 도시락 주머니를 끌어당겼다. 좀 이른 감이 있긴 했지만 아침이 부실했던지 속이 헛헛했다. 홀아비 아닌 홀아비로 꾸려오는 살림인지라 제때 구색 맞춰 만든 찬이랄 것은 없었다. 전자레인지란 신통방통한 발명품 덕에 상시 더운밥만은 보장되어 있으니 신세타령을 늘어놓을 처지까지는 아니었다. 몸 탈 난 데 없이 성하지, 다들 떨려날 나이에 경비직이나마 일자리를 꿰차고 있지 않은가. 이만하면 떳떳하고 만족스러운 근로노년이었다. 인생 중반에 벌인 일이 잘 풀리지 않아 자식 뒷바라지 미흡했던 것과, 특별히 고되지는 않다지만 예순 넘은 입때껏 남의집살이를 하고 있는 마누라가 조금 마음에 걸리는 것만 빼면, 대체로 무던한 말년이라고 자위할 만했다.

아내는 연희동에서 입주가정부로 일한다. 팔순 노마님 홀로 짱짱히 버티고 있는 단독주택이라 고적하긴 해도 성가신 일은 많지 않은 듯했다. "하자고 들면 끝이 없고 내버려두기로 맘먹으면 도깨비가 튀어나오기 직전인들 뭐 어쩌랴" 하는 게 아내

195

의 소견이었다. 아내를 고용한 노마님의 맏며느리가 원한 것
도 일꾼이 아니라 끼니 시중 들어주고 잠자리 보살펴줄 보호
자 겸 말동무였으므로 이래라저래라 잔소리 늘어놓지 않는다
는 것이었다. "믿고 맡길 만한 사람 구하기 어디 쉬워야 말이
지." 아내는 제 입으로 유세를 하고는, "조선족이야 쌔고 널렸
지만" 하고 마치 본인이 연희동 사모님인 듯 거만하게 토 달기
도 잊지 않았다. 양 씨 내심이래야 그럭저럭 우대받는 눈치여
서 안도하는 정도였다.

아내는 격주에 한 번 집에 다녀갔다. 집에 올 때마다 끌어안
고 오는 묵직한 보따리 속에는 다시 2주 동안 그가 먹을 밑반
찬이며 진귀한 군입거리며 두고 쓸 만한 생활용품 등속이 제
법 알차게 들어 있었다. "있는 집이라 그런지 뭐든 흔전만전이
더라고. 이깟 것 좀 나눠 쓴다고 표나지두 않어." 아내에게 내
색하지는 않았지만 양 씨는 속으로 좀 찜찜했다. 하지만 아내
의 노동의 대가 중에서 양 씨가 손댈 수 있는 것들이래야 고작
그런 떨떠름한 콩고물들뿐이었다. 진짜 알맹이인 월급에 대해
서는 그 액수도 용처도 알지 못했다. 짐작이야 갔다. 능히 짐작
가는 그 어떤 목적을 위해 아내가 그 나이에 굳이 남의집살이
든 것을 아는지라 따져 물으나 마나였다. 그저 인생 중반, 자식

뒷바라지 미흡했던 무능에 대한 질타려니 여기면 그만이었다.

"늦을 뻔했구만."

양 씨가 전자레인지에서 뜨끈뜨끈해진 밥주발을 꺼내려는데 곽 씨가 쑥 들어서며 찬통 하나를 내밀었다. 곽 씨는 3동과 4동 소관 경비였다. 양 씨와는 갑장으로, 마나님과 금슬이 자별한 것까진 좋은데 유독 양 씨 앞에서 티를 내고 싶어 해 기껏 챙겨주고도 얄팍하단 뒷말을 자초하는 위인이었다.

"제수씨한테 번번이 미안해서 어쩐다?"

음식 나눌 줄 아는 베테랑 주부답게 손맛이 깊어 찬통 뚜껑을 여는데 벌써 입안에 군침이 짜르르 돌았다. 초고추장으로 무친 원추리나물과 새파란 봄동겉절이가 반반 들앉아 있었다.

"지난번 비싼 곶감으로 선금 치렀잖여."

"그건 그거고."

지난 설 명절에 연희동에서 냉동 반건시半乾柿 한 박스가 딸려왔다. 그걸 절반 뚝 덜어 곽 씨네와 나누었다. 포장재로 넣은 아이스팩이 녹아 살짝 무르긴 했지만 승승장구중인 고위직 공무원의 노모에게 별도 진상된 상등품이니만큼 시중에 나도는 중국산과는 때깔부터 비교를 불허했다. 한입 베어 물자 아이스크림처럼 혀끝에서 사르르 녹는 맛이, 시쳇말로 둘이 먹다

197

셋이 죽어도 모르겠더라고 뻥을 쳐도 좋을 최고급이었다.

"근데, 저어기…… 워딜 가는가, 쪽 빼입었데."

곽 씨가 무턱대고 턱짓을 했다. 되물어보나마나 1301호 여자를 가리킨다는 걸 양 씨는 척 알아들었다. 이따금 멀리서, 혹은 가까이서 접할 기회라도 생기는 경비원들은 물론이거니와, 한두 번쯤 흘낏 스쳐보았을 뿐인 관리실 직원들도 1301호 여자에 대해 궁금증을 드러내곤 했다.

"물어보지, 왜?"

"가뜩이나 날 추워 죽겠구만, 찬바람 더 쐬어서 고뿔 걸릴 일 있남. 뭐, 물어본다고 제격 답변해줄 리도 만무하고. 하여간 독특혀. 왕년에 한가락 하신 몸이다, 쌩한 얼굴로 웅변하는 건지 시위하는 건지."

"그거야 사실이고."

양 씨가 무심코 그렇게 뱉고는 뒤늦게 아차, 했다. 늘 입이 근질근질해오던 참이라 부지불식간 말이 새고 말았다. 곽 씨가 그 행간을 치고 들어왔다.

"잉? 아는 거 있어, 양 씨?"

"뭐, 그런 것 같더란 말이지. 한눈에도 예사로워 보이진 않잖아."

양 씨는 곽 씨가 가져온 봄동겉절이를 밥숟갈에 걸쳐 볼이 미어져라 밀어넣는 것으로 아예 자신의 입을 봉해버렸다. 역시나 곽 씨네 마나님 손맛은 예술이었다.

1-3

화니는, 나이 든 여자는 질색이었다. 예약을 내세워 창가 자리를 요구하는 늙은 여자는 더구나 맘에 안 들었다. 한순간에 사람을 훑어보고 섣부르게 판단을 완료한 것 같은 거만한 표정의 할망구는 더더구나 싫었다. 장애물이라곤 없는데 발을 헛디뎌 기우뚱 쓰러지려는 노친네를 잽싸게 부축해주어야 했을 땐 짜증이 왕창 치밀었다. 조심했음에도 불구하고, 무어라고 설명할 수 없는 들큼한 살냄새에 뒤섞인 향수냄새를 들이쉬고 말았을 때는 욕이 입 밖으로 자동발사될 뻔했다. 아유 씨바. 그런 욕을 듣고 가만있을 노친네는 '당근' 없을 것이지만 손님에게 그 따위 욕을 내지르는 종업원을 가만둘 주인 역시 있을 턱이 없었다. 그래서 화니는 환히 미소를 지었다.

"식사를 하실 건가요? 아니면 차를……?"

화니가 늙은 여자 앞에 물잔과 메뉴판을 내려놓으며 상냥하게 물었다. 덕지덕지 처바른 파운데이션으로도 잔주름을 감추지 못한 늙은 여자는 실내를 두리번거리면서 모피코트를 벗고, 벗은 코트를 당연하다는 듯이 화니에게 건넸다. 화니는 들숨을 참으며 늙은 여자의 코트를 받아 바로 옆 의자 등받이에 걸쳤다. 그러고는 다시 입 끝을 살짝 말아올렸다.

"다른 분이 더 오시나요?"

늙은 여자는 빤한 걸 왜 묻느냐는 투로 입술을 샐쭉 비틀었다. 화니에게는 나이에 어울리지 않는 딱한 짓으로 보였다. 늙은 여자가 책을 읽듯 메뉴판을 펼쳐들며 화니를 쳐다보지도 않고 말했다.

"내 자리하고…… 저기, 맞은편 자리에도 미리 세팅해놓는 게 좋겠는데."

"주문은 그럼 한 분 더 오신 다음에 하시겠어요?"

"그럴까……?"

"네, 그럼……."

늙은 여자가 손을 휘저으며 화니의 말을 잘랐다.

"아니야, 지금 메뉴를 정해두는 게 낫겠어."

변덕스런 노파 같으니라구. 화니는 손바닥에 메모지를 받쳐들고 받아 적을 준비를 했다. 늙은 여자는 글씨가 잘 보이지 않는지 메뉴판을 멀찍이 뺐으며 게슴츠레한 눈으로 런치스페셜을 선택했다. 어이쿠, 또 걸려들었군. 알고 보면 가격만 스페셜한 요리인데.

늙은 여자는 은근 까다로웠다. 까다롭게 굴어야 무시당하지 않는다는 강박관념에 사로잡힌 마귀할멈이었다. 두 사람 분의 수프와 샐러드와 사이드디시를 일일이 다르게 주문한 뒤에도 "참, 스테이크는…… 난 미디엄웰. 저쪽은 레어로. 잊지 말고" 라고 턱을 쳐들며 말했다. 화니는 아무튼 부지런히 받아 적는 시늉을 했다. 늙은 여자가 화니에게 메뉴판을 넘겨주며 덧붙였다.

"아페리티프는 셰프가 권하는 걸로 하겠다고 전해줘."

오 예, 아페리티프! 셰프! 거기에 식전주食前酒까지. 그야말로 바보 같은 짓이지 뭐야. 그건 그렇고, 씨바, 끝까지 반말이야. 화니는 언짢았지만 미소를 거두지 않았다. 예의바르게 목을 까딱 하고는 우아하게 턴을 했다. 그러나 늙은 여자에게서 돌아서는 즉시 화니의 안면근육은 굳은 롤빵처럼 딱딱해졌다. 아침밥을 떠넣으며 연신 구시렁대는 바람에 파편을 몇 개나 튀겼던 엄마가 하필 그 순간에 떠올랐기 때문이었다.

아침에 엄마는 이를 닦자마자 급히 손가방을 집어들고는 화니의 면전에 대고 예상치 못한 한 방을 날렸다. "너, 그거 아냐? 어제가 니 에미 귀빠진 날이었던 거?" 엄마는 수저를 든 채 멈칫, 하는 화니를 내버려두고 그대로 현관문을 밀치고 복도로 사라졌다. 화니는 목구멍에 걸린 밥알을 보리차로 꿀꺽 밀어내리고 수저를 탁 내려놓았다. 그래서, 어쩌라고? 어쩌라고? 어쩌라고?

화니는 모아둔 돈 한 푼 없이, 그런 탓에 관절염 약을 털어 넣으면서까지 돈을 벌어야 하는, 자식에게 폼 나게 해준 것도 없으면서 졸라 큰소리나 탕탕 치며 늙어가는…… 이를테면 엄마 같은 여자는 절대로 되지 않겠다고 맹세하며 주방으로 난 반원형 창구에다 주문서를 들이밀었다. 주방장이 구해지지 않는다고 말했지만 실은 구하지 않고 있는 주인아저씨가 주문서를 들여다보며 검지로 코밑을 살살 문질렀다.

"뭐, 좋아. 하여간 제일 비싼 거니까."

주인아저씨는 겁 없이 콧노래를 흥얼거렸다. 자신이 아랑곳할 일이 아니었기에 화니는 어깨를 으쓱 추어올린 뒤 와인 셀러로 가서 적당한 스파클링 와인 한 병을 골랐다. 그런 다음 창가의 늙은 여자 쪽을 힐끔 쳐다보고는 튤립 모양의 길쭉한 유리잔에다 살굿빛 액체를 2분의 1쯤 따랐다. 좁쌀알갱이만 한 탄산 기포가 액체의 표면을 향해 맹렬히 치솟았다. 셰프 좋아하시네. 화니는 모든 것이 견딜 수 없었다. 늙어가는 엄마도. 늙은 여자도. 그들을 상대해야 하는 자신도. 자신의 우연한 출생도. 이름에 걸맞지 않은 자신의 어제와 오늘과 내일도.

환희가 다 뭐야. 토 나올 것 같아. 화니는 자신에게 그런 이름을 붙여주고 사라진 개념 없는 인간을 틈틈이 저주해왔다. 아버지는 개뿔, 이었다.

2

혜련은 창밖으로 고개를 돌렸다. 길 건너 레코드가게, 꽃집, 양품점……은 정통이태리언 스타일을 강조한 스파게티&화덕피자전문점, 수제케이크전문점, 외국계 프랜차이즈 커피전문점……으로 바뀌었다. 헌책방은 공용주차장에 편입되었다. 주차장은 만차였다. 포르쉐 운전자가 내리고 대신 빨간 모자를 쓴 남자가 운전석에 올라타더니 앞뒤로 두세 번 차를 움직였다.

인도를 점령한 포르쉐의 지붕 위로 마로니에나무 그림자가 드리워졌다. 한낮이라 그림자는 브로콜리처럼 뭉툭했다. 그 인간. 혜련은 예전에 만나던 어떤 남자를 떠올렸다. 마트의 야채 코너에 진열된 브로콜리를 볼 때마다, 하물며 뭉툭한 나무 그림자를 볼 때조차 과거의 남자의 식성이 떠오른다는 것은 확실히 시시한 일이다. 그것은 추억과도 무관하다. 단순히 적체된 인상印象일 뿐이다. 그녀는 자신의 머릿속에 수납된 쓰레기 같은 인상들을, 추억과 구별할 수 없을 지경으로 혼합된 인상들을 말끔히 지워버리고 싶다는 생각을 번번이, 최근 들어서는 부쩍 자주 해왔다. 그러자면 방법은 단 하나밖에 없었다!

종업원이 말없이 와인글라스를 내려놓고 갔다. 혜련은 건너편 레스토랑을 무심히 바라보았다. 초록색 들창이 산뜻했다. 하얀 칠을 한 외벽에는 커다란 조개 모양, 둥근 원 모양, 마름모꼴 모양의 접시를 걸어놓았다. 처마 끝에 매달려 대롱거리는 철제화분에는 제라늄 꽃밭이 풍성했다. 투우사의 뮤레타처럼 붉은 제라늄은 플라스틱 조화인 성싶었다. 정통이태리언 레스토랑 외관이 대체로 이글거리는 안달루시아풍인 데 알량한 참견이 하고 싶어지는 순간, 그녀는 후르르 가슴을 떨며 눈길을 거두었다.

이쪽 실내로 고개를 돌렸다. 마치 자신의 세계로 허둥지둥

도망쳐오듯이. 그러나 이 세계는 산란했다. 익숙한 모든 것들이 흐트러지고 무너지고 사라졌다. 무대도 사람도, 눈짓도 손짓도, 노래도 흐느낌도 거즈 밖으로 배어나온 핏기처럼 추억의 얼룩이 되었다. 페인트로 두껍게 덧칠한 벽면에 얼비치는 흐릿한 퇴조의 자취. 남은 것은 시간의 괴저와 투명한 아크릴판에 박아넣은 '유리동물원' 간판로고뿐이었다.

가게는 한산했다. 예전에는 맞은편 레스토랑만큼이나 복작이던 곳이었다. 단골은 대부분 이 구역에 몰려 있는 극단 단원들이나 극장 관계자들이었다. 그들은 오갈 데 없는 낮 동안, 또는 연습이나 공연을 끝낸 늦은 밤 대책 없이 죽치고 앉아 전망 부재의 연극판에 대해, 개념 부재의 문화정책에 대해, 금전 부재의 가난한 연애나 살림살이에 대해 목청 높여 분개했다. 방송이나 영화판으로 나가 이름과 돈을 거머쥔 옛 동료들을 성토하면서 그런 험담의 대상이 된 그들을 부러워하는 속내를 감추느라 술잔을 엎고 담배를 꼬나물었다.

열기와 독설과 회의와 냉소가 들끓는 연극쟁이 무리를 눈안줏거리로 삼는 술꾼들도 유리동물원을 기웃거렸다. 이따금 드나드는 인근 대학병원 쪽 직원이나 의사들은 지갑이 묵직하고 매너가 좋은 편이어서 특히 환영을 받았다. 서너 번 마주친 안면으로 호기롭게 술자리를 합치는 경우도 왕왕 있었다. D는 그들 중의 한 사람이었으나 나중에는 그 혼자 종종 들러 와인을 기울이다 돌아가곤 했다.

혜련이 D로부터 데이트 신청을 받았던 건 손익분기점을 넘지 못한 〈카르멘〉 공연 마지막 날, 쫑파티가 끝나고서였다. 그날 뒤풀이에서 그녀는 생의 단 하루처럼 남아 있는 에너지의 마지막 한 방울까지 쥐어짰다. 동료들도 마찬가지였다. 불안과 울분이 광란의 동력원이었다. 그녀는 즉흥적으로 길게 이어 붙인 테이블 위로 뛰어올랐다. 술병과 술잔 들이 후다닥 치워졌다. 후배 남자 단원들이 테이블 모서리를 꽉 붙들었다. 그녀는 하이힐을 신은 채 〈카르멘〉에서 선보였던 플라멩코를 췄다. 그때 D가 나타났다.

D는 입구 쪽 벽에 기대서서 팔짱을 꼈다. 잠깐 선 채로 홀에서 벌어지고 있는 소동을 넘겨다보다 돌아설 작정인 듯했다. 그녀는 그를 의식했다. 취기와 광기 속에서도, 그녀는 그가 자신을 욕망하기를 욕망했다. 그녀는 발목까지 치렁치렁 늘어지는 붉은색 스커트를 양손에 한 자락씩 움키고 사뭇 격렬하게 골반을 흔들었다. 스커트 자락이 펄럭일 때마다 하얀 종아리가 드러났다. 무릎이 드러나고 허벅지가 드러났다. 동료 중 누

군가가 휘파람을 불었다. 마침내 그녀가 가쁜 숨을 몰아쉬며 스텝을 멈추자 그가 팔짱을 풀고 박수를 쳤다. "올레!"

맙소사. 저주나 다름없군. 혜련은 서늘한 한기를 느끼며 몸을 움츠렸다. 자신의 생생한 기억력이 오싹했다. 나이가 들수록 가까운 과거는 금세 잊고 오래된 일들은 조각칼로 도려낸 듯 또렷해진다. 기억이란 때로 징벌이다.

새로 찾아든 손님들이 내는 왁자한 웃음소리가 그녀에게 알 수 없는 소외감을 불러일으켰다. 그녀는 자신이 낡은 벽보 같다고 느꼈다. 의자 등받이에 걸쳐둔 외투가 너무나도 칙칙해 보였다. 이제는 아무도 눈여겨보지 않을 한물간 디자인에 추레해 뵐 색상이었다. 집에서는 왜 그런 생각이 들지 않았을까.

그녀는 짐짓 허리를 곧추세웠다. 와인을 한 모금 머금고 눈을 감은 채 혀를 굴렸다. 와인은 시고 떫었다. 입맛을 돋우기는 커녕 입안을 헹구고 싶을 지경이었다. 예전 같으면 그냥 넘어가지 않았을 텐데. 그녀는 세상이 너무 빠르게 변한 탓이라고 혼잣말을 했다. 이제는 어리광 따위를 받아줄 사람이 주위에 아무도 없었다. 그녀 탓만이라고는 할 수 없지만, 동굴 속으로 숨어든 건 명백히 자신의 선택이었다.

—그렇지, 예전 같았으면 한바탕 히스테리를 부리고도 남

지. 그나저나 거기도 많이 늙었군.

귀에 익은 목소리! 그녀가 반짝 눈을 치떴다. 아니나 다를까, D다. 그는 여전히 늠름하다. 그리고 여전히 느물거린다. 그가 맞은편에 앉아 있다는 사실보다 하나도 변하지 않았다는 사실이 더 놀랍다.

—내가 조금 늦었나?

역시나 미안한 기색 따위는 없다. 원래가 그랬다. 기다려야 하는 건 언제나 상대방이었다. 그는 자신에게 수술받기를 원하는 환자들이 한두 달씩 기다리는 것도 당연하게 여겼다. 기다리는 시간이 길수록 자신의 값이 치솟는다고 했다. 자신이 집도한 수술이 언제나 성공적인 것은 아니었지만 누구도 이의를 제기하지 않았다고도 했다. 그가 말했다. "살고 죽는 것이 하늘의 뜻이라는 걸 다들 아니까."

—당신은 늘 조금씩 늦었어. 언제나 내가 먼저 나와서 기다렸지.

혜련이 힐난조로 말했다.

—설마?

—설마가 아니야. 그리고 한 번도 사과하지 않았어. 당연한 듯이, 그래 맞아, 당연한 듯이 자리에 앉자마자 투덜거리곤 했

208

지. 손쓸 수 없는 지경이라 도로 덮어버렸다느니, 수술이 성공적이면 뭐하느냐, 어차피 얼마 살지도 못할 텐데, 라느니…….
난 맹세코 그런 피 냄새 나는 이야기들을 듣자고 당신을 기다린 게 아니었는데 말야.

그녀의 지적에 D가 발끈했다.

— 아니야, 내가 그런 식으로 말했을 리 없어. 그리고……
늘, 이라고 말하다니! 빌어먹을! 그놈의 말버릇은 여전하군그래. 늘, 전부 다, 언제나, 한 번도…… 그런 단정적인 표현들. 여자들은 똑같아. 진부해. 여배우는 좀 다를 줄 알았지.

D가 의자등받이에 몸을 기대며 거만하게 말했다. 이번에는 그녀가 발끈했다.

—그래서였어?

—뭐가?

—당신이 날 떠난 거?

그 대목에서 그녀는 하마터면 왈칵 눈물을 쏟을 뻔했다. 나이를 거꾸로 먹는구나. 비참한 생각이 들었다. 그야말로 땅속으로 거꾸로 처박히고 싶은 심정이었다.

— 또야? 그런 얘기 따위나 하려고? 아아 지겹군, 빌어먹을 놈의 신파.

그가 킁킁, 하고 특유의 코웃음을 쳤다.

—이유를 말해주지 않았으니까.

그녀가 지지 않고 대꾸했다.

—떠난 게 이유야.

그가 반박했다.

—난, 무엇을 해야 좋을지 알 수 없었어.

—무대로 돌아갔잖아?

—관객들도 떠났어.

—그건 거기 몫이야. 오롯이 자기가 책임지는 거지. 그게 프로야.

—관객들이 떠난 건…….

—탓하지 마. 자신을 탓해. 자신이 부족했다고 인정하는 걸 배웠어야지.

그녀가 노려보자 그는 딴청을 부렸다. 그녀는 숨을 들이쉬었다가 천천히 내쉰 뒤 무겁게 말했다.

—내가 엄마가 됐기 때문이야.

—아니, 거긴 엄마가 된 적이 없어.

—난 애를 낳았어. 당신 애.

—천만에, 거긴 엄마가 아니야. 그 애는 우리가 길렀어.

―우, 리…….

그녀가 말끝을 흐렸다. 냅킨을 뽑아 콧물을 닦았다. 자존심
이 몹시 상했다. 결국은 그 앞에서 훌쩍거리고 말았으니. 그는
찔러도 피 한 방울 흘리지 않을 냉혈한이다. 탁월한 외과의가
될 자질을 타고난 셈이다.

"저기요."

종업원이 곁에서 쟁반을 든 채 쭈뼛거렸다. 못 볼 것을 본
듯한 표정이었다. 혜련은 얼른 목청을 가다듬었다.

"야채수프는 날 주고, 크림수프는 저 분 쪽에다."

종업원이 고개를 갸웃했다. 그러나 이의를 달지 않고 지시
대로 수프접시를 내려놓은 뒤 황망히 돌아갔다.

혜련은 수프접시에 코를 박았다. 허기를 느껴서가 아니라
그와 눈이 마주치는 걸 피하기 위해서였다. 그녀는 기름이 둥
둥 뜬 국물을 서너 차례쯤 뜨고는 숟가락을 내려놓았다. 그리
고 천천히 고개를 들었다. 그사이 D의 아내가 그녀를 빤히 바
라보고 있었다.

―오랜만이에요.

혜련은 D가 일어서는 기척을 느끼지 못했다. 그가 수프접시
에 손도 대지 않은 채 도둑처럼 달아나는 것을 보았더라도 붙

잡지 않았을 것이다. 어차피 붙잡을 수 없는 위인이었다. 그녀의 망막에는 늘, 언제나, 그의 뒷모습만이 남았다. 그녀는 D의 아내가 솜씨 좋은 마술사처럼 살그머니 다가와 그와 자리를 바꿔 앉는 기척도 느끼지 못했다.

—네, 오랜만······.

종업원이 빵 소쿠리와 샐러드를 한꺼번에 들고 와서 테이블 중앙에 내려놓았다. 그 바람에 대화가 또 중단됐다. 종업원은 혓바닥으로 손등을 핥는 고양이처럼 할금할금 혜련의 눈치를 살폈다. 혜련은 버르장머리 없는 종업원을 모르는 척했다. 종업원이 돌아가자 D의 아내가 말했다.

—왜 약속을 지키지 않았죠?

혜련이 항변했다.

—난 약속을 지켰어요. 한 번도 그 앨 찾지 않았어요.

—거짓말!

—그래요, 딱 한 번. 그건 그 애가 날 찾아냈기 때문이에요. 한국을 떠나기 전에 한 번만 만나달라고 했어요.

—그랬어도 만나지 말았어야 했어요.

—난 그 애의 엄마예요.

—그건 사실이 아니에요. 그 애의 엄만 나예요. 난 대가를

치렀어요. 그 앤, 사춘기를 아주 격렬하게 보냈지요. 난 그 애, 내 아들 앞에 무릎도 꿇어봤어요.

—나라도 그랬을 거예요. 그래야 했다면요.

—천만에요. 거긴 그렇게 못해요. 엄마 노릇은 아무나 할 수 있는 게 아니에요. 무대 위에서 하는 싸구려 연기와는 다르죠. 애인이나 정부 노릇과도 다르고요. 더군다나 당신은 이제 배우도 아니죠. 배우로서 당신을 기억하는 사람은 없어요. 글쎄요, 한두 사람쯤, 당신의 스캔들을 기억하는 사람은 있을지도 모르죠.

D의 아내가 의기양양하게 말했다. 그러자 언제 어디서 나타났는지, 젊은 시절의 D를 쏙 빼닮은 청년이 끼어들었다. 청년은 D의 아내를 지지한다는 의미로 그녀의 어깨에 두 손을 얹고서 말했다.

—맞습니다, 제 어머니는 세상에 한 분밖에 없습니다.

혜련은 사색이 되어 입술을 바르르 떨었다. 가까스로 입을 열었다.

—그럼 그땐 왜 날 찾아왔니? 미국으로 가기 전에 한 번만 만나달랜 건 너였다. 잊었니?

—후회하고 있습니다.

―그래서 결혼 소식 정도는 알려줄 거라고 생각했었지.

―아셔도 소용없는 일이잖습니까.

D의 아내가 젊은 시절의 D를 꼭 빼닮은 청년의 손을 잡았다. 두 사람은 마주 보며 의미심장한 웃음을 주고받았다. 혜련은 그들이 자신을 아랑곳하지 않는다는 사실을 깨달았다. 자신도 그들을 외면하고 싶었다. 그렇게 바라는 순간 그들이 그녀의 눈앞에서 사라졌다.

혜련은 더 이상 의자에 앉아 있을 수가 없었다. 가슴이 뻥 터질 것 같았다. 바윗덩어리 같은 몸을 일으켰다. 의자가 뒤로 나자빠지면서 쿵, 소리가 났다. 종업원이 놀라서 뛰어왔다. 혜련은 자신을 부축하는 종업원의 손을 조심스럽게 떼어냈다.

3

양 씨는 출입문에 걸어둔 아크릴 팻말을 '순찰중'으로 뒤집었다. 그러고는 랜턴과 일지를 들고 경비실을 나섰다. 지하주차장으로 내려가는 계단참에서 무엇인가가 후다닥 어둠 속으로 달아나는 소리가 들렸다. 제설장비를 쌓아두는 주차장 구석에다 몸을 푼 길고양이인 듯했다. 이사를 가는 집에서 버리고 간 놈인지 단지 밖에서 기어든 놈인지 알 수 없었지만, 낭패스러운 한편 대견스럽기도 했다.

경비실이나 관리실로 애완동물에 관한 민원이 자주 접수되고 있었다. 배설물 처리나 목줄 매기 등의 수칙이 인쇄된 게시물을 부착해놓고 있고, 틈틈이 방송으로도 권고하고 있지만 시정은커녕 들은 척도 않는 실정이었다. 공동주택에서 굳이 개나 고양이를 기르겠다는 사람도, 그다지 위협적으로 느껴지지 않는 새끼짐승에도 칠색 팔색을 하는 사람도 양 씨가 보기에는 다 별쭝스러웠다.

그런 마당에 얼마 전에는 '6동 주민 하나가 저녁마다 건물 모퉁이에다 사료를 놓아두어 수상쩍은 고양이들을 불러들인다'는 민원이 들어왔다. 양 씨도 음식물 쓰레기를 담았던 비닐봉지를 헤집어 뜯어놓는 고양이들 등쌀이 성가시긴 했지만 그런다고 민원을 무시한다며 게거품 무는 주민의 말대로 일괄 소탕하여 안락사시킬 수는 없는 노릇이었다. 그저 발을 굴러 멀리 쫓거나 고양이를 끌어들일 만한 환경을 덜 만드는 수밖에 없었다. 어찌 됐거나 숨탄것들이었다. 하찮은 미물일지언정 목숨 받아 이 땅에 온 이유가 저마다 있을 터였다.

양 씨는 관리실에서 배포한 주차스티커를 부착하지 않은 차량의 번호를 일지에 기록하고, 실내등이나 미등이 켜진 차가 없는지도 살폈다. 요즘엔 시동을 끄면 자동으로 소등되는 차가 대부분이지만 간혹 밤새 배터리가 방전되어 아침 출근시간에 긴급서비스를 호출하는 경우가 없지 않았다. 남의 일이지만 불필요한 짜증과 낭비를 덜어 나쁠 리 없었다.

관할구역을 한 바퀴 돌고 나서 양 씨는 목을 젖혀 5동 건물을 올려다보았다. 18층 꼭대기 오른쪽 맨 가장자리에서부터 다섯 칸을 짚어 내려오면 그 여자의 집이었다. 야간순찰의 끝 순서로 그런 버릇이 든 것뿐, 별다른 목적은 없었다.

그는 저녁시간 전에 그 여자가 외출에서 돌아오는 것을, 오전과 마찬가지로 모니터로 확인했다. 여자는 엘리베이터 내벽에 기대고 있다가 문이 열리자 굼뜨게 몸을 움직여 밖으로 나갔다. 몸놀림만으로는 그 여자답지 않았다. 여자는 언제나 꼿꼿했다. 양 씨의 눈에 오늘 여자는 금방이라도 쓰러질 것 같았다. 마음 같아서는 인터폰을 연결해 별일 없으시냐고, 어디 편찮으시냐고 묻고 싶었다. 경비 신분을 악용해 몰래 여자를 관찰하고 있었다는 억측을 살 우려가 있어 자제했다. 물론 조금 특별한 관심을 갖고 여자의 외부활동을 주시하고 있는 건 사실이었다.

　그는 여자가 이 변두리 서민아파트에 홀로 살고 있다는 것, 찾아오는 사람도 없는데다 이웃과도 왕래가 없다는 것, 그 흔한 택배나 우편물도 거의 없다는 것, 몇 달째 관리비가 체납되었다는 것 들을 알고 있었지만 동료 곽 씨에게조차 자신이 알고 있는 사실들을 발설하지 않았다. 제법 이름을 날리던 연극배우가 자신이 경비로 근무하는 아파트에 은거하고 있다는 사실을 그는 아내에게조차 발설하지 않았다.

　양 씨는 자신의 기억이 틀리지 않다고 확신했다. 그는 젊어한때 여성지 영업부에 적을 둔 적이 있었다. 그때 그는 그 여자가 무대에서 춤을 추는 것을 보았다. 연극에 관심이 있어서가 아니라 편집부 데스크가 인터뷰를 따려고 당시 여자가 출연하는 연극의 티켓을 선심 구매해 영업부에까지 돌린 덕택이었다. 그것만이었다면 아마 그도 여자를 기억해내지 못했을 것이었다. 곧이어 여자의 스캔들이 터졌고, 스포츠신문과 여성지마다에 여자의 이름이 톱으로 올라가는 통에 그의 기억은 좀 더 강화되었다. 그가 다니던 여성지도 몇 달 전의 인터뷰가 무색하도록 여자의 치부를 파헤치는 데 가세했다. 그는 동정론으로 물을 탄 그 폭로성 기사를 비교적 꼼꼼히 읽었다.

그가 여자를 쉽게 기억해낸 데엔 여자의 흔치 않은 성씨도 작용했다. 석 씨는 희성稀姓이었다. 변명 같지만, 관리비 고지서나 주민서명용 대장에 적힌 여자의 이름이 왠지 입에 붙었고 여자가 하고 다니는 차림새 또한 튀었으므로 절로 신경이 갈 수밖에 없었다. 그러나 처음 한동안은 긴가민가했다.

어느 날 버스정류장에 붙여놓은 연극포스터를 무심히 쳐다보던 그는 마침내 퍼즐을 제대로 꿰맞출 수 있게 되었다. 그 옛날 배우로서 전성기를 구가—그는 그렇게 믿었다—하던 여자는 그 스캔들로 내리막길로 접어들었다. 사회적 도덕적 잣대가 완고하던 시대였다. 여자는 시르죽은 인기를 회복하지 못했다. 양 씨도 그즈음 여성지를 나와 서적도매상을 벌였다가 내리막을 탔다. 그는 지지부진한 사업을 털고 서적물류센터에서 출고 일을 7, 8년쯤 하다가 경비직으로 넘어왔다.

양 씨는 근자에 이르러 인생 운칠기삼運七技三은 그나마 호시절 때 얘기고, 이제는 운 아홉에 재주 하나, 운구기일運九技一이라는 말을 옳다고 여기게끔 되었다. 그러나 그는 지금의 삶에 큰 불만이 없었다. 넉넉해서가 아니라, 이제는 무엇이든 내려놓을 때라는 마음이 익어서였다. 일곱이든 아홉이든 타고난 대로 살다 접으면 그만이다, 하는 쪽으로 인생관이 대충 정리

됐다.

5동 전체에 불 켜진 창은 몇 안 되었다. 양 씨는 다른 날보다 좀 길게 여자의 집을 올려다보았다. 그러다 그는 뭔가 이상한 기분에 사로잡혔다. 평소와 달리 불이 꺼져 있어서 그런지도 몰랐다. 어차피 안을 들여다볼 수 있는 높이도 거리도 아니었다. 그런데도 딱히 무어라고 할 수 없는 기묘한 느낌에 숨구멍이 송연했다.

양 씨는 치어다보느라 뻣뻣해진 목을 한 손으로 어루만지며 슬금슬금 화단 쪽으로 다가갔다. 이번에는 시커먼 나무 그늘에서 알 수 없는 기운이 송송 뻗쳐나오는 듯했다. 갈고리처럼 단단한 무엇인가가 자신을 끌어당기는 것 같았다. 그가 나무 그늘에다 랜턴을 비췄다. 아무것도 없었다. 불빛에 딱딱하게 굳은 맨흙이 둥그렇게 드러났다. 그가 랜턴의 방향을 바꾸었다. 밤하늘을 훑는 서치라이트처럼 수직으로 빛을 쏘았다. 바로 거기 허공에는, 무엇인가가, 있었다.

어어어어!

양 씨가 무서운 속도로 곤두박질치는 물체를 인지하고 어둔한 소리를 내는 순간, 그의 전 생애가 눈앞을 획 스쳐지나갔다. 동시에 그의 외마디 비명보다 더 크고 둔탁한 소리가 그를 삼

켜버렸다. 그는 단숨에 밤보다 깊은 어둠 속으로 나가떨어졌다.

4

"미친년."

화니는 엄마가 구두를 벗고 거실로 올라서기 전에 잽싸게 초를 밝혔다. 장미꽃단과 냉동딸기로 장식한 케이크를 보자 엄마의 눈이 휘둥그레졌다. 그다음 입이 찢어졌고, 찢어진 입에서 거친 감탄사가 튀어나왔다. "미친년" 하고. 화니는 뿌듯하기도 하고 멋쩍기도 했다. 왠지 속마음을 들킨 것처럼 쪽팔리는 기분이기도 했다.

"좋으면 좋다고 하지, 욕은 왜 하고 지랄이야?"

엄마 닮은 딸의 입도 거칠긴 마찬가지여서 화니가 한술 더 떠 불퉁거렸다. 감정기복이 심하고 건건사사 변덕이 장난 아닌 엄마인지라 대번 분칠한 얼굴에 소주를 반병쯤 들이켠 것처럼 볼그족족 생기가 돌았다. 아니, 벌써 전작이 있는 눈치였다. 눈동자가 샐샐 풀어진데다 술내가 솔솔 끼쳐왔다. 그러면 그렇지. 주방식구들끼리 남은 음식에 소주잔 주고받으며, "구정물에 손 담가가며 키워봐야 아무짝에도 쓸모없는 자식년"이니 어쩌니 안줏감으로 작살내고 돌아오는 길일 터였다.

"그래, 좋다 좋아. 싸가지 없는 딸년 모처럼 철들었네."

엄마가 선물을 싼 포장지를 아무렇게나 죽 잡아 찢으며 말했다. 화니는 기껏 바디클렌저와 바디로션밖에 살 수 없었던 자신의 주머니 사정에 또 무진장 쪽이 팔리는 기분이었다. 지난달 지름신이 강신하여 저지른 아이패드의 여파였다.

"뭐, 솔직히 그젠 깜빡했고, 어젠 다른 일이 쫌 있었고…… 암튼, 생일 축하해. 추카추카!"

"엎드려 절 받는다, 내가. 암튼 땡큐다, 환희야."

그깟 저렴한 선물이 눈에 찰 리는 없겠지만 그래도 엄마가 인사치레는 했다. 화니는 쑥스러움도 피할 겸 케이크 한 조각을 덜어 컴퓨터 앞으로 되돌아가 앉았다.

조금 전까지 화니는 현관 쪽에 신경을 쓰면서 인터넷 검색 창에다가 떠오르는 대로 아무 단어나 찍어대고 있었다. 장난 삼아 자신이 아르바이트 뛰고 있는 '유리동물원'을 치자 관련 태그가 주르륵 떴다. 솔직히 그렇게 많은 태그가 달릴 줄 몰랐다. 스폰서링크에서부터 주욱쭉 아래로 내려갔다. 그러나 바로 그때 엄마가 돌아오는지 현관문에 열쇠 꽂는 기척이 들렸다.

화니는 화면을 그대로 놔둔 채 화닥닥 자리를 박차고 일어섰다. 케이크 초에 불을 붙이기 위해 광속으로 날아가야 했던 것이었다.

화니는 생크림 묻은 손가락을 핥고 나서 다시금 화면을 스크롤했다. 헐! 유리동물원이 연극 제목이야? 테네시 윌리엄스가 썼다고? 그런 작가가 있었남. 듣보잡 크크. 근데 이건 뭥미? 화니는 '유리동물원'이 삽입된 뉴스링크를 발견하고는 커서를 갖다댔다. 불과 몇 시간 전에 올라온 기사였다. 화니는 본문을 읽어내려갔다.

지난 13일 자정 무렵 안양시 만안구 모 아파트에서 이 아파트 주민 석 모(여, 60세) 씨가 13층 자신의 집 베란다에서 1층 화단으로 투신했다. 이 과정에서 마침 그 아래에 서 있던 양 모(남, 64세) 씨를 덮쳐 양 씨는 현장에서 즉사하고 석 씨는 병원으로 이송 도중 숨졌다. 양 씨는 당 아파트 경비원으로 야간순찰 중이었던 것으로 알려져 안타까움을 사고 있다. 경찰의 조사과정에서 숨진 석 씨는 1980년대 중반까지도 〈유리동물원〉〈카르멘〉 등의 연극에 주연급 배우로 활동해왔으나 슬럼프 이후

최근까지 별다른 활동 없이 은둔생활을 해온 것으로 밝혀졌다. 사망 이틀 전이 주민등록상 석 씨의 생일이었던 점으로 미루어 외로움과 생활고를 비관해 목숨을 끊으려던 것으로 추정하고 있다. 유서는 발견되지 않았으며, 현재 경찰은 고인의 유해를 인도할 가족 및 친척을 수소문하고 있다. 한편 양 모 씨는……

화니는 직감적으로 어제 가게에서 보았던 늙은 여자가 틀림없다고 생각했다.

그 여자야. 그 늙은 여자. 약간 맛이 가 있었는데……. 혼자 들어와서 2인분 메뉴를 시킬 때부터 알아봤어. 끊임없이 혼잣말을 중얼거리다가, 흐느끼다가, 화를 내다가, 일어섰다가, 주저앉았다가, 무엇에 홀린 사람처럼 걸음을 질질 끌며 가게를 나갔어. 그렇다면, 그 늙은 여자가 틀림없다면, 허공으로 몸을 날릴 때까지 곁에 아무도 없었다면, 내가 그 여자 몸에 마지막으로 손을 댄 사람일지도 몰라. 두 번씩이나 쓰러지려는 여자를 붙들어줘야 했으니까. 이런 왕재수 없는 일이 하필 왜 나한테……?

화니는 자신의 손을 물끄러미 들여다보았다. 책상을 짚고

의자에서 일어났다. 다리가 후들거렸다. 자신이야말로 고장 난 자이드롭 꼭대기에서 손바닥만 한 물웅덩이를 내려다보고 있는 것 같았다. 화니는 그 늙은 여자처럼 겨우 한 발짝씩 걸음을 옮겨 욕실로 갔다. 알몸에 샤워캡을 뒤집어쓴 엄마가 샤워 커튼도 치지 않은 채 비누칠을 하고 있다가 대뜸 스펀지를 내밀었다.

"옳지, 등 좀 밀어주라."

화니는 말없이 세면기의 수도꼭지를 비틀었다. 무슨 말을 하려고 입을 열면 위장으로 미끄러져내려간 생크림이 식도를 거슬러 올라올 것만 같았다. 화니는 세면기에 고개를 처박고 흐르는 물에 손을 갖다댔다.

"또 뭔 일이야, 정신 나간 년 꼴을 하고서?"

엄마 말투는 늘 저렇다니까. "땡큐다, 환희야"는 그새 까맣게 잊어버린 거지.

화니는 수돗물을 더 세차게 트는 것으로 엄마의 말을 무시했다. 뭐든 예사고, 뭐든 함부로인 엄마. 자기기분 자기감정이 가장 중요한 엄마. 생각 없이 애를 배고, 애를 낳고도 아무 생각이 없었다는 엄마. 불쌍하지만 한 번씩 토 나오게 역겨운 것도 사실인 엄마.

우연히 엄마의 자궁을 빌려 이 세상에 나온 화니는 우연한 일이 가득한 이 세상이 싫었다. 눈만 뜨면 지구상에서 일어나는 모든 우연한 일들이 견딜 수 없이 싫었다. 우연히 자신의 손에 닿은 누군가가 몇 시간 후에 토마토처럼 퍽 터져버린 사건을 곱씹기는 더욱 싫었다. 어제오늘 일어난 우연의 연속을 엄마에게 설명하기는 더더욱 싫었다.

"미친년. 잘 나가다 또 왜 그러냐니까!"

엄마가 무슨 일이냐고 거듭 물었다. 화니는 흐르는 물에 손을 씻고 또 씻으며 웅얼거렸다.

묻지 마. 아무것도 묻지 마. 오늘만이라도, 적어도 오늘 저녁만이라도 나 좀 가만히 내버려둬주라, 제발.

"답답해 죽겠네. 뭔 말인지 통 알아듣지도 못하겠고. 모르겠다. 등 밀어주기 싫음 말아라, 에이."

화니는 수건을 걷어 젖은 손을 훔쳤다. 엄마의 알몸을 안 보려야 안 볼 수 없었다. 나이 탓인지 무게 탓인지 밑으로 축 처진 젖가슴과 날로 뻔뻔해지는 배짱만큼이나 두둑하게 늘어난 뱃살을. 엄마는 화니가 쳐다보거나 말거나 가랑이를 쩍 벌리고 사타구니 안쪽을 뽀득뽀득 소리 나게 문질러 닦았다. 자신이 거기서 나왔다는 생각을 하자 화니는 또 속이 메슥거렸다.

화니는 수건을 집어던지며 밑도 끝도 없이 성질을 부렸다.

"뭐? 손 닦는 게 뭐? 뭐 어때서?"

"저년이!"

화니는 욕실 문을 쾅 닫고 거실로 나왔다. 식탁 위에 엄마와 한 조각씩 잘라 먹고 남은 케이크와 장미꽃단이 그대로 놓여 있었다. 생일선물을 쌌던 포장지는 식탁 아래 구겨진 채 널브러져 있었다. 저 때까지만 해도 나름 괜찮았었는데. 나름 나쁘지 않았었는데…….

화니는 자신의 방 쪽으로 고개를 돌렸다. 열린 방문 틈으로 꺼멓게 죽어 있는 컴퓨터 모니터가 보였다. 화니는 거실에 선 채로 눈물을 찔끔거렸다. 그냥 눈물이 찔끔 났다.

가면과 깃털

'선거와 민주주의는 땅값이 오른다'

명효는 그 어설픈 문안을 여러 번 되읽었다. 생수수 알갱이를 털어 씹듯 꼭꼭. 선거철이면 여야 막론하고 개발과 관련한 공약을 남발해대니 자연 땅값이 치솟게 되어 있다, 뭐 그런 알량한 소리일 테다. 부동산중개사무소 전광판에서 번득이는 광고용 문안이니 그 말뜻이야 십분 알아먹겠으나 입맛은 쓰다. 송곳 꽂을 땅 한 뙈기 없는 처지여서도, 향후 쩽하고 볕 뜰 날이 도래할 것 같지 않은 암담한 현실이 한심해서도 아니다. 그런 건 생각하지 않고 산 지 오래다.

명효는 단지 그 문장이 거슬렸다. 일종의 신경증, 다시 말해 직업병. 교정 교열로 밥 벌어먹는 처지라 그 해괴한 비문非文

229

이 기름장에 비빈 밥알 넘기듯 꿀꺽, 넘어가주지 않았던 것이다. 하긴 작정하고 헤집어볼 것도 없다. 눈만 돌리면 간판과 현수막 수만큼이나 쌔고 널린 게 비문과 오문誤文과 오자 아닌가. 공영방송 자막조차도 거기서 거기다. 문제는 당최 그러려니 넘어가지지 않는 자신에게 있는지도 모른다.

신경 쓰이는 게 또 있다. 그녀는 지금 운전자가 자리를 뜬 승용차 조수석에서 대기 중이다. 차는 주정차 금지구역 표지판 바로 코앞에 주차 중이다. 그것도 도로 바깥쪽 경계석에서 뚝 떨어져 차선 하나를 통째 잡아먹다시피 한 상태로. 그런 어정쩡함을 잘 견디지 못하는 것도 그녀의 오만 가지 신경증 중 하나다. 사소한 법규위반이야 자기본위의 편의주의 관점으로 융통성 있게 합리화할 때가 적잖지만, 마냥 혹은 막연히 어떤 유보나 대기의 상황에 놓이는 건 가슴이 옴찔거려서 싫었다. 게다가 불면의 밤을 잠식하는 시계분침처럼 강박적으로 깜빡, 깜빡, 깜빡, 거리는 비상등의 작동음이 불필요한 긴장감을 유발하고 있다.

잠깐만 기다려. 서류만 전해주면 돼.

그녀를 차 안에 남겨두고 부동산중개사무소로 들어간 채숙은 10분이 지나도록 무소식이다. 조수석에서는 아무리 목을 길게 빼도 사무소 안이 들여다뵈지 않는다. 매물정보가 인쇄된 A4용지로 유리창을 도배해놓은 까닭이다. '선거와 민주주의는 땅값이 오른다'고 하는 전광판의 글자들만이 점멸을 거듭하며 오른편에서 왼편으로 줄기차게 달음질치고 있다. 어쨌거나 보행자의 시선을 잡아끄는 데엔 성공했다.

늦지 않게 가서 수진이 손이라도 잡아주잔 말을 꺼낸 건 채숙이다. 명효 쪽에서야 선선히 그래야지, 했다. 아예 듣지 못했다면 모를까, 억장 무너질 사고소식이 귀에 꽂힌 이상 응당 그래야 도리일 테다. 다만 손잡고 전전긍긍 주워섬기는 몇 마디 관용적인 위무 따위가 무슨 소용이 되랴, 공허하다 못해 벌건 상처에 덧소금 얹는 격이면 어쩌랴, 걱정이 앞섰다. 본인이 직접 밝힌 참화가 아니란 점도 마음에 걸렸다. 쉬쉬 입막음하고 싶은 흉사라면 긁어 부스럼인 셈이다. 사실 그럴 가능성이 더 농후하다.

어느 쪽이든, 명효로선 수진의 행보가 이해되지 않았다. 천하의 조수진이라 할지라도, 여하간 엄청난 비극의 당사자 아닌가. 몰인정한 예단이긴 하다만, 기어이 여학교 시절 은사의 출판기념회에 나오겠다니, 솔직히 제정신인가 싶기도 했다. 분수 모르는 성질머리가 어디 가겠느냐고 간단히 무지르기엔 시기상으로나 도의상으로나 적절치 않아서, 명효는 뱉기 마땅찮은 껌조각인 양 일단 어금니 안쪽에다 자신의 우려를 밀어넣어두었다.

채숙을 기다리다 지친 명효가 차에서 내렸다. 중개사무소 출입문 쪽으로 다가갔다. 아래위 두 쪽으로 나뉜 알루미늄 새시문 유리에 큼지막한 글씨가 땅, 땅, 붙어 있다. 차돌주먹 하나로 자수성가한 사업가의 풍신을 물씬 풍기는 붉은 고딕체. 그 땅, 땅, 거리는 각진 획들 사이로 염탐질하듯 안을 들여다보았다. 채숙은 소파를 곁에 두고도 뻐딱이 선 채로 종이컵 안에 든 뭔가를 홀짝이며 귀를 기울이고 있다. 설(說)을 푸는 이는 등받이 높은 의자에 거만스레 몸을 묻은 중년남자다. 둘 사이에는 무슨 큰 회사 중역이나 쓸까 싶은 널찍한 마호가니 책상이 가로놓여 있다.

흐응, 저치가 문제의 사업파트너인지 연애파트너인지 하는 위인이로고.

물론 채숙이 제 입으로는 사업파트너라고 딱 못을 박았다. 그러나 그건 하나 마나 한 입단속에 불과하다. 그 정도로 아둔하지 않은 명효이거니와, 본인도 입단속과는 달리 언행이 정교하지 못했다. 금 간 바가지 물 새듯 수상쩍은 티를 팍팍 냈다. 은근 자랑질인가도 싶었다. 오랜 단짝 수진과 명효를 그만큼 믿어서이거나, 아니면 동거남과 애인을 놓고 저울을 달아본 결과 같아타도 무방하리라는 결론이 내려져서일 것이다. 채숙은 셈이 철저하고, 철저하기 이전에 화끈하다.

현찰 쥐고 있는데 겁날 게 뭐 있어?

그렇게 말할 때의 표정은 뭐라 설명할 수 없을 만큼 방자했다. 남자보다 사업이, 친정부모나 자식보다 돈이 우선이라는 그녀였다. 그런 것 저런 것 아니어도 동거남과는 마침표를 찍을 타이밍만 남은 관계라고 방어막을 쳐왔다. 양다리 걸치고 있다는 평판은 그래도 사양하고 싶은 모양이었다.

그러니까…… 저 업자가 공사장이랬나, 공소장이랬나? 하필이면 하고 많은 성씨 중에…… 공사장도 뭣하고, 공소장도 뭣하네.

명효가 실없는 상상을 하고 있을 때 끼익 문이 열렸다. 문에 바투 붙어 있었더라면 오지게 이마를 찧을 뻔했다. 채숙이 차 있는 쪽으로 바삐 걸음을 옮기며 변명조로 말했다.

"미안! 금천구 쪽에 관심 가는 물건이 하나 나와 있대서."

'관심 가는 물건'이란 보나 마나 경매로 나온 부동산이리라. 명효가 미간을 찌푸렸다. 사실은 그 말을 듣는 순간 쩌억 벌어지는 통증이 가슴 한복판을 치고 지나갔다. 채숙은 뒤늦게 서두르느라 명효의 안색을 감지하지 못한 듯했다. 알았대도 외눈꺼풀 하나 움찔할 그녀가 아니지만.

채숙은 그들 셋 중 가장 이재에 밝다. 숫자놀음 정도가 아니라 적극적으로 돈의 흐름에 몸을 던지는 프로다. 시장의 물살을 좇다가 몇 번인가 뒤집히거나 곤두박질친 적도 있다. 그럴 때도 흠뻑 젖은 머리채를 흔들어 물방울을 털어내고는 다시 입수지점과 입수시기를 노리며 물가를 벗어나지 않았다. 학교 때의 수학점수라든지 수영실력이랑은 별무상관한 종목이었다.

겁 안 나?

언제 한번 명효가 물었다. 위태로워 보인 까닭이었다. 저러다 물을 너무 많이 먹거나 떠오르지 못하고 가라앉아버리면 어쩌나. 그러나 본심은 석연찮음, 이었다. 이를테면 걱정인 척, 부럽지 않은 척. 좋게 나무라는 체하느라 속이 아렸다. 신경성 위염과 역류성 식도염이 함께 왔다.

래프팅 같은 거야. 운동신경이 좋으면 보다 유리하겠지.

넌 수영도 못하잖아?

본심을 들키지 않으려니 바보 같은 소리가 툭 튀어나왔다.

그런 명효를 물끄러미 건너다보며 채숙이야말로 눈으로 말하고 있었다. 너, 부럽구나? 부러우면 지는 거라고 네 입으로 그러더니? 채숙이 노련하게 말했다.

무엇보다 즐길 줄 알아야 돼. 젖을 각오를 하고. 젖으면 말리면 되는 거고. 볕도 나고 바람도 불고, 원래 그런 거지.

아무리 그래도…… 운도 따라줘야지?

명효가 또 바보 같은 소리를 보탰다. 남편이 매양 읊는 말이 어느새 제 입에도 붙었다. 채숙이 피식 웃었다. 부지불식간 새나온 비웃음이었다.

운이라? 뭐, 운은 만드는 거고.

타고나는 게 아니고?

그럼 넌 감나무 밑에서 입 벌리고 있든지.

반어법이라면 명효가 전문이다. 백날 그러고 있어봐라, 네 입에 잘 익은 홍시가 쏙 들어와주나……. 명효는 그만쯤 입을 다물었다. 아무렇거나, 진짜 부자는 재물이 사람을 따라와줘야되는 거라는데, 채숙은 그악스럽게 재물을 따라가서 기어코 부자가 되었다. 그녀 말마따나 스스로 운을 창출해냈다. 최근 그녀의 주종목은 경매다. 한동안은 재개발에 꽂혀 있더니 공사장인지 공소장인지를 만난 뒤로는 경매로 돌아섰다. 명효는 그런 것까지 손대느냐고 물었다가도 본전을 찾지 못했다.

이건 투자야.

투자와 투기가 뭐가 다른데? 어떤 사람에게는 피눈물 뚝뚝 흘리며 물러난 마지막 보루였을지도 모르잖아.

내가 그 사람 눈에서 피눈물 뽑은 거야? 그거 아니잖아? 그 사람이 자산관리 잘못해서 말아먹은 거지.

채숙이 발끈했다. 지겨운 기색이 역력했다.

완력도 사기도 아닌, 합법적인 매수 절차를 밟는 것이라지만 그럼에도 명효는 편견을 버릴 수 없었다. 실물경제에 대한 몰이해와 무지는 제쳐두고서, 압류니 강제집행이니 하는 서슬 푸른 용어에 주눅들 수밖에 없는 개인적 현실이 반발심을 배양했던 것이다. 그러나 명효는 그 선에서 후퇴했다. 다툴 기력도 없었거니와, 이미 결과적으로 결론이 난 상태였으므로. 현찰이 힘인 채숙에게 무능과 부채는 악덕이요 죄악이다. 그즈음 명효는 애초부터 미약했던 자산의 관리는커녕 배우자 관리에도 소질이 없다는 걸 자복해야 할 시점에 도달해 있었다.

"느이 신랑 일은? 잘돼 가?"

채숙이 핸들을 꺾으며 의미심장하게 물었다. 명효는 못 들은 척했다. 그럴싸한 대답을 궁리하기도, 대충 얼버무리기도 싫었다. 채숙도 더는 묻지 않았다.

"축하드려요, 선생니임."

채숙이 서 교장을 가볍게 포옹했다. 사근사근 살가운 그녀답다. 이왕이면 모양 좋고 향기 좋은 꽃봉오리가 탐스러울 법한데, 앙증한 짓과는 담을 쌓은 명효는 채숙의 등 뒤에서 엉거주춤 고개만 숙이고 말았다. 태생적 뻣뻣함에다 잠복 중인 자격지심인지 억하심정인지가 때맞춰 복받친 탓도 있다. 못된 손 하나가 허파꽈리를 꽉 틀어쥔 것 같은 흉통의 내습이 근거 없지는 않았으나.

"니들은 여태도 붙어 다니냐?"

서 교장의 뜻 없는 구박시늉조차 명효에겐 또 한 차례 가슴을 틀어쥐는 악력으로 작동한다. 생각하기에 따라서는 도무지 닮은 듯 닮지 않은 그녀들 간의 불가사의한 우정을 대견해 여기는 말로 좋이 들을 수 있건만.

"보기 좋으시죠, 선생니임?"

채숙이 스스럼없이 서 교장의 팔짱을 끼며 콧소리를 냈다. 알아줘야 해. 명효는 속으로 혀를 내둘렀다. 명효나 수진과는 달리 채숙은 상대가 남자건 여자건 스킨십이 자연스럽다. 특히나 저보다 손위의 이성일수록 자유자재한 터치로 친근감을 이끌어내는데, 벌에 쐰 듯 소스라치는 명효 같은 타입이 아니라면 대개는 긴장을 풀게 마련이다. 거기에 비하면 수진은 급이 다르다. 채숙처럼 달짝지근한 콧소리와 스킨십이 아니어도 얼마든지 상대방을 조종할 수 있다.

"그럼그럼. 보기 좋다마다."

스승은 제자의 팔뚝을 토닥이며 맞장구를 치고, 제자는 작정하고 비행기를 태울 모양이다.

"우리 선생니임, 오늘 10년은 젊어 보이신다? 누가 제자고 누가 스승인지 모르겠어요. 우리 동창 먹을까요?"

명효는 속으로 기겁을 했다. 어디서 저런 끔찍한 말투를 배웠을까.

"아이구, 어질어질하다. 내려다오."

아닌 게 아니라 서 교장의 얼굴빛이 불콰하다. 아직 샴페인이 돌지는 않았을 테니, 행사가 성황의 조짐을 보이는 것에 지레 흥분한 탓일 게다. 정년 퇴임한 지 햇수로 세 해째. 사석에서나 절반 공식적 성격을 띤 자리에서나 여전히 서 교장으로 불리길 좋아하는 그가 오늘의 주인공이다.

서 교장의 교직생활은 별다른 과오나 잡음 없이, 두루뭉술

한 성품만큼이나 무난했다는 중평이었다. 두루뭉술이란 우유부단 플러스 노회의 에두른 표현이지 싶은데, 그는 오로지 후덕군자의 의미로만 가납한 성싶다. 두루뭉수리가 그 이상의 의미로 확장되는 걸 원천봉쇄하고 싶었을 것이다. 유사 이래 유례없이 살벌하고 모난 교육현장을 그만큼이라도 선방해낸 것에 대한 자부심이 지나쳐서인지, 그는 근래 들어 부쩍 청백한 교육철학자로서의 이미지를 주위 사방에 광고하지 못해 안달을 냈다. 가는귀먹어가는 증세일지도 몰라. 명효가 어슷하게 내린 진단이었다.

채숙이 보기에도 퇴임 후의 서 교장의 행보는 안팎으로, 또 위아래로 몸을 사리던 재직 당시보다 훨씬 활기찼다. 새 명함에 나열한 감투만도 버젓하다기보다 번잡스러웠다. 모모한 단체들의 이사니 감사니 위원회장이니 하는 비상근 명예직들. 그 가운데에는 시정 밝은 채숙의 눈으로 보자면 쏠쏠한 잇속이 탐지되는 흔들의자도 시부저기 끼어 있었다. 뜨거운 사명감과 다양해진 관심사와 종횡무진 활약상을 한눈에 목도케 하는 전직 교육자의 명함은 채숙들에게는 황황한 출사표로 읽혔다.

"니들, 이렇게들 와줘서 고맙다."

"무슨 말씀이세요, 선생니임? 당연히 저희가 와야죠. 일일이

사발통문 돌린 게 누군데요."

"그래그래, 그렇지. 너희 기수가 항상 솔선수범, 아주 일꾼들이지."

"아 정말 생각보다 많이들 모여서 보람 팍팍 느껴요, 선생니임. 지난번 퇴임식 때도 그랬고, 암튼 우리 선생님 인복은 있으시다니까. K팝스타 아이돌? 뭐, 그런 애들 하나도 부럽지 않으실 거야. 그쵸오, 선생니임?"

"시커먼 놈들도 더러더러 섞여 있으면 좀 더 보기 좋았을라나?"

"선생니임!"

"그래그래, 취소다, 취소! 뚝뚝한 놈들보다 니들이 월등 낫다. 백번 낫다."

명효가 밭은기침을 내며 돌아섰다. 참을 수 없이 가려운 목구멍을 진정시켜야 했다.

이날만큼이나 퇴임식 날의 풍경도 외견상 훈훈했다. 그날서 교장은 흐뭇한 나머지 어리광이 지나쳤던지, 퇴임사를 통해 그만 남아선호사상의 일단을 누설하고 말았다. 사학재단의 여학교에서 교직의 대부분을 보낸 까닭에 전도양양한 청년 제자나 입신양명한 중년 제자들이 거의 전무하단 사실이 아쉬움 아닌 아쉬움으로 남는다는 부적절한 토설로. 스스로 사회적 성취를 일궈냈거나, 뜨르르한 배우자를 낚아챘거나, 으리으리한 배경의 시댁 덕택에 아득히 존귀해진 신데렐라들이 적잖이 출동해 퇴임식장의 분위기를 백화만발 풍성한 화원 부럽지 않게 띄웠음에도 불구하고.

무엇보다도 그날 서 교장은 요란하게 장식한 화환이나 큼지막한 꽃바구니 들을 제쳐두고 함초롬한 백자 화분 하나에 감읍했다. 제자의 시부媤父가 특별히 보냈다는 동양란 화분이었다. 난초 분은 서 교장의 지시에 따라 곧바로 중앙 연단으로 옮겨졌다. 몸통을 두른 금박리본에는 전직 국회의장을 지낸 거물급 정치인 아무개 이름 석 자가 선명했다.

기실 그 화분으로 만좌중의 주목을 받은 이는 서 교장이 아니라 6회 졸업생 조수진이었다. 그럼에도 그로서는 그저 황송할 따름이었다. 식 끄트머리에는 '경향 각지에서 답지'한, '불가피한 사정으로 참석하지 못하는 결례를 해량하시옵기를 앙망'하는 축하메시지가 사회자를 통해 일일이 낭독되는 데 몇 분이 더 소요됐다. 그동안에도 상의 포켓에 카네이션을 꽂은 서 교장은 감개무량한 표정으로 높은 자리로 모신 난초에게서 젖은 눈을 떼지 못했다.

"정말정말 대박이에요, 선생니임. 진짜, 레알, 출마하셔도 되 겠어요."

채숙의 호들갑에 서 교장이 파안대소했다. 마침내 원하던 찬사라도 들은 양 이마가 환해진다. 도리어 명효의 귓불이 훅 달았다. 저도 무어라고 한마디쯤 맵시 있게 추임새를 넣을 줄 이나 알면 고역이 덜할 텐데, 그놈의 입술이 갯바위에 딱 들러 붙은 따개비처럼 떨어지지 않았다.

"그러냐? 참말 그래도 될 것 같으냐?"

"그럼요."

어린아이처럼 속 빤하게 되묻는 서 교장이나, 납죽납죽 탁 구공 받아치듯 주워섬기는 채숙이년이나. 명효는 화환에서 떨 어진 푸른 잎사귀 한 장을 구두코로 뭉갰다.

"이만큼도 다 너희가 애쓴 덕이지."

부지불식간 서 교장의 공치사가 명효의 귀에 쏙 들어왔다. 설 마, 나까지? 그녀는 반사적으로 서 교장을 올려다보았다. 그러 나 그의 너그러운 시선과 예의 사람 좋은 웃음은 분명코 채숙 한 사람만을 향하고 있었다. 그럼 그렇지. 새삼스러운 것도 아 닌데, 뭘. 명효는 다시 발등을 내려다보았다. 처음 서 교장이 회 고록 초고라는 메모뭉치를 들고 자신을 찾았을 때가 생각났다.

채숙이 그러데. 이런 일은 네가 전문이라며?

전문은요. 그냥 어쩌다 가끔, 아르바이트로 하는 일인데요 뭐.

그때만 해도 그녀는 지금과 같이 번듯한 출판기념회 자리까진 예상하지 못했다. 서 교장의 연배쯤 되거나, 지나온 자신의 삶에 무한한 신뢰를 지닌 은퇴자라면 한번쯤 고려해보는 존재 증명의 욕구 정도로 이해했다. 거기에 본인의 말도 조심스러웠다.

기억이 투미해지기 전에 그간 일기로 끼적거려놓은 노트를 한번 정리해보자는 것이다. 꼭 책을 내려는 맘이 선 건 아니고.

왜요? 사진 몇 장하고, 녹음기로 딴 몇 마디하고, 그걸로 자서전 내시겠다는 분들도 있는걸요.

거창한 자기광고에 뜻이 있지는 않다는 은사의 말을 명효는 곧이곧대로 믿었다. 그래 기꺼이 윤문과 편집이라는 성가신 일을 떠맡았다. 은사의 성실한 노후를 응원하는 차원이었다.

그러나 작업이 진행되자 서 교장의 참견이 늘기 시작했다. 대부분 수용하기 민망한 첨삭 요구였다. 그녀로서는 솔직히 당황스럽기도 하고 실망스럽기도 한 뒤집기였다. 가뜩이나 문장과 행간 사이에 녹아 있는 서 교장의 속취(俗臭)에 싫증이 나던 참이었다. 제자 된 도리로 노老은사의 자부심이야 얼마든지 치켜

세울 수 있었다. 문제는 지나치고도 공공연한 자아도취의 황홀경을 억제하지 못하는 데 있었다. 낯 붉히는 곡절 끝에 서 교장이 검인한 최종원고는 두 번 다시 돌아보기가 싫었다.

그녀는 이래저래 불편했다. 이게 뭔가. 기꺼운 마음으로 맡았다가 안 하니만 못하게 되어버린 것. 어느덧 함께 나이 먹어 가지만 현실의 조건은 점점 손 닿을 수 없이 벌어지고 있다는 것. 불멸의 편편한 인생들을 향한 자신의 꼬인 심사가 이참에 밝히 드러나고 만 것. 그래, 세상살이에 치이고 맺힌 부아를 옹졸한 삿대질로 풀어대고 있는 것.

결국 융통성 없고 지혜도 안목도 없는 자신에게 절망하고 만 셈이었다. 그렇게 쓴물을 삼키고 있는 와중에 몇 년째 허공에다 뜬구름만 찍찍 그려대는 남편이란 화상은 또 어땠던가. 남편은 어깨 너머로 툭툭 던지는 표창 같은 말들로 그녀에게 스트레스를 안겼다.

그거, 얼마나 받았나?

그런 걸 왜 물어?

그녀는 남편을 똑바로 쳐다보지도 못한 채 얼버무렸다. 그러자 남편이 코웃음을 치며 맘껏 이죽거렸다.

참 어지간하다. 내가 다 열 받네.

당신이 열 받을 일 없어. 열 받지 마. 내 일이야.

잘났다. 머리 쓰고 시간 쓰고…… 아, 재주도 썼지. 남의 말 짜깁기하는 재주. 재능기부 한 거야, 자선사업 한 거야? 아니지, 참. 한 게 아니라 당한 거구나. 우리도 옛날에 선생들 월급 하라고 꼬박꼬박 등록금 내고 학교 다녔는데, 부려먹었음 공임을 쳐줘야 할 것 아냐? 후하지는 못하더라도 최소한 쪼잔하지는 않게.

제발 말 좀 함부로 하지 말라니까.

당신이 못하니까 나라도 대신 하는 거다. 하긴, 대한민국 꼰대들 하는 짓이 그렇지 뭐.

남편의 말이 옳았다. 그래서 더 스트레스를 받았다. 수고를 무시당한 데서 오는, 일감에 대한 정당한 대가를 요구하지 못한 데서 오는 무력감과 자괴감. 그녀는 입뿐인 남편에게가 아니라 입도 뻥긋 못하면서 속병이나 키우고 있는 자신을 비난해야 마땅하다고 생각했다.

"저기, 수진이."

명효가 채숙의 팔꿈치를 은근슬쩍 잡아당겼다.

"그러네. 언제 왔다니? 보이지 않더니."

채숙은 통로를 메운 사람들 사이를 잘도 비집었다. 8인용

원탁을 중앙에 두고 수진과 몇몇 안면 익은 동창들이 멀뚱하니 합석해 있었다.

명효는 제 안면근육이 예의 바르게 움직여주지 않을까봐 걱정이 됐다. 자신들이 다가가는 것을 보고도 알은체는커녕 오히려 따분해 죽겠다는 표정인 수진을 보는 순간, 그리고 전혀 축나지 않은 그녀의 미모를 확인하는 순간, 연민보다는 아니꼬운 감정이 앞질러 솟구쳤던 것이다. 나 괜찮으니까 섣불리 위로하려 들지 말라는 거? 아니, 아예 언급도 하지 말라는 거? 명효는 수진의 앙칼진 방어막을 확 걷어버리고 싶었다.

"먼저 왔네?"

채숙의 인사를 받고서야 수진이 까딱 눈인사를 보냈다.

"어서 와라, 얘. 나는 쏙 빼고 니들끼리 만나서 오나봐?"

채숙은 수진의 꼬부장한 언색이 문득 고까웠다. 오호, 이건 웬 알현의 포스? 정신이 온통 나간 듯 뒤숭숭한 몰골이면 얄미운 게 덜할 텐데. 꾸미지 못해 매무새라도 거칠면 가엾고 따뜻한 마음이 들 텐데. 채숙은 냉큼 생수병 뚜껑을 비틀어 땄다.

오라니 가라니 왕비놀이 하느라 제 자식 하나 지키지 못한 년. 혼자 별 거지발싸개 같은 자존심 포대기 처말듯 둘둘 처말고 있는 년. 거기에 나까지 삼키지도 뱉지도 못할 비곗덩어리를 입에 문 것같이 앙앙불락할 것 없을뿐더러, 생기는 것도 없겠으니, 좋다, 넘어가준다.

채숙은 스멀거리는 반감을 생수 반 통으로 씻어내리고 장기인 너스레를 떨었다.

"넌 우리랑 신분이 다르잖니? 넌 기사가 모셔다주고 또 모셔가려고 기다리겠지만, 얘, 우린 주차하는 데만도 10분을 꼼짝없이 잡아먹었다."

수진은 채숙의 오지랖 넓은 엄살을 싹 무시하고는 명효에게로 손을 쑥 내밀었다.

"오랜만. 잘 지내지?"

명효는 내심 뜨악했다. 악수라니, 전에 안 하던 짓이었다. 일일이 내색할 수 없는 일이라 명효는 그 길고 곱고 우아한 섬섬옥수를 조심스레 맞잡았다.

"나야 그럭저럭."

수진의 손은 차가웠다. 손발이 찬 사람의 냉함이 아닌, 마음우물이 메말라버린 사람의 냉랭함. 그러겠지, 너도 사람인데…… 간사스럽게도 굳었던 마음이 조금쯤 풀어지는 듯싶었다. 명효는 그러는 자신이 부끄러웠다.

서 교장의 연설이 길어지고 있다. 마이크를 잡자 고무줄 늘이는 옛 버릇이 나온 것이다.

"우리 시대의 진정한 교육자의 표상을 보여주신 서동찬 선생님이시라……?"

뒤표지를 들여다보던 채숙이 손등으로 입을 가리고 속삭였다.

"얘, 이번에도 느이 아버님이 큰 부조하셨네?"

수진이 부조란 말에 입술을 옴쳐 물었다. 회고록 뒤표지를 장식한 추천사를 두고 하는 말이니 딴 뜻이 있지는 않으리라. 그런데도 부조란 말에 찔린 듯 아팠다. 떠올리고 싶지 않은 기억을 건드린 채숙이년이 꼴보기 싫어 명효 쪽으로 눈길을 돌렸다. 명효는 책의 앞뒤를 건성 훑어보는 둥 마는 둥이더니 가방에다 회고록을 쑤셔넣는 중이다. 명효년은 저 물건이 꼴보기 싫은 거겠지, 저 떨떠름한 표정을 보아하니. 저 년은 또 왜 저렇게 속을 홀랑 까 보이고 앉았담. 탐탁지 않으면 차라리 참석하질 말든가. 친구라고 있는 것이, 한 년은 구렁이, 다른 년은 고슴도치…….

수진의 생각이 곁가지를 쳐나갔다.

저기 엄숙하고 진지하게 필생의 사명감과 도덕관을 피력하고 있는 늙은이의 뱃속에는 무슨 짐승이 활개를 펴고 있을까. 얼마나 많은 사람들이 어질고 부드러운 그의 외양에 방심했을까. 그러는 내 안에는 어떤 흉측한 짐승이 웅크리고 있을까. 내 눈을 가리고 시시때때 날뛰었을 나의 짐승……. 그 아이 안에는 잔뜩 겁먹은, 어떤 어린 짐승이 피투성이로 절규하고 있었나…….

수진은 테이블 아래에서 손바닥이 패도록 주먹을 그러쥐었다. 명효를 빈정댈 게 아니다. 그럴 자격이 없다. 내 가면이야말로 더욱 끔찍한 것이 아닌가.

한 달여 전, 서 교장으로부터 시아버지의 추천사를 부탁받았을 때 수진은 온전한 상태가 아니었다. 깜깜 어두운 꿈속의 꿈, 끝날 것 같지 않은 악몽에 가위눌려 고른 숨조차 내쉴 수 없을 때였다. 발을 뻗고 몸을 누인다는 것이 미안하고 수치스러워서 옹송그린 채 날밤을 새우던 때였다. 눈을 감으면 그 아이가 나타나 고통을 호소할 것 같아 핏발 선 눈으로 허공을 노려보고 있을 때였다. 가여운 새끼, 가여운 내 새끼, 하고 허우적거리다가도 발작적으로 나쁜 자식, 나쁜 자식, 벽을 치며 몸부림하던 때였다. 지옥이란 것이 있다면, 바로 이곳, 지금 이 순간일 것이라고 앞가슴 쥐어뜯다 혼절하던 때였다. 팔뚝에 주삿바늘을 꽂고서 한 방울씩 떨어지는 링거액을 응시하고 있는 자신이 염치없게 여겨질 때였다. 스카프나 넥타이 같은 것이 눈에 띄면 그 당장 목매고 싶은 충동이 솟구치던 때였다. 어떻게 살아, 어떻게 살아…… 어떻게 미치지 않고 살아 있는지 이해할 수 없는 날들이었다.

그녀는 서 교장에게 사정을 말하지 않았다. 말하고 싶지 않았다. 아무도 모르게, 감쪽같이 덮고 싶었다. 덮어야 했다. 집안에 들이닥친 우환을 남들이 알게 된다면…….

그녀는 세상 사람들의 좁아터진 뱃속을 익히 알고 있었다. 그 위선의 속내를 누구보다도 잘 알았다. 그렇다고 시아버지, 오욕과 세상의 영광을 두루 섭렵한 관록 덕인지 냉혹하리만치 초연하게 뒷수습을 지휘하던 아이의 할아버지에게 서 교장의 청탁 따위를 전하고 싶은 마음도 눈곱만치도 없었다. 그녀는 시아버지가 외유 중이라고 둘러댔다. 서 교장은 난처한 기미 없이, 마치 그럴 줄 알았다는 듯이 미리 준비해둔 차선책을 내놓았다.

뭣이냐, 추천사라는 게…… 주례사란 것도 그렇고, 다 거기서 거기니까……. 어르신이 여의찮으시면 내 누 끼치지 않게 알아서 몇 줄 써보겠네마는. 존함만 올리도록 허락해주셨으면

한다고 자네가 부탁드려주면 내 정말 고맙겠고.

수진은 욕지기를 참고, 제 재량대로 아퀴를 지었다. 서 교장의 퇴임식에 난 화분을 보낼 때 그랬듯이 시아버지의 재가를 별도로 받을 마음이라곤 추호도 일지 않았으므로.

"작년에는 느이 신랑 도움도 받았댔잖아?"

채숙이 갑자기 생각난 듯 지난 일을 끄집어냈다.

저놈의 촉새 같은 입!

명효가 수진과 채숙을 번갈아 쳐다보았다. 그랬니? 나는 모르는 일인데? 워낙 유명한 시아버지에 잘난 남편을 두었으니 자질구레한 청탁이 어찌 없었을까. 더군다나 인맥 활용의 달인 서 교장이라면. 그러니 그랬을 수도 있었겠지 뭐. 명효는 이해심을 발휘하여 혼자 겉도는 느낌을 애써 털었다.

"도움은 무슨, 그냥 조언 정도지. 넌…… 우리 애들 아빠 옷 벗길 일 있니?"

수진이 앙칼지게 대꾸했다. 머쓱해진 채숙은 입을 다물고, 수진은 제 서슬에 제가 당황했다. 평정을 잃은 것에 대해. 자의는 아니었지만 아무튼 남편이, 가족 중의 한 사람이 테이블의 화제에 오르는 걸 막지 못한 데 대해. 철벽같은 그녀의 남편도 덤프트럭 꽁무니로 돌진한 승용차의 앞 유리창처럼 산산조각

251

이 났다. 판결과 관련한 불미한 소문에 휘말려서라기보다 저러다 스스로 법복을 벗고 마는 날이 오지 않을까 싶게 위태위태한 횡보를 보이고 있었다.

남편은 거의 매일 오밤중이나 이른 새벽에 비틀거리며 집으로 돌아왔다. 그를 부축해 올라온 대리운전기사가 대신 초인종을 누른 날도 있었다. 그는 아내를 향한 미움과 연민, 자신의 무능과 통절한 슬픔을 알코올로 용해했다. 그러나 그는 한사코 울지 않았고 흐느끼는 아내를 달래지도 않았다. 누군가가 볼 땐 절대로 그 아이의 방 앞에서 멈칫하지 않았으나, 아무도 보는 사람이 없다 싶을 땐 스며들듯 그 방으로 들어가 문을 잠갔다. 그가 아이가 쓰던 침대에 걸터앉아 오랜 시간을 보내다 나온다는 사실을 남은 식구들도 알고 있었다.

졸지에 외동이 되어버린 큰아이는 깊은 침묵 속으로 달아났다. 큰아이는 죄책감과 자기변호 사이를 아슬아슬하게 오가고 있었다. 갓 스물, 외고를 거쳐 명문대에 들어가 수진의 자랑이 되어준 딸애는 이제 엄마와 눈조차 마주치지 않았다. 제 동생의 선택에 대해 책임을 묻는 것이었다. 엄마가 걜 힘들게 한 거야. 엄마가 걜 들볶아서 견디지 못한 거야. 침묵은 항변보다, 삿대질보다 강력했다. 난폭한 주정보다 잔인했다. 수진은 떠난 아이에게도, 남은 아이에게도, 남편에게도 배신감을 느꼈다. 그리고 배신감 때문이 아니라, 배신감을 느끼는 자신 때문에 그녀는 죽도록 괴로웠다.

"에, 마지막으로…… 조수진 군과 안채숙 군에게 특별히 고맙다는 말을 해야겠어요."

서 교장의 연설이 막바지에 이르렀다. 수진과 채숙은 자신들의 이름이 거론되자 반사적으로 고개를 들었다. 연단을 비스듬히 등진 자리에 앉은 명효는 테이블 위의 샴페인 잔으로 손을 뻗었다.

"우리 조 군은 시아버님 되시는 윤정기 의원의 추천사를 받아주어 부족한 제 책을 귀하게 만들어주었습니다. 윤정기 의원으로 말할 것 같으면 여러분들도 잘 알다시피……."

수진은 두 눈을 내리감았다. 전 같을 수 없었다. 뭇시선을 한 몸에 받으며 의기양양해할 수 없었다. 사방에서 날아오는 시선은 사방에서 날아드는 화살이었다.

"또한 안 군은 오늘의 이 출간기념회 자리를 성대하게 꾸려주어 이 몸으로 하여금 제자 둔 보람을 흠뻑 느끼게 해주었습니다. 아울러……."

장황한 인사를 덧붙인 다음, 요란한 박수 속에 서 교장이 물러났다. 곧바로 실내악단의 연주가 시작되고 비로소 팝콘이라도 터지듯 분위기가 아연 소란스러워졌다. 잡담과 웃음소리, 잔끼리 부딪히는 소리, 접시에 포크와 나이프가 닿는 소리 들이 마구 뒤섞였다. 명효는 조용히 자리에서 일어났다.

어디 가? 눈치 빠른 채숙이 입모양만으로 물었다. 전화. 명효도 입만 벙긋, 핸드폰을 들어 보였다. 명효는 샴페인 잔을 든채 테이블을 돌고 있는 서 교장을 피해 달아나듯 홀을 빠져나갔다. 그 모습을 눈으로 좇던 채숙이 혀를 찼다.

"속상하겠어, 명효."

"쟨 늘 저러잖아. 뭐든 수월하게 못 넘기는 거."

수진이 명효의 빈자리를 턱짓하며 퉁명스럽게 받았다.

"이번엔…… 어쨌거나 샘이 너무했어."

수진이 눈짓으로 되물었다. 샘이 뭘 어쨌는데?

"샘 책…… 진짜 고생한 건 명효야. 영감이…… 부려먹었다고. 생 공짜로."

"넌 어째 모르는 일이 없니?"

끝까지 꼬인 말투인지라 채숙도 짜증이 돋았다. 이건 오냐오냐하니까…….

"그럼, 나 모르는 일이 어딨니?"

모처럼 불뚝성을 내긴 하였어도 차마 네 집안일도 안다, 하는 말까진 쏟지 못했다. 그 말은 간신히 혀 밑에 가둬두었다. 수진의 눈에 의심의 불꽃이 팍 일었다. 채숙이 태연하게 말꼬리를 돌렸다.

"서 샘, 지난번엔 내 덕 톡톡히 보고도 그만이야. 그때도 밥 한 끼로 때우더라고. 리모델링해서 바로 되팔아도 네댓 장은 거뜬한 거였는데. 그 아까운 걸, 눈 딱 감고 넘겨줬다, 나."

수진의 눈동자가 커졌다. 채숙이 신나서 덧붙였다.

"그래, 맞아."

"설마? 경매를?"

"그런 거짓말을 내가 왜? 자기도 한번 붙여달라고 조르는 걸 어쩌니, 그럼. 딸내미 혼사 치르느라 구멍이 좀 크게 났다는데."

의사 사위 데려오느라 무리했다는 말은 수진도 하객으로 가서 들었다. 안사돈 루이뷔통에 모피코트에 무슨 리조트 회원권까지 해다 바치는 통에 허리가 휘었다더란 소문 아닌 소문이 피로연 테이블을 한 바퀴 돌았으니까. 아버질 닮아 인물로 '밀당'하긴 버거웠겠다는 우스개를 속닥속닥 귀에 찔러준 것도 필경 채숙이었으리라. 언중유골, 수진의 과거를 환기시키려는 고자질이었던 셈이다.

"그때 너 참 대단했어. 대담했고."

뜬금없는 부러움 반, 배앓이 반. 첫 결혼을 정리한 뒤 하나 있는 아들을 캐나다로 보내고 지금은 예식도 혼인신고도 없이 동거남과 줄다리기 중이니 배앓이일 공산이 크겠다. 저건, 나와 비슷하거나 나보다 못한 건 참아지지만 나보다 나은 건 선선히 기뻐해줄 수 없는 심사겠지.

수진은 속으로 코웃음을 쳤다. 그게 아무나 되는 거라니?

혼전임신이 알려진 뒤 일사천리로 진행된 양가의 신경전에서도 수진은 밀리지 않았었다. 밖에서 보기엔 반반한 인물 하나 빼면 무엇 하나 건질 알맹이라곤 없는 수진과 수진 집안이었다. 애를 가졌다니, 인물 또한 인물값 한다는 소리나 들어내기 딱 좋은 구실이었다. 속마음이야 전전긍긍이었을지라도 스물둘, 그 어린 나이에도 그녀는 최후의 순간까지 숙이지 않았다. 그 덕에 되레 애달아 하는 남자에게 떠받들려 짱짱한 시가로 입성할 수 있었다.

그날의 호위무사는 어디로 갔을까.

수진은 남편의 얼굴이, 땀과 술로 번들거리는 눈동자가 떠오르자 간만의 희미한 온기마저 일순에 싹 걷히는 걸 느꼈다.

"끝났어. 날아갔다고."

남편은 그 두 마디를 내뱉고는 명효의 대답을 기다렸다. 수순을 밟은 것이지만 그래도 남편으로부터 낙찰 소식을 전해 듣는 순간 다리에 힘이 풀렸다.

로비에 놓인 벤치들에는 성장을 한 여인네들이 죽치고 앉아 잡담을 나누고 있었다. 건물 밖은 타클라마칸발 황사로 온통 희불그레했다. 버스가 지나갈 때마다 누군가의 뱃속처럼 시커먼 비닐봉지가 가라앉을 듯 치솟으며 허공중을 떠다녔다. 그 모든 풍경이 산란하다 못해 몽롱한 제 머릿골 같았다.

그녀는 화장실로 들어갔다. 세면대 위 거울이 찍어내는 자신의 모습일랑 고집스레 외면하고, 맨 안쪽 칸으로 들어가 변기뚜껑을 덮고 그 위에 걸터앉았다. 기왕에 이렇게 될 거였는데, 끝탕을 한 속이 억울했다. 두 번 유찰이 된 터라 이번에도 그렇게 어물쩍 넘어가기를 기대했었다. 유찰로는 단지 시간을 끌 뿐 근본적인 해결책과는 거리가 멀지만. 그래도 얼마간 말미만이라도 얻었으면 싶은 것이 속수무책인 가운데 유일한 방책이었는데.

"들었어? 들었음 무슨 말이든 해봐."

그녀가 대답 대신 한숨을 흘려보냈다.

"야, 말을 해, 말을."

적반하장도 유분수. 말 하나는 청산유수인 그다. 입이 열 개여도 열 입 다 처닫고 국으로 가만있어야 할 사태에도 달라지지 않는다. 그녀가 마지못해 입을 달싹였다.

"지금…… 무슨 말이 듣고 싶은데?"

"차라리 속이 후련하다, 뭐 그런 말도 있잖아."

입 열어도 좋다는 윤허라도 받은 듯 제걱 돌아오는 대답이라니. 구제불능, 쓰레기……. 정작 자신은 하고 싶은 말을 꾹 참고 있는데.

희부연한 모래바람 속에서도 연둣빛 새움이 간질간질 돋던 지지난해 이맘때, 오래 앓던 엄마가 떠나던 날이 머릿속 환등기에 자동으로 걸렸다. 그때도 저 남편이란 작자는 삼우제를 지내고 돌아온 마누라에게 차라리 잘되었다고, 어어 속이 시원하다고, 생가슴 후비는 소릴 턱턱 내깔겼다. 병원비를 댔더냐고, 약값이라도 내놨더냐고, 눈 까뒤집고 달려들어 재갈을 물리지 못한 게 명효는 새삼 한스러웠다. 터진 입으로, "어, 차, 피, 나을 병도 아닌데 안 그래도 돈 많은 의사 약사 좋을 일 시켜 뭐해" 하고 깐족깐족 염장을 질렀는데도.

"내 말 맞잖아. 어, 차, 피, 닥칠 일인데 질질 끌면 뭐하냐고."

어, 차, 피. 그가 애용해 마지않는 부사, 어차피. 어, 차, 피, 집이 날아가도록까지 방만하고 허술했던 그가 내놓을 말본새가 아니질 않은가. 가능하다면 저놈의 두개골을 한번 파 뒤집어보고 싶다만.

그녀는 휴대폰 배터리를 뽑아버렸다. 그야말로 소심한 응징이었다. 남들처럼 허리띠 졸라 자력으로 구축한 단칸 오막살이였어도 사무칠 터인즉, 하물며 청상과부 친정엄마가 남긴 전 재산 아닌. 큰소리치며 벌이는 일 족족 엎어지고 자빠지고 나서도 여전히 흰소리뿐인 입 하나로 처가살이를 시작했던 주제에, 가히 후안무치의 극치가 아닌가. 저라고 하는 일마다 엎어지고 자빠지라고 고사를 지냈을까마는, 최소한 엎어지고 자빠진 데 대한 원인분석과 자기반성의 시늉 정도는 있어야 도리 아닌가. 그러기는커녕, 그는 언제나 남 탓이요, 너무 앞서간 탓이요, 운이 따라주지 않은 탓만 늘어놓았다.

명효만이 자책에 자책을 거듭했다.

정신 나간 년이지, 내가. 터진 아가리 처벌리고 나무에서 감 떨어지기 기다리는 위인인 줄 알았으면서. 감언이설과 자해공갈성 생떼질을 내내 잘 막아내다가도 결정적인 순간에 그만 삐끗, 나무에서 떨어진 홍시 예 있다, 협력해 시큼한 초를 만들어버리고선. 죽기 살기로 덤비고 물고 할퀴지 못하는 쓰잘머리 없는 자존심은 자존심이 아니라고. 그거, 위선이라고. 한심해빠진 위선 나부랭이라고.

그녀가 자책을 접고 변기뚜껑에서 막 엉덩이를 떼려는 찰나 칸막이 위로 익숙한 목소리들이 넘어왔다.

"얘 대체 어딜 간 거야? 가방도 놔두고."

수진이었다. 명효는 얼결에 엉덩이를 도로 내려놓았다. 나여기 있어, 하고 나서면 될 걸 까닭 없이 주춤거려졌다.

"전화해봐."

"전원이 꺼져 있대. 배터리가 나갔나본데?"

수진의 말을 채숙이 받았다. 명효는 문고리에서 슬그머니 손을 뗐다. 뭔가 타이밍을 놓쳐버린 것 같다는 생각이 들었다.

"이런 말 해도 될까 몰라."

채숙이 말뜸을 들였다. 명효는 자기에 관한 이야기가 나오리라는 걸 직감했다. 그런데도 선 밖으로 나가선 안 되는 벌을 받는 아이처럼 선뜻 나설 수가 없었다. 그녀는 꼼짝없이 갇힌 신세가 돼버렸으면서도 무슨 말이 나올지 귀를 쫑긋 세웠다.

"실은 말야, 여기 오기 전에 공사장 사무실에 잠깐 들렀다가 우연히 입수한 건데…… 나와 있더라, 걔네 집."

"나와 있다는 게 뭐야?"

"경매."

"진짜?"

명효는 얼굴을 붉혔다. 결코 엿듣고 싶지 않은 자기 이야기였다. 등장할 타이밍을 놓쳐버린 명효는 변기뚜껑 위에 오도카니 앉아서 어서 그들이 돌아나가길 기다렸다. 꾸르르 꾸륵 변기 물 내려가는 소리, 세면대의 수돗물 흐르는 소리, 윙 위잉 핸드드라이어 돌아가는 소리, 콤팩트 여닫는 소리 들이 차례로 넘어왔다. 다시 채숙이 으스댔다.

"나한테라도 털어놨음 내가 한번 끌어안아보든지, 어떻게 손을 써보든지 방법을 강구해봤을 텐데……"

"진심으로 하는 말?"

명효는 두 사람의 표정이 그려졌다. 하나는 턱을 치켜들면서 어깨를 으쓱하겠고…… 또 하나는 넌짓 떠보느라 가재미눈을 뜨겠고…….

"그렇다고 내가 먼저 알은체를 할 순 없지. 느이 집 경매 나왔더라, 물을 순 없는 거잖아."

"왜, 운이라도 떼보지 그랬어?"

"뭐라고?"

"신랑 일이 잘 안 돼? 그러지."

"당근 그래 물어봤지."

"그런데?"

"걔요, 턱없이 예민하고 고약한 거 모르세요? 자존심…… 뭐 그딴 거."

"그거요, 자존심이 아니네요. 자격지심이네요. 아세요, 허장성세라고?"

명효는 손바닥으로 얼굴을 감쌌다. 뜨거운 뇌수가 손바닥으로 쏟아져내리는 듯했다. 생몸살을 앓을 때처럼 온몸이 떨렸다.

"얘, 그건 좀 그렇다. 암튼 오는 차 안에서 화제가 살짝 그쪽으로 갔는데…… 사실은 일부러 내가 그쪽으로 틀었던 건데…… 뭐, 별로 반응이 없더라고. 곧 죽어도 곁불 안 쬐겠다는 건지 뭔지. 아, 나도 몰라. 신경 끌래."

"그래 꺼. 밥맛없어. 다 각자 자기 인생 사는 거야. 혼자 아프고 혼자 죽는 거야, 우리 모두."

명효는 발작적으로 고개를 들었다. 변기레버를 내려 물을 흘려보내고, 왈칵 문을 밀쳤다. 그 서슬에 수진과 채숙이 동시에 고개를 돌렸다. 두 사람의 얼굴이 경악과 낭패감으로 벌게졌다.

명효는 묵묵히 세면대로 가 허리를 숙였다. 수도꼭지 가까이 손바닥을 대자 저절로 물이 쏟아졌다. 세상 이만큼이나 좋아지고 편해졌는데 사는 꼴은 왜 그렇지 못할까.

"안에…… 있……?"

등 뒤에서 채숙이 어물거렸다. 명효가 대수롭지 않다는 듯 대꾸했다.

"안에서 두 분 말씀 잘 경청했습니다. 본의 아니게 엿들어서 미안합니다. 제가요, 자격지심이 있어놔서요."

채숙은 말을 잇지 못했다. 수진은 그새 침착함을 되찾고 흥미진진한 관전거리라도 되는 듯 지켜보고 서 있었다. 명효는 두 사람이 보는 앞에서 핸드드라이어로 손의 물기를 말린 다음 채숙이 어정쩡한 자세로 들고 있는 자신의 가방을 낚아챘다. 유행이 한참 지난 볼품없이 크고 낡은 가방은 엄마의 유품이었다.

그녀는 파우치에서 립스틱을 꺼내 입술에 칠했다. 무슨 바람이 불어선가 사놓고는 한 번도 바른 적 없는 붉은색 립스틱이다. 그러고 보니 그 립스틱을 사기 전 샘플을 바르면서 양귀비꽃을 떠올렸던 기억이 난다. 심홍빛 개양귀비 꽃밭에서 환하게 웃고 있던 사진 속의 엄마도.

"낮도깨비 같지? 지울까?"

명효가 거울 속의 두 사람에게 물었다. 수진은 팔짱을 끼고 있고, 상대적으로 모질지 못한 채숙이 대답을 했다.

"어? 아니, 안 그래. 어울려. 지우지 마."

채숙은 만회하느라 손사래까지 치면서 수선을 떨었다. 명효는 그제야 생각난 듯 거울 속의 수진을 똑바로 쳐다보며 말했다.

"느이 아들 일은 참 안됐어. 2학년이었지? 자식은 가슴에 묻는다는데, 생각보다 빨리 추스른 것 같아서 다행스럽다, 얘."

수진의 낯빛이 창백하게 변했다. 그 옆에 나란히 선 채숙의 낯빛도 마찬가지로 하얘졌다. 명효는, 내친김이었다.

"그리구 네 말 옳아. 어, 차, 피, 혼자 아프고 혼자 죽는 거. 힘내. 산 사람은 살아야지."

수진은 침묵했다. 날뛰지도 으르렁거리지도 않았다. 명효를 노려보는 것 같지도, 어딘가를 바라보는 것 같지도 않았다. 소금기둥이 된 듯 혹은 저 혼자 동떨어진 고요 속으로 옮겨가 있는 듯, 명효가 돌아서며 어깨를 스치는데도 미동도 하지 않았다.

명효는 돌기둥이 된 두 사람을 지나쳤다. 두세 걸음 후에 명효가 우뚝 멈춰 서자 눈으로 뒤를 좇던 채숙이 제풀에 목을 움츠렸다. 명효는 가방 속에서 서 교장의 회고록을 끄집어냈다. 《나의 아름다운 딸들과 함께한 시간》이라고 제목을 뽑아준 것도 명효 자신이었다. 그녀는 망설임 없이 그것을 휴지통에다 던져넣었다. 그의 아름다운 두 딸이 당혹감을 감추지 못한 채 젖은 쓰레기 더미에 처박힌 회고록을 내려다보았다.

"먼저 갈게."

명효는 두 사람을 남겨두고 로비로 나왔다. 출간기념회는 거의 파장 분위기였다. 서 교장의 아름다운 딸들이 둘씩 셋씩 짝지어 행사장을 빠져나오고 있었다. 몇몇 딸들은 왁자지껄하니 떠들며 화장실로 몰려들어갔다.

수진과 채숙은 새로 몰려드는 여자들을 거슬러 화장실을 빠져나왔다. 둘은 말없이 로비에서 헤어졌다. 한 사람은 엘리베이터를 탔고, 한 사람은 비상계단을 이용해서 지하주차장으로 내려갔다.

그들보다 먼저 명효는 회전문을 통과했다.

대낮인데도 거리는 한산했다. 바람이 아래로부터 위로, 위로부터 아래로 휘돌아쳤다. 지상의 모든 것을 다 공중으로 들어올리거나 바닥에다 메다꽂을 기세였다. 겨우 몇 걸음 내디뎠을 뿐인데도 명효는 눈알이 뻑뻑했다. 눈뿐만 아니라 귓속까지 뻑뻑했다. 코와 목구멍 안에도 모래가 가득 들어찼다. 입을 우물거리자 모래알갱이가 지금지금 씹혔다.

명효는 무작정 걸었다. 발밑에서 사악사악 모래 밟는 소리가 났다. 그 곁으로 헤드라이트를 켠 자동차들이 천천히 지나갔다. 그날은 황사경보가 발령된 날이었다. 그리고 4월이었다.

Delete

1

남자는 빨간 신호등이 초록색 보행신호로 바뀌기를 기다리고 있었다. 횡단보도를 건너면 100여 미터쯤 직진하다가 지하도를 한 번 더 건너야 한다. 그러고도 5분은 족히 더 걸어야 목적지에 닿을 테고.

택시를 탈걸 그랬나?

남자는 약속시간보다 일찍 도착하게 될 것이 싫었다. 예식이 시작될 때까지 참석자들 눈 밖에 나지 않으려고 어색한 미소를 짓고 있어야 할 걸 생각하면 등짝이 서늘하다. 그런데 꽉 막힌 도로를 보니 걷는 것보다 택시를 타는 쪽이 시간을 더 잡아먹었겠다 싶다. 그랬음 둘러대기 딱 좋을 텐데. 접촉사고라도 났는지 차들이 꼼짝을 해야 말이죠, 라고.

남자가 갑자기 뒤를 돌아다보았다. 그럴만한 사람이 없는데, 누군가 자꾸 등 뒤에서 자신의 팔꿈치를 잡아당긴 것 같아서다. 남자는 다시 앞을 보며 생각했다. 목적지로 가는 도중에 사고를 당하거나 복통을 일으켜 구급차에 실려 갈 확률은 얼마나 될까. 피치 못할 상황이 벌어질 걸 기대하기엔 이동거리가 너무 짧다.

호텔에 당도하면 남자는 회전문 안으로 빨려들어가 로비에서 한 차례 숨을 고른 뒤 엘리베이터 쪽으로 다가갈 것이다. 물론 계단을 이용할 수도 있으리라. 어쩌면 그 편이 남자에겐 나을지도 모른다. 엘리베이터의 밀폐된 공간은 가슴이 답답하다. 동승자가 있건 없건, 시선을 숫자판에 고정시킨 채 자신이 내릴 층의 문이 열릴 때까지 뻣뻣하게 서 있어야 하는 머쓱함은 또 어떤가.

남자는 넥타이를 조금 느슨하게 풀었다. 양복 정장에 넥타이까지 갖추기엔 약간 더운 날씨. 와이셔츠 단추를 하나쯤 끄를까 말까, 망설이다가 참았다. 소연회장에서 기다리고 있을 일행을 떠올렸다. 거의가 아는 면면이겠지만, 저쪽 진영의 참석자 중에는, 존재는 알고 있으되 남자와는 초면인 경우도 한둘 섞였으리라. 넉살 좋아 뵈는 얼굴, 근엄해 보이는 얼굴, 까닭 없이 못마땅한 티를 내는 얼굴, 호기심 가득한 얼굴, 분위기에 걸맞지 않게 찌푸린 얼굴, 얼굴들……. 말하자면 비슷하면서도 너무나 다른 얼굴들. 겉으로는 화사해 보이도록 애를 쓰지만, 속으로는 적대적인 저울질에 분망할 얼굴들.

끔찍하군.

남자는 부르르 몸을 떨었다.

초록색 불이 켜졌다. 남자의 주위에 몰려서 있던 사람들이 우르르 앞으로 돌진했다. 맞은편에서도 사람들이 우르르 몰려왔다. 누군가 남자의 팔을 건드리고 지나갔다. 미안하다는 말도 없이. 하긴 흐름을 방해한 건 남자 쪽이다. 다들 들소 떼처럼 몰려가고 몰려오는데 남자 혼자 그 자리에 우두망찰 서 있었으니까. 뒤미처 사무실에 뭔가를 두고 온 것 같다는 생각이 스쳤던 까닭이다.

그게 뭘까? 뭐였지? 아으 미치겠군.

남자는 곰곰이 되짚어보았다. 그러는 사이 초록불이 빨간불로 바뀌어버렸다.

남자는 여전히 횡단보도 앞에 서 있었다. 눈은 맞은편 신호등을 주시하고 있지만, 머릿속으로는 사무실 안을 헤집고 다

넜다. 책상 위를 휘익 둘러보고, 서랍을 열어 건둥건둥 속을 들여다보고, 그리고 손가락 끝으로 명함철을 뒤적…… 뒤적…….

아아 그래, 그거야.

남자는 다행히도 기억을 되찾았다. 어딘가에 전화를 걸기로 했었지. 아닌……가? 누군가와 만나기로 했던가……?

남자의 기억은 거기까지다. 잡힐 듯 말 듯, 아리송했다. 기억을 복원하자면, 아무래도 사무실로 되돌아가는 게 낫지 않을까? 무엇인가 하려던 일을 종내 떠올릴 수 없을 때엔 원래 그 일을 하려고 마음먹었던 장소로 되돌아가보는 것도 한 방법이지 않은가 말이다.

신호가 다시 바뀌었다. 초록불이 켜지자마자 사람들이 앞다퉈 튀어나갔다. 탕! 총소리에 잰 발을 놀리는 경보선수들처럼. 툭. 누군가가 제법 세게 남자의 어깨를 쳤다. 억, 소리가 절로 터지는 타격이었다. 그 서슬에 기류를 타는 바람개비처럼 남자의 몸이 반 바퀴쯤 휘청, 돌았다. 남자가 몸의 중심을 잡고 보니 풍경이 바뀌어 있었다.

사거리 코너 빌딩의 1층을 사이좋게 점유하고 있는, 세븐일레븐 편의점과 파리바게트 빵집과 프랜차이즈 커피전문점.

커피전문점은 남자가 인근 식당에서 동료들과 점심식사를

마치고 사무실로 돌아갈 때 몇 번 테이크아웃으로 이용한 적이 있는 곳이다. 편의점에서는 종종 담배를 사곤 했다. 남자는 무의식적으로 와이셔츠 윗주머니를 더듬었다.

그렇군. 담배를 두고 왔군.

동시에 남자가 고개를 갸웃, 했다.

그런데, 나는 왜 여기 서 있는 거지?

2

여자는 잠이 부족했다. 연신 하품을 해댔더니 눈가에 물기가 고인다. 어젯밤 인터넷으로 다운받은 개그 프로그램을 보느라 밤을 새우다시피 했다. 요즘 애들과 의사소통이 가능하려면 3개 방송국뿐 아니라 종편방송국의 예능 프로그램까지 모조리 모니터링해야 한다. 정규방송과 재방송을 모두 놓쳤을 때엔 인터넷이 효자다.

여자는 그렁그렁한 눈물을 손등으로 찍어냈다. 아무 데나 머리카락 세 올만 닿으면 두세 시간쯤 너끈히 잘 수 있을 것 같았다. 그럼 개운할 텐데…….

어른들이란 한결같은 소리들을 했다. 때가 있는 법이라고. 때를 놓치면 때가 오지 않는다고. 스물다섯부터 서른일곱이 되도록 여자가 줄곧 들어온 소리였다. 여자와 비슷한 처지에 있는 다른 여자들도 귀에 딱지가 앉도록 들었을 소리. 여자가 친척들이 모이는 자리를 싫어하는 이유도 그 때문이었다.

명절증후군을 앓는 부류는 의외로 다양하다. 부엌일과 시월 드에 치이는 주부들의 전유물이 아니다. 재수생, 취업준비생, 노처녀, 노총각……. 여자는 멀쩡한 직업이 있기 때문에 더 곤혹스러운 경우였다. 성격이나 정신세계에 치명적인 결함이 있는 게 아닌가, 하는 의심의 강도가 해를 거듭할수록 더해갔다.

여자가 진정으로 이해할 수 없는 것은, 그 어른들의 절반 이상이 자신의 배우자에게 진저리를 내면서 자기 자식에게도 꿈에라도 만날까 무서운 '웬수'를 붙여주지 못해 안달한다는 사실이었다.

아무튼, 여자는 혹여 미래의 웬수가 될지도 모르는 남성을 만나기 위해 약속장소로 가고 있는 중이었다. 줄기차게 하품을 해대면서. 나쁜 남자에게 차여 질질 짜는 것처럼 눈물을 찍어내면서 말이다.

아아, 한심해라.

버스 안에서 거리를 내다보고 있으면 세상이 어떻게든 돌아간다는 사실이 새삼 놀랍다. 가슴 뜨겁고 벅차다기보다, 가련하고 안쓰러웠다. 8차선 대로 바깥쪽 인도를 바삐 활보하고 있는 저 무수한 행인들. 횡단보도 앞에 두 겹 세 겹으로 늘어서서 신호등이 바뀌기를 기다리는 저 무수한 대기자들. 그뿐인가. 도로를 꽉 메운 차량들 속에, 연도의 빌딩들마다 차곡차곡 들앉은 사무실들 안에, 뒷골목에 자리잡은 어둑선한 건물들마다에…… 운전자들과 회사원들과 방문판매원들과 행상들과 그들에게 저마다 딸린 식구들과…….

어찌 되었건 다들 때가 되면 결혼을 하고, 아이를 낳아 기르고, 또 그러느라 무엇인가를 해서 먹고 산다는 것 아닌가. 가히, 서프라이즈, 서프라이즈! 그 대열에 합류하지 못할까봐 조마조마해하는 건 덜떨어진 자식의 등을 부지런히 떼밀고 있는 세상의 부모님들이다.

이혼하고 돌아와도 좋으니 제발 가보기나 해라. 내 소원이다.

며칠 전, 맞선장소와 약속시간이 적힌 종이쪽지를 건네면서 여자의 어머니는 그렇게 말했다. 이혼하는 자식보다 결혼 못한 자식이 더 흉이 된다는 비장한 통고 앞에 여자는 좀 더 뻗대보지 못하고 종이쪽지를 받아들긴 했는데, 흔들리는 버스

275

안에서 사정없이 졸음이 쏟아지는 마음가짐인 걸 보니 아무래
도 아직 때는 오지 않은 것 같았다. 아니면 이미 지나갔거나.

  여자는 호텔 회전문으로 들어서면서 시간을 확인했다. 약속
시간에서 15분이 지나 있었다. 한 구간을 걸어서 되짚어오는
데 딱 그만큼 걸렸다. 여자는 깜빡 조느라 내려야 할 버스정류
장을 놓쳤었다. 택시를 탔어도 마찬가지였을 것이다. 한창 붐
비는 시간대인지라 택시보다 걷는 쪽이 더 빠를 수도 있었다.
될 대로 되라지. 여자는 뛰지도 재게 걷지도 않았다.
  뭐, 그럴 필요까지야. 늦은 빌미로 점수를 깎이는 것도 소득
(!)이라면 소득이려니.
  여자에겐 그런 미필적 고의의 계산속이 있었다.
  커피숍은 꽤 넓었다. 아는 얼굴이 손을 흔들었다. 여자는 그
쪽으로 다가갔다. 중매를 선 친척 아주머니가 상대남자 몰래
눈을 치떴다. 늦은 것도 낯 깎이는 판에 차림새가 그게 뭐냐,
그런 힐난인 듯했다. 여자는 평소대로 청바지와 티셔츠 차림
으로 출근을 했고, 또 그 차림으로 맞선자리에 나왔다.
  사실, 아침에만 해도 여자는 오늘이 맞선날이라는 걸 떠올
리지 못했다. 어머니가 있었으면 한 번쯤 상기시켜주었을 테

지만, 어머니 아버지는 마침 두 분의 결혼 38주년 기념일—그 지지고 볶고 물고 할퀸 세월이 과연 기념할 만한 의미가 있을 까 싶었지만—에 맞춰 친목계원들과 2박3일 중국 장가계 관광에 나서느라 새벽부터 집을 비운 상황이었다. 서른일곱 되도록 시집 못 간 딸년 먹이려고 어머니가 차려놓은 밥상 앞에 전기밥솥 뚜껑 열어 밥만 퍼서 앉으면 되는 아침때도 거른 마당에, 맞선날이라는 걸 알았어도 낭패였으리라.

까마득히 잊고 넘어갔으면 일이 더 커졌을지도 모르는데, 퇴근 전 무심코 호주머니에 손을 집어넣었다가 그나마 쪽지를 발견한 게 다행이라면 다행이었다. 집에 들러 옷을 갈아입을 만한 시간적 여유는 없었다. 투피스니 쓰리피스니 따위의 정장은, 정말이지 사양하고 싶은 콘셉트인데, 그건 잘 되었다 싶었다. 그런 복식은 주리가 틀리다 못해 호흡곤란을 가져왔다. 하여간에 맞선은 따분한 일을 더 따분하게 만드는 짓이 틀림없다는 게 여자의 지론이었다.

행인지 불행인지, 머리숱이 적고 이마가 빛나는 맞선상대는 여자의 결례를 별로 개의치 않는 눈치였다. 그가 여자에게 의례적인 멘트를 날렸다.

"청바지가 잘 어울리십니다. 발랄해 보이네요."

"뭘요. ……인상이 참 좋으시네요."

이만하면 시작으로선 나쁘지 않다마는.

"난 바쁜 일이 있어서 먼저 일어설 테니까, 두 사람, 천천히
얘기들 나눠요."

중매를 선 친척 아주머니가 자리에서 일어났다. 바쁜 일이
있다는 핑계는 너무 빤하지 않나. 맞선남이 엉거주춤 엉덩이
를 들자 아주머니가 손사래를 쳤다.

"아유, 나올 거 없어요. 그냥 앉아 있어요."

그러나 여자가 따라 일어서는 건 말리지 않았다. 몇 걸음 출
구 쪽으로 진행한 뒤 아주머니가 여자에게 혀를 쯧, 찼다. 나무
라는 눈짓으로 여자의 위아래를 사납게 훑어내리면서. 어머니
의 귀에 들어갈 고자질감이었다.

맞선남과 맞선녀. 둘만 남게 되자 정적이라고 할 만한 불편
한 침묵이 둘 사이를 더 멀찌감치 벌여놓았다. 무슨 이야기든
떠들어야 한다는 의무감이 들었다. 여자는 대화의 주제를 모
색했다. 성실히 대화를 주도해나간 건 여자 쪽이었다. 여자는
어색한 것보다 망가지는 편이 낫다고 생각하는 쪽이었다. 점
수야 깎일수록 좋은 것이고.

여자는 초등학교 교사다. 상대남도 중학교에 적을 둔 처지.

예컨대 같은 종목을 뛰는 선수인 셈이다. 물론 체급은 다르지만. 화제는 교육계를 두루두루, 즉 학교와 학생들 위주로 표면상 풍성하게 전개되는 듯했다. 내용상 하등 특별할 것 없는 평범한 문답에 불과했지만. 옆자리 동료선수하고도 나눌 수 있고, 교사연수회 같은 데서 처음 만난 타 학교 선수들과도 충분히 교환할 수 있는, 그렇고 그런 수준의 대화들. 결국은 상투적인…….

여자의 눈에 상대선수는 그럭저럭 무난해 보였다. 무난하다는 건 어디까지나 객관적인 평가이고, 주관적인 느낌은…… 밋밋했다. 쉽게 말해 '필'이 팍 오지 않았다. 지리멸렬한 연애질과도 촌수가 멀어 늙은 부모에게 떠밀려 맞선이나 봐야 하는 주제에 '필' 운운한다는 게 얼마나 가당찮은 오버인지 여자라고 모르진 않았지만, 그래도 그렇지, 명색 인류지대사와 관련한 사교의 장이 아닌가 말이다.

여자는 상대선수가 눈치채지 못하게 시계를 흘끔거렸다. 웬만큼 시간은 때운 듯. 여자는 이제 그만 호텔 커피숍을 벗어나고 싶었다. 세상에, 호텔 커피숍이라는 데가 맞선 경연장이라는 사실을 새삼 낯 뜨겁게 확인하는 기분이란. 세간에 도는 믿거나 말거나 식 입소문을 들은 기억이 났다. 그 호텔 커피숍,

맞선 성공률이 높대지 아마? 씁쓸했다. 로또 1등 나온 곳이라고 큼지막하게 써 붙인 복권판매소랑 뭐가 다른가.

상대선수는 이런 일에 익숙한지 태연했다. 무난한 게 아니라 무딘 거 아닐까, 살짝 의심이 갔다. 여자의 기분을 아는지 모르는지 상대선수가 자리를 털고 일어서며 말했다.

"어디 가서 저녁이나 먹읍시다. 좀 이르긴 해도."

퇴근시간 됐으니 별일 없으면 밥이나 먹으러 가자는 투였다. 상대선수는 여자의 대답도 듣지 않고 카운터로 가서 커피 값을 치렀다. 앉아 있을 땐 몰랐는데 그도 무릎이 튀어나온 베이지색 면바지를 입고 있었다. 피차일반. 괜찮다, 감각.

여자는 저 선수도 부모에게 등짝 얻어맞고 나온 모양이지, 하고 생각했다. 그렇게 생각하자 여자의 기분이 노골노골 풀어졌다. 해서 군말 없이 상대선수 뒤를 졸졸 따라갔다. 도착한 곳은 술도 팔고 밥도 파는 대중음식점이다. 주렴을 걷고 안으로 쓱 들어서는 폼이 상대선수 진영이 단골로 다니는 회식처인 게 분명했다.

"여기 생태탕 중짜로요."

어라?

상대선수는 찌든 방석을 엉덩이에 깔고 앉자마자 제멋대로 주문을 하고 나서 뒤늦게 아차, 하는 얼굴로 여자를 쳐다봤다. 쌍꺼풀 진 눈이 제 취향과는 멀었지만, 여자는 평생에 단 한 번 있는 일일 테니 이해심을 발휘하기로 마음먹었다.

"생태탕! 아 좋아요. 맛있어 보이는데요?"

여자는 휴대용 버너 위에서 끓고 있는 옆 테이블의 매운탕 냄비를 쳐다보며 과장되게 웃었다. 상대선수가 옳다구나 맞장 구를 쳤다.

"전에도 선보고 나면 이 집에서 밥 먹곤 했는데, 괜찮더라 구요."

여자는 속으로 꿍얼거렸다. 저 선수, 다음번 맞선보고 나서 도 이 집에서 밥을 먹겠구나.

밑반찬 접시들이 깔리자 젓가락으로 이것저것 집적거려보 던 상대선수가 불쑥 여자더러 반주를 하겠느냐고 물었다. 물 론! 여자는 그러시라고 고개를 주억거렸다. 그가 시원스레 외 쳤다.

"이모! 여기, 처음처럼!"

술병과 술잔이 오자 상대선수가 두 개의 잔에다 공평하게 술을 채웠다. 8부 능선으로. 여자는 권하는 족족 사양하지 않 았다. 밥을 먹는 동안은 대화의 의무에서 해방되어 좋았다. 상대선수는 이마에 송글송글 맺힌 땀을 냅킨으로 연신 훔쳐가며 열심히 밥을 먹고 열심히 술잔을 비웠다. 그 바람에 이마가 조금씩 더 드러났다. 여자는 가능하면 상대선수의 눈썹 위쪽을 쳐다보지 않으려고 애썼다. 마흔이라고 들었는데, 사막화 속도가 빠른 것 같다고 생각할 뿐이었다.

소주 두 병을 둘이서 나눠 마시고 나자 생태탕 냄비도 바닥을 보였다. 상대선수가 아쉽지만 참는다는 표정으로 일어섰다. 이번 밥값도 그 쪽에서 냈다. 하는 수 없이 여자가 커피라도 살 요량으로 상대선수를 가까운 커피전문점으로 이끌었다. 지나치면서 몇 번 간판을 본 기억은 있지만 한 번도 들른 적은 없는 가게였다. 거기서 또다시 지갑을 펼치는 상대선수를 기어코 만류하고 여자가 계산을 마쳤다. 나눌 말도 없고 해서 둘 다 고개를 숙이고 열심히 커피를 마셨다. 그리고 커피전문점을 나와 사거리 횡단보도 앞에서 각자 갈 길로 헤어졌다.

그게 다였다.

집 방향이 정반대여서 얼마나 다행인지. 여자는 횡단보도를 건너기 전 커피전문점 옆 파리바게트 빵집에 들러 작은 케이크를 하나 샀다. 단 걸 좋아하는 어머니 몫이었다. 빵집에서 나온 여자는 빵집 옆 세븐일레븐 편의점으로 들어섰다. 생태탕이 짰는지 소주 탓인지 갈증이 나서다. 여자는 탄산음료를 집으려다 500밀리리터 페트병에 든 생수를 골랐다.

쉬 오지 않는 버스를 기다리며 여자는 생수를 들이켰다. 뭔가 허전했다. 맞선 후유증 같은 것이었다. 서른일곱. 아직 때가 오지 않은 걸까, 벌써 지나간 걸까. 스물일곱 번째, 오늘 대진을 치른 선수를 다시 볼 일은 없을 것이었다. 어차피 그쪽도 어른들에게 떠밀려 치른 경기일 거니까.

뭐랬어, 시간 낭비라니까.

나이가 좀 들었다 뿐이지, 내 눈엔 아직까진 괜찮아 보이는데…… 직업도 좋고.

여자의 어머니는 과년한 딸을 다시금 뜯어보리라. 혼수시장에는 젊고 똑똑하고 유능한 신붓감들이 넘쳐난다는 걸 인정하지 않은 채로. 그러거나 말거나, 이제 여자는 당분간 어머니의 등쌀에서 놓여 지낼 수 있게 됐다. 물론 주기적으로 약속시간과 장소가 적힌 쪽지를 건네받긴 하겠지만.

타야 할 버스가 다가오고 있었다. 버스가 정차할 지점을 계산해 급히 발걸음을 옮기던 여자는 문득 한 손이 가볍다는 걸 느꼈다.

이런, 또……

편의점에 케이크 상자를 두고 나왔다. 여자는 가게에서 무엇인가를 사고 값만 치른 뒤 맨손으로 나오는 일이 허다했다.

되돌아가야겠네.

그새 버스는 승객을 실고 꽁무니를 보이며 사라지고 말았다. 여자는 횡단보도 앞에 서서 맞은편 신호등을 노려보다 편의점으로 향했다.

3

횡단보도를 건너지 못한 남자는 자신이 일하는 사무실로 되돌아갔다.

사무실은 5층에 있었다. 남자는 계단을 이용했다. 밖에서 동료들과 점심을 먹고 묻어올 때에는 하는 수 없지만 혼자일 때에는 계단이 편했다. 남자는 2층에서 3층 사이 계단참에서 넥타이를 풀어 양복 주머니에 아무렇게나 쑤셔넣었다. 3층에서 4층으로 올라가는 계단참을 돌면서는 양복 윗도리를 벗어 팔에 걸쳤다.

사무실은 텅 비어 있었다. 남자는 입구의 접대용 소파 등받이에 양복 윗도리를 걸쳐두고 자신의 책상으로 가서 탁상용 달력을 들여다보았다.

저거였군.

남자가 발견한 건 그날 중으로 처리해야 할 일이 적힌 메모지였다. 메모 옆에 다른 색 사인펜으로 느낌표를 두 개나 달아놓은 건 그만큼 중요하다는 뜻이었다. 담배는 라이터와 함께 명함철 위에 얌전히 놓여 있었다.

남자는 컴퓨터를 켜고 부팅이 되는 동안 창가로 가서 담배를 한 대 피우기로 했다. 사무실은 금연구역이지만 퇴근시간 후에는 딱히 제재할 만한 사람이 없기도 해서 은근슬쩍 넘어가는 분위기였다. 그래도 양심상 창을 조금 열었다. 시끌벅적한 거리의 소음이 안으로 쳐들어왔다. 남자는 건너편 빌딩 옥상에 설치된 대형광고판을 물끄러미 바라보면서 담배연기를 날렸다. 광고 속 여자모델은 세탁기 위에 올라앉아 팔짱을 낀 채 웃고 있다. 막 삶아낸 빨래처럼 환한 미소다. 남자는 그 여자모델을 안아본 적이 있었다. 클라이맥스에 이르기 전에 잠을 깨버린 게 못내 아쉬웠던 꿈속에서.

남자는 담배꽁초를 비벼 끄고, 창문을 닫고, 자기 자리로 돌아와 컴퓨터 앞에 앉았다. 패스워드를 입력해서 메일박스를 열고 받은 메일함으로 들어갔다. 그사이 새로 들어온 메일이 세 통 있었지만 제목만 읽고 바로 지워버렸다. 그런 다음 몇 줄 아래로 커서를 내려서 이미 열어본 메일 가운데 하나를 클릭했다. 내용을 한 번 더 확인한 뒤 피아노 건반을 누르듯 키보드 위에 두 손을 올려놓고 재빨리 키를 두들기기 시작했다.

한참 만에 남자는 작성한 답장을 전송하고 나서 컴퓨터 전원을 껐다. 머리 위로 깍지 낀 두 손을 뻗어 기지개를 켠 다음 의자에서 일어났다. 하마터면 빠뜨린 채 넘어갈 뻔했던 일을 처리한 것이 다행스럽고도 뿌듯했다. 도서관에서 맨 마지막에 일어설 때의 기분이 이랬었지, 하는 생각이 뜬금없이 끼어들었다. 그러고 보니 도서관을 이용해본 적이 까마득했다. 대부분의 궁금증은 인터넷 검색으로 풀어왔다.

남자는 홀가분한 기분으로 사무실을 나섰다. 날이 어두워지면서 때 이른 무더위도 한풀 꺾였다. 퇴근 무렵 주변 사무실들에서 쏟아져나온 샐러리맨들로 붐비던 거리도 얼추 소강상태다. 두어 시간이 지나면 뒷골목 어딘가에서 밥과 술을 겸한 회식자리에서 물러난 직장인들이 슬쩍 풀어진 걸음걸이로 인도를 다시 메울 것이다. 더러는 호기롭게 2차로 쏠려가고, 더러는 지하철 역사나 버스정류장으로 종종걸음을 치리라.

남자는 회식 술자리가 있을 경우 대개 1차로 끝을 봤다. 2차는 동료들과 헤어져 혼자 간다. 그럴 때는 2차로 몰려간 동료들과 부딪히지 않도록 좀 멀리 떨어진 술집으로 향한다. 아예 집 근처 포장마차에서 입가심을 할 때도 있다. 술을 마시고 난 다음날 아침에는 어김없이 후회하게 되지만, 일단 마시기 시작하면 클라이맥스까지 가지 못한 채 깨버린 꿈처럼 미진한 것이 문제였다.

자, 나도 이제 어디 가서 한잔하는 게 좋겠군.

마침 배도 출출하고, 목도 칼칼했다. 남자는 이따금 들르던 생맥줏집으로 방향을 정했다. 맥주 맛이야 기본이고 안주도 훌륭한 집이었다. 남자는 입맛이 까다롭고 성정이 까칠한 어머니 덕에 음식에 관한 한 고집이 있는 터다. 단순히 음식의 맛보다는 식재료의 궁합과 차림새에 더 신경을 썼다. 가령 맥주에 어묵탕이나 생선회 조합은 질겁하는 식이었다. 그래서 푸드코디네이터란 직업에 호감을 품고 여자를 사귄 적도 있었다. 정작 그 여자가 차린 식탁은 여자 자신의 블로그에 올라와 있는 사진으로 접한 것이 전부였지만. 남자는 그 푸드코디네이터가 끓여주는 라면조차 먹어보지 못한 상태로 절교를 당했다. 푸드코디네이터가 끓인 라면이라면 뭐가 달라도 다르지 않을까.

생맥줏집 사장은 독일로 음악공부를 하러 가서 맥주마니아가 되어 돌아온 고교 선배다. 원래부터 알고 지내던 선후배 사이는 아니었다. 혼자 스탠드 쪽에 앉아 잔을 기울이는 남자에게 주인다운 친절을 베풀어온 게 서로 말문을 트게 된 계기였다. 몇 차례 이런저런 세상 돌아가는 이야기며 증권 동향 따위를 주고받다가 같은 고등학교 출신이라는 사실을 알게 됐다.

대한민국 사회란 혈연을 빼고 나면 학연과 지연 순이다. 그러나 주인은 사장 행세도 선배 행세도 그다지 하지 않았다. 혼자 한두 조끼 가볍게 마시고 싶을 때 딱 편안할 정도로 알은체를 해주고 물러나는 매너다. 이쪽에서 붙들고 뭔가에 대한 억울함을 하소연하고 싶어도 그런 땐 꼭 사장을 찾는 전화벨이 울리거나, 다른 테이블에서 사장을 불러가기 때문에 길어질 수가 없었다. 그런 관계에선 외상도 통하지 않는다.

"어이."

사장이 스탠드 안쪽에서 남자에게 손을 들어 알은체를 했다. 그러고는 이내 홀 구석 룸으로 사라졌다가 남자가 두 번째 조끼를 시작할 즈음 나타났다.

"신수가 훤해 보이는데?"

남자는 유쾌한 척 웃었다. 무심코 목덜미를 매만졌다. 없다……. 재빨리 목 아래를 마저 훑어내렸다. 젠장. 넥타이뿐 아니라 윗도리도 두고 왔다. 핸드폰도 거기 들어 있을 텐데. 어쩐지 날씨가 선선하더라니.

다행히 지갑은 바지 뒷주머니에 들어 있었다. 사무실에서 바지를 벗을 일이야 없을 거였다. 갑자기 피로가 몰려왔다.

아무튼 오늘은 이상한 날이군.

남자는 꽤 여러 조끼를 마셨다. 첫 모금부터 술이 당겼다. 안주를 제법 집어먹었는데도 취기가 빠르게 돌았다. 그럼에도 몸속의 뭔가가 몸 밖으로 줄줄 새고 있는 것처럼 허기를 느꼈다.

늘 똑같은 자리를 찾는 고객이 그렇게 많은 맥주를 마신 적이 없음을 기억하는 사장이 고개를 좌우로 흔들었다. 귀찮은 기색이 역력했지만, 남자는 그 사실을 인지하지 못했다. 너무 많이 마셔버린 것이었다.

남자는 자신의 몸이 거대한 호수와 연결된 듯한 환각에 빠져 허우적거렸다.

남자는 호텔에서 자신을 기다리고 있었을 일행 따위는 까마득히 잊어버렸다. 자신이 합류하는 대로 치러졌을 행사에 대해서도 완벽하게 잊어버렸다. 아니, 잊어버렸다는 사실조차도 기억하지 못했다.

그날은 남자의 일생을 좌우할 아주 중요한 행사가 예정돼 있었다. 양가 친지들이 어렵사리 시간을 내 모이는 자리.

그러니까 남자가 횡단보도 앞에서 잠시 다른 생각을 좇던 그 순간 이후, 일말의 동요 없이 완전무결하게 잊어버렸던 건, 그 자신의 약혼식이었다.

4

일요일이지만 여자는 학교에 나갔다. 일직 당번이었다. 무례하기 짝이 없는 아이들이 하나도 보이지 않는 텅 빈 교정은 평화롭다 못해 기괴했다. 여자는 무료함을 덜려고 교무실을 나와 담임반 교실로 들어갔다. 비뚤어진 책상과 걸상의 줄을 맞추고 교탁 앞에 섰다. 맨 처음 그 자리에 섰을 때 얼마나 떨었던가. 어느새 열서너 해 전 일이 됐다. 여자는 첫 발령을 받은 학교에서 3년 연속 6학년 담임을 맡았다. 그때의 아이들 중 몇몇은 교육대학에 진학했다. 그 아이들도 머잖아 교생실습을 나올 것이다.

여자는 칠판에다 커다랗게 자신의 이름을 적었다.

임 순 영.

그러고는 돌아서서 빈 책상과 걸상을 향해 말했다.

여러분, 반가워요. 내 이름은 임, 순, 영, 이에요. 앞으로 한 달 동안 잘 지내기로 해요.

여자는 꾸벅 절을 하고는 혼자 픔, 웃었다. 오래전 교생실습을 나왔을 때의 일이 떠올라서다. 여자가 자기소개를 마치자 뒷줄에 앉은 남자아이가 벌떡 일어나더니 제 옆자리의 여자아이를 가리키며 외쳤었다.

선생님, 애도 순영인데요? 허, 순, 영, 이요.

그러자 반 아이들이 책상을 두들기며 와아 웃어댔다. 또 다른 녀석이 불쑥 맞장구를 쳤다.

순영이 뭐야? 에이, 촌스러운 이름이잖아?

허순영이라는 여자애는 책상에 얼굴을 묻었고, 교실 분위기는 더욱 요란하게 뒤집어졌다. 여자는 실습반 담임교사를 돌아보았다. 웃을 일이 아닌데도 와자하게 웃어대는 아이들을 어떻게 다뤄야 좋을지 모를 때였다. 담임교사는 싱긋이 웃고만 있었다.

여자는 칠판지우개로 자신의 이름을 천천히 지웠다. 그 후로도 순영이라는 이름을 가진 학생을 몇 번이나 더 만났다. 딱한 번, 순영이라는 이름을 가진 남자아이도 만났다. 강순영이라는 아이.

모두 손에 잡힐 듯 선연한데 짧게는 3~4년, 길게는 10년이 지나버린 일들이었다. 여자는 칠판에다 새로 글씨를 썼다.

얘들아, 안녕?

별로 마음에 들지 않아서 지우고 다시 썼다.

얘들아, 잘 지내니?

그것도 마음에 들지 않았다. 여자는 한참을 궁리하다가 자신의 반 아이들 이름을 생각나는 대로 적어나갔다.

김새롬, 박찬우, 유하늘, 하은지, 고진수, 정수빈, 신해정……

이름 중에는, 단번에 외워지는 이름이 있는가 하면 한 학기가 끝날 즈음에야 간신히 틀리지 않게 부를 수 있는 이름이 있었다. 지난해에도 여자는 아이들의 이름이 잘 외워지지 않아 애를 먹었다. 이름을 열아홉 개까지 적어가고 있을 때 핸드폰이 울렸다. 단체관광을 떠났던 어머니다.

"오셨네? 몸은 어때요, 피곤하지 않아? 아버지는?"

어머니는 여자가 묻는 말을 건너뛴 채 되물었다.

"이 케이크, 네가 사둔 거냐?"

"엄마, 케이크 좋아하잖아?"

"망할년, 에미 빨리 죽어라고 염불을 드려라."

여자의 어머니는 딱 그 말만 하고는 전화를 끊어버렸다. 평소에도 '용건만 간단히'를 실천하는 타입이긴 했다. 여자는 억울한 낯빛으로 핸드폰을 들고 있다가 뒤늦게 한숨을 쉬었다. 당뇨 때문에 단 걸 삼간다는 사실을 깜빡했으니 욕을 먹어도 싸지.

여자는 의기소침해져서 교무실로 돌아갔다. 그새 퇴근할 시각이 되었다. 여자는 주섬주섬 가방을 꾸리면서 행여나, 하고 책상 위를 두 번이나 훑었다. 매번 주의를 기울이는데도 뭔가를 하나쯤 빠뜨리곤 하니까. 여자가 일어나려고 의자를 뒤로 빼는 순간 핸드폰이 또 울렸다. 액정판에 모르는 번호가 떴다. 무작위 광고일 거라고 생각하면서도 전화기를 귀에 갖다댔다.

"저, 임순영 선생 핸드폰 맞습니까?"

조심스러운, 그러나 짐작이 안 가는 남자의 목소리다.

"그런데요?"

"아, 네, 맞군요. 저, 송인구입니다."

역시나 짐작이 안 가는 이름. 학부형이 학생의 이름을 대나 싶어 재빠르게 더듬어봐도 반 아이 중에 그런 이름은 없었다. 여자는 다소 퉁명스럽게 톤을 높였다.

"누구시라구요?"

"송, 인, 굽니다."

"실례지만 누구신지……?"

"송인구라고, 그저께 만났던……. 시내에서요."

상대방은 끈덕지게 자신의 이름을 되읊었다. 여자는 짜증이 나는 걸 겨우 참았다. 누군지 상당히 고집이 세고 고지식하겠군. 여자는 상대방의 성격을 멋대로 단정하면서 자신만만하고도 깐깐하게 대꾸했다.

"그렇담 전화 잘못 거신 거네요. 왜냐하면……."

"네?"

"왜냐하면, 전 그저께 아무도 만나지 않았거든요. 시내 나갈 일도 없었구요."

"지금……."

상대방은 일단 말을 끊었다가 3초쯤 지난 뒤에 덧붙였다.

"농담, 하십니까? 아니면…… 장난, 치시는 겁니까?"

여자는 더럭 겁이 났다. 금방이라도 누군가 교무실로 쳐들어올 것만 같았다. 여자는 출입문에서 눈을 떼지 못한 채 전화기에다 대고 사정조로 말했다.

"정말이에요. 그날 전 퇴근하자마자 곧장 집으로 갔다니까요."

5

10여 분 가까이, 의사는 남자의 말을 묵묵히 들었다. 신중하고 사려 깊은 인상을 주기 위해 간간이 고개를 끄덕이거나 반쯤 감았던 눈을 치켜뜨면서.

남자는 의사가 자신의 미간을 뚫어져라 쳐다볼 때마다 스스로도 이해할 수 없는 부끄러움에 사로잡혔다. 의사의 계산된 제스처는, 적어도 피상담자인 남자가 느끼기에, 마치 자신이 고통받고 있는 어떤 증상에 대해 설명하고 있는 것이 아니라

죄를 고백하고 있는 것 같은 심정으로 몰아갔기 때문이었다.

의사는 자기 또한 관찰당하고 있다는 사실을 깨닫지 못하거나 그쯤, 하고 무시하는 듯했다. 그럼에도 불구하고 남자는 의사가 등받이에 기댔던 몸을 앞으로 숙임으로써 자신의 말을 중지시킬 때까지, 성실하고도 상세히, 가장 최근에 저질렀던 치명적인 실수를 언급했다.

"나중에 사무실에 벗어두고 온 양복 주머니에서 핸드폰을 찾았어요. 진동으로 되어 있고, 부재중 전화도 엄청 쌓여 있더군요. 아무리 그렇기로 그날 오후에만 해도 수십 번 넘게 부르르 떨어댔을 텐데 왜 나는 전혀 인지하지 못했을까요? 평소에는 그냥도 한 번씩 혹시 못 받은 전화가 있나 없나 확인하곤 하는데 말이죠."

의사의 직업적인 통찰로 볼 때 환자는 자신의 상태에 대해 심각한 우려와 모호한 합리화 사이를 오가고 있었다. 물론 거의 대부분의 환자들에게서 공통적으로 보게 되는 현상이었다. 그나마 남자는 정직한 편이었다. 감추거나 왜곡하지는 않았다. 단지 자신의 깊은 무의식이 두려워하고 있는 무엇인가를 부정할 뿐이었다.

그러나, 그야말로 신중하고 사려 깊은 진단을 위해서는 좀 더 남자 스스로 많은 이야기를 하도록 유도할 필요가 있었다. 빠르지도 더디지도 않게 치료의 타이밍을 조절할 필요도 있겠다. 의사는 자신이 따분함을 참고 있다는 사실을 자신의 환자가 알아채지 못하도록 종이 위에다 생각나는 대로 끼적거렸다.

약혼상대에 대한 기피심리. 혹은 결혼 자체에 대한 거부감. 공포 수준. 결혼—인생의 무덤. 부모의 관계—최악이었을 확률 높음. 환자와 부모와의 관계—양가적. 당연하지.

"어떻게 그런 망각이 일어날 수 있을까요? 그렇게 중요한 일을, 다른 일도 아닌 내 약혼식을, 문서 전체를 날리듯 깡그리 날려버릴 수 있었을까요? 횡단보도에서 신호등을 기다릴 때까지만 해도……."

의사가 남자의 뒤쪽 벽시계를 올려다보고는 남자의 말을 잘랐다.

"좋습니다. 일단 심리검사를 해보기로 하지요."

"네?"

"선택적 기억상실이란 말을 들어보셨나요?"

"기억상실증……인가요? 제가요?"

"나가시면 간호사가 심리검사에 대해 설명해줄 겁니다."

남자는 가까스로 의사의 말을 알아들었다. 시간이 다 되었다는 뜻이었다. 얼떨떨한 채로 소파에서 일어났다. 남자는 의사에게 가볍게 목례를 한 뒤 진료실 문을 열고 밖으로 나왔다. 대기실 소파에 앉아 있던 어떤 여자의 시선이 남자에게로 쏠렸다.

"임순영 님, 안으로 들어가세요."

간호사의 호명을 받은 여자가 방금 남자가 나온 문을 밀고 진료실로 들어갔다. 남자는 무심코 여자를 돌아다보았다. 어디선가 본 듯한 얼굴……이다. 어디서 보았을까. 어디선가 한두 번쯤, 어쩌면 오며가며 꽤 여러 번 마주친 것 같은 인상인데.

남자는 이내 자신의 기억을 헤집기 시작했다. 간호사가 자기 이름을 부르는 것도 알아채지 못한 채. 자신이 왜 그곳에 와 있는지도 잊은 채. ■

이 섬세한 결
—정길연 새 소설집에 붙여

방민호(문학평론가)

1

정길연의 새 소설집, 재미있다. 일곱 편 이야기 하나하나가 우리 삶의 곡절들을 송곳 끝처럼 겨냥한다. 그런데, 언제 나를 찔러 올지 모른다. 마음 졸이며, 그녀가 마음먹은 때를 기다려야 한다. 단편소설다운 구성미를 갖추고 있다는 말이다. 여기에 문장미, 어휘력의 신선미가 더해져 이런 시대에 소설을 읽는 이들의 까다로운 취향을 충족시킬 만하다. 과연 어떻게 될까, 관심이라기보다는 호기심으로 읽게 한다. 그러다 속으로, 과연, 하고 혼잣말을 하며 고개를 끄덕이게 한다. 삶과 사랑의 문제들을 인생이라는 불가사의하고도 불가피한 과정으로 그려내는 이 작가의 시선은, 섬세하다 못해 주밀하다. 이것은 시선이라기보다는 확실히 촉수라는 고풍스러운 말을 써야 충당될 수 있다.

나는 이 소설집 원고들을 비행기를 타고 중국으로 건너가 난징, 항저우, 상하이를 옮겨다니며 여행자의 입장에서 읽었다. 그때 나는 여느 독자들의 평상심과 가까웠을 것이다. 한마디로 천천히 읽고 감상하기 좋았다. 행간이 그렇게 조밀한데도, 보이지 않는 저간의 일들을 더듬어보게 했다. 다른 독자들도 필시 그러하리라 생각한다.

2

〈수상한 시간들〉은 이 소설집의 첫 작품인데, 응당 그럴 만한 수작이다. 그리고 이 작품을 잘 뜯어보면, 이번 소설집의 의의도 자연히 드러난다. 이 소설은 참 흥미롭다. 자기 남편도 아닌 남자의 장례를 마치 아내라도 되는 듯 치러내야 하는 여자, 이런 여자가 있을 수 있을까.

옛날의 나혜석이라는 신여성작가가 문득 생각난다. 이 문제적인 여성은 애인 최승구가 폐병으로 죽어갈 때 그의 고향 고

홍에 가서 며칠을 묵었다. 그리고 이것이 주홍글씨 운명의 시작점이 된다. 〈수상한 시간들〉의 여주인공의 행동을 나는 이 나혜석의 그것에 비추어본다. 죽은 목숨이나 다름없는 남자의 집에 가 머무름으로써 나혜석은 '정상적인' 결혼과 가족적 삶에서 이탈될 수밖에 없었다. 그녀는 나이 많은 상처남 김우영과 결혼할 수밖에 없었고, 우여곡절 끝에 그로부터 버림받고 만다. 이 사건을 잘 뜯어볼 필요가 있다. 현명한, 아니 영리한 여자라면 그러지 않았을 것이라 생각한다. 그러나 나혜석은 그렇게 했다. 왜 그랬을까? 삶의 '정상적' 질서 속에 안주할 수도 있었을 것을, 그녀는 그렇게 하지 않았다. 다른 길을 택함으로써 가시밭길을 자초했다. 연민 때문이었다. 갈 길이 달라도 그녀는 최승구를 외면할 수 없었다.

이와 꼭 같은 맥락에서 〈수상한 시간들〉의 여주인공 역시 엉뚱한 선택에 빨려들고 만다. 공항에서 우연히 만난 옛 동료를, 외면한다고 해서 아무도 탓할 사람은 없다. 사건의 마디마디마다 이 여자는 남자 곁을 떠날 수도 있었다. 사랑한 남자라고도, 오랜 시간을 함께 보낸 남자라고도 할 수 없는 사람이다. 그런데, 왜? 결국 죽은 남자 곁을 떠나지 못하고 무슨 상주라도 되는 듯 장례를 떠맡아 치르는 여자 앞에 정작 남편이 나타나고 만다. 가뜩이나 위태로운 결혼관계의 두 사람이다. 사건의 결말은 드러나지 않았으나, 결국 둘의 결혼은 파국으로 끝날 수밖에 없을 것이다.

이 소설은, 오늘날의 남녀가 이른바 정상적 결혼관계로 살아가기가 아주 어려움을, 또 어렵게 이어가는 어떤 '비정상적' 결혼마저도 마음의 자연스러운 흐름을 지극히 억제하고, 제도 또는 관습의 굴레를 따르지 않으면 안됨을 시사한다. 부조리함을 견디고, 자기 존재의 논리를 스스로 억압하는 인내 없이는 특히 여성은 결혼이라는 관계 내에 안주할 수 없다. 바로 이런 점에서 정길연은 일부일처제주의자가 아니라고 말할 수 있다. 우리를 둘러싼 삶의 조건들이 그것을 가능케 하지 않는다고 생각하는 의미에서 말이다.

3

내게 정길연은 장편소설 《변명》과 《백야의 연인》의 작가로 기억되고 있다. 다른 독자들에게도 그럴 것이다. 이 작가의 장편소설들은 늘 독자의 폭넓은 호응을 불러일으켰고, 때문에 방송드라마로 만들어지기까지 했다. 그래서인지 이 작가의 단편소설 쪽이 이 작가의 득의의 영역 중 하나임을 아는 사람이 많지 않다. 그러나 그녀는 소설집 《종이꽃》과 《쇠꽃》의 작가이기도 하고, 여기 수록된 작품들은 이 작가 특유의 페미니즘을 보여준다.

나는 이번 소설집에서도 바로 그것을 느낀다. 〈수상한 시간들〉은 연민 때문에 자기 삶을 위태롭게 만드는 여성 주인공의 모습을 보여준다. 이 대목이 의미심장하다. 나는 가끔 농담 비슷하게, 여자가 남자에게 무엇인가를 베풀 때, 거기에는 두 가지 이유가 있다고 말한다. 하나는 연민 때문이고, 다른 하나는 사랑 때문이다. 그렇다면, 정길연은 사랑보다 연민을 깊이 품은 여성을 그린다고나 할까?

그런데, 물론 사랑이 모든 것의 처음이자 끝이지만, 남녀관계에 있어서는 연민이야말로 숭고한 사랑인지도 모른다. 죽어가는 남편 아닌, 애인 아닌 남자를 위해, 마지막 순간을 지켜줄 수 있나? 시간과 정성과, 무엇보다 자기 삶의 안정을 해쳐가며? 현대인들은 누구나 고개를 쉽게 끄덕이지 못할 것이다. 누가 내 앞에서 새치기를 해도 참지 못하는 세상이기 때문이다. 〈수상한 시간들〉의 여자는 버림받은 남자의 마지막 시간을 지켜준다. 또 그로써, '남'의 아이를 '기르며' 어렵게 이어온 결혼 생활이 파국에 귀결될 것이다.

연민으로써 삶을 견디는 여성 인물의 모습을 우리는 또 다른 작품 〈자서^{自序}, 끝나지 않은〉에서 발견할 수 있다. 여기서 1인칭 주인공인 55세의 여성 '나'는 중풍에 걸려 오랜 세월 투병해 온 남편의 죽음을 맞이한다. 그녀의 사연이 간단치 않다. 작중에서 '나'는 남의 배로 낳은 자식 둘에 자기 배로 낳은 자식 둘을 길러냈고, 앞의 그 두 아이도 각기 배가 다르다. '나'는 그러니까 세 번째 아내인 셈이다. 그런 '나'는 지금 4년째 앓아누워 있는 남편 수발을 들며, 가출에 교도소를 들락거리는 첫째 아들의 딸, 그러니까 손녀가 되는 아이를 키우고 있다. 이 작품에서 '나'의 남편은 열세 살이나 많으며, 조폭 출신에 두 번이나 결혼하고도 안정을 찾지 못했던 것으로 나타난다. '나'는 그런 남편의 '꼬임'에 넘어가 결혼을 하게 된다.

그러나 나는 그녀로 하여금 결혼까지 끌고 간 조폭의 구애를 대하는 그녀의 심리보다, 네 아이를 기르며 '성치 않은' 남자를 보듬어줄 수밖에 없었던 그녀의 성정에 관심이 간다. 그녀는 말하자면, 생명을 낳고 기르고, 번식시키는, 대지의 여신 같은 특성을 보인다. 삶은 그녀에게 흘러가는 물과 같다. 그 속에서 어렵게 기른 '남'의 아이는 감옥에 가고, 그 손녀딸이 갈 곳을 찾지 못해 그녀에게로 오고, 병든 남편은 세상을 떠난다. 하지만 그녀의 삶의 질서는 파괴되지 않는다. 이미 남들에게 는 비정상적일 삶을 받아들였기에, 이 모든 이들을 연민의 사 랑으로 보듬은 후이기에.

4

이와 같이 정길연은 이미 이른바 정상적 세계의 바깥에 서 있는 여성을 그린다. 그녀들의 공통된 특징은 스스로 그렇게 걸어나갔다는 것이며, 그로써 그 '정상성'에 갇힌 몸과 마음으 로는 얻을 수 없는, 존재의 '자유'를 얻었다는 것이다. 그렇다 면, 그녀들이 떠나온 세계를 살아가는 여성들은 어떤 모습을 가지고 있을까?

〈가면과 깃털〉은 그러한 여성들의 삶을 극명하게 드러내 보 인 작품이다. 여기에 이르면 작가의 필치는 신랄하다 못해 가 혹하다. 풍자가 도를 넘어 적대가 된다, 나쁜 세상을 향해서 말 이다. 이 작품에서 정길연은 '명효'라는, 글 쓰는 직업을 가진 관찰자적 화자의 목소리를 빌려 현대 여성 세계의 속악한 생활상을 드러내 보인다. 여고 때 은사의 출판기념회에 모인 동창생들이라는 설정은 세상사를 드러내기에 안성맞춤이다. 여성들은, 누군가는 남편, 시댁을 잘 만나 호시절을 구가하고, 누군가는 생활에 쫓기며 시달려야 한다. 그것이 오늘날의 많은 여성의 삶이다. '선거와 민주주의는 땅값이 오른다'는 어색한 표어의 정신처럼, 이 작품에 등장하는 여고 동창생들, 그리고 그들의 은사는 속물주의에 깊이 침윤되어 있다. 축재와 출세 같은 속악한 논리에 몸과 마음을 저당잡히고도 자신들이 얼마나 타락했는가를 깨닫지 못한다. 그러나 특별한 여성 '명효'만은 글 쓰는 이다운 정신적 투명함을 잃지 않는다. 그녀의 눈에 비치는 가면투성이의, 깃털처럼 가벼운 생의 모습, 이것이 세상을 영리하게 살아가는 여성들의 본색이다.

나는 이 작품에 등장하는 은사 선생을 보며 코웃음을 치지 않을 수 없었는데, 이는 학계와 그 주변에서 이런 나리들을 한두 번 보아온 것이 아니기 때문이다. 이런 속물성에는 남자와 여자의 구별이 필요치 않다. 그러나 남자라면 더 야만스럽고 교활하다. 다만, 꾀 얕은 여성들의 재잘거리는 소리들이 생의 참을 수 없는 가벼움을 더 잘 간명, 투명하게 보여줄 따름이라는 것뿐. 선거와 민주주의는 땅값이 오른다? 그렇다. 그것들은 분명 땅값을 올린다. 그러나 이 올라가는 땅값이 그것을 가진 사람들을 고결하게 만들어주지는 않는다. 이것이 우리 시대의 역설이다. 천박한 부르주아의 시대에 너도나도 다투어 높은 위치에 다다르려고 아우성들을 친다.

또 다른 작품 〈우연한 생〉은 이와 같은 속악한 세계에 적응하지 못한 여성의 최후를 그리고 있다. 이 소설로 말하자면, 작가가 무슨 일인지 모를 변덕을 부려 나쁜 솜씨를 발휘한 짓궂은 작품이라고 할 수 있다. 아마도 세상을 향해 연민 어린 시선을 떼지 못하는 자신이 잠시 싫어졌는지도 모른다. 그리하여 여기서 작가는 '석혜련'이라는 왕년의 연극배우를 처참한 죽음으로 몰고 간다. 연극은 참으로 소설만큼이나 배곯기 좋은 분야다. 신은 짓궂게도 재주 많은 사람들을 가난하게 살아가도록 한다. 어디 한번 당해보라는 것이다. 재주 많은, 자기 확신이 강한 사람들을 신은 얄미워한다. 그런 이들은 연극을 하지 않아도 어차피 인생이라는 무대를 배경으로 원치 않는 연기를 펼치는 운수 사나운 배우들이라 해야 한다. '석혜련'은 바로 그런 여성이다. 왕년에 스타이기는 했어도 한 재산 모을 만큼 유명할 수는 없었고, 그나마 스캔들이 난 후에는 무대에

서조차 재기하기 어려웠다. 어떤 속물 의사를 만나 아이를 낳고도 버림받은 이 여자의 뒤안길은 쓸쓸하다.

그러나 문제적인 여성은 자기 성격을 버리면 안 된다. 마치 무대 위의 어떤 성격의 여자를 연기하는 배우처럼 '석혜련'은 자기 환상, 망상 속에서 옛날 그대로의 모습으로 살아가며, 그것을 유지하는 것이 불가능해졌을 때 스스로 생을 마감하고 만다. 작가의 악취미는 그러나 이러한 석혜련의 죽음에도 만족하지 않는다. 작가는 '석혜련'의 투신자살에, '어이없게도', 유일하게 그녀를 알아보는 경비원 양 씨를 동행하도록 하며, 이에 더하여 젊은 여성 '환희'마저 소설의 마지막 부분에 배치하여, 우리들의 삶이 결코 낙관에 찬 것이 될 수 없다는, 작가적 사고를 분명히 드러낸다. 더는 참을 수 없었다는 듯 말이다.

이러한 작가에 따르면 우리들의 삶은 우연의 장난에 끌려가는 것이며 이 괴로움은 삶이 끝날 때까지 결코 쉽게 사그라들지 않는다. 그러므로 이 소설에서의 작가의 짓궂음은 그녀 자신 때문이 아니라 신 때문이다. 그녀는 작가로서 신을 대신하여 세상의 이치를 밝게 드러내 보이고 싶어 한다. 물론, 연민을 마지막 구원의 수단으로 남겨놓기는 하면서.

5

최근에 나는 문단 출입을 별로 하지 못하고 있다. 자연히 정
길연도 만나볼 기회가 별로 없었다. 어쩌면 정길연 역시 문단
에 상당히 거리를 두고 있는지도 모른다. 20대 초반의 나이로
일찍 문단에 나와 창작의 길을 숨가쁘게 이어온 그녀다. 기억
을 더듬어보면, 좌중에서의 정길연은 말수가 적고 헤아림 깊
은 시선으로 주위를 관찰하는 타입의 작가였다. 과연 이 작가
는 요즘 어떻게 되었을까? 관심이라기보다는 호기심에 가까
운 심정으로 소설집에 실린 일곱 편의 소설을 읽었다. 그러다
나는, 속으로 과연, 하고 혼잣말을 하며 고개를 여러 번씩 끄
덕였다.

작품 하나하나에서 삶과 사랑의 문제들을, 인생이라는 불가
사의하고도 불가피한 과정으로 그려내는 이 작가의 시선을 가
리켜 나는 앞에서 주밀하다고 했다. 과연 그러하게, 작가는 소
설 속의 남성, 여성들을 계산 없이 마냥 제시하지 않는다. 어떤
인물을 내세울 때는 반드시 이유가 있고, 그녀의 성격이나 환
경에도 작가적 의도가 철저하게 작용한다. 설정과 계산과 의
도가 정확하기 때문에 결말이 분명하고, 따라서 독자들은 이

야기의 진행 중에는 작가의 진정한 의도를 염두에 두고, 마음을 맡겨두고 읽어가도 좋다. 이윽고 모든 것이 명료하게 드러나게 되고, 이때가 작가의 송곳 끝이 작용하는 순간이다.

이 소설집에 실린 작품들, 〈우연한 생〉이나 〈가면과 깃털〉 〈수상한 시간들〉 같은 작품이 그러한 대표적 예이고, 마지막 작품 〈Delete〉도 이러한 구성력이 돋보인다. 〈Delete〉에 등장하는 남자와 여자는 소설 속에서 어떤 적극적인 사건도 만들어내지 않는다. 그러나 두 사람은 필시 어디에선가 맞선상대로 만났을 것이고, 서로 뜻이 맞았다면 결혼에까지 이를 수도 있었을 것이다. 그러나 결혼이라는 무거운 과제를 해결하기에는 그들 각자의 생활이 너무 버겁다. 그들은 그들이 언제 만났는지조차 헤아릴 길 없이 스쳐지나갈 뿐이다. 이 생활은, 이 시대의 대부분의 사람들이 그러하듯이 정신 사나울 정도로 바쁘고, 기계적이며, 그 안에서 자기라는 것은 찾아볼 수 없다. 그들이 어떻게 자신들의 나날을 구성하며, 무슨 이유로 스쳐지나갈 수도 있으며, 그들의 내일은 또 어떻게 될지를, 작가는 우리 앞에 드러내 보여준다. 나는 이러한 구성력 덕분에 이 소설집을 읽는 독자들이 뒷페이지를 궁금하게 여기는 즐거움을 누릴 수 있을 것이라 기대한다.

그런데, 여기서 한 가지 짚어둘 것이 있다. 그것은 이 소설집에서 이채를 띤 두 편의 소설, 〈당신의 심연深淵〉과 〈알래스카, 그 후〉와 관련된 것이다. 또 그것은 작가적 경험의 깊이 또는 연륜에 관한 것이라고도 말할 수 있다. 재능 있는 작가라고 해서 인생을 깊게 들여다볼 수 있는 것은 아니다. 그는 세상을 본질적으로 보는 대신 추상적으로 볼 수도 있다. 특히 이것은 재능 있는 젊은 작가의 특권이자 한계다. 작가는 재능이 있어야 하되 젊은 이상李箱이 스스로를 '노옹'이라 칭한 것처럼 '늙은' 눈을 가져야 한다. 나는 정길연의 소설들에서, 그녀가 슬며시 비치고 지나가는 것들에도 인생미가 깃들어 있음을 실감한다. 이것은 필시 그녀가 인생을 충분히 겪어나왔기 때문일 것이다.

〈당신의 심연深淵〉에서 나는 의미심장한 문장을 하나 발견했다. "남자는 여러 생을 살았다." 이 문장을 읽으면서 나는 그것이 마치 정길연의 삶에 관한 진술인 듯한 착각을 느꼈다. 왜 그랬는지는 모른다. 다만, 이 "여러 생"에 관한 선례를 나는 하나 알고 있다. 저 옛날 나혜석의 시대에 그에 버금가는 여성작가로 김일엽이 있었다. 그녀가 세상을 향해서 말했다. 자신은 '다생'의 삶을 살고 있노라고. 사랑이 한 번 끝날 때 자신의 생은 한 번 끝나고, 다시 자신의 새로운 생이 시작된다고. 그래서 다생의 생이라고 했다.

내 믿음이지만, 사랑을 통해서 여성은 더 풍요로워지고 삶의 근본에 더 가까워지며 인공적 세속의 질서를 가볍게 여길 수 있게 된다. 나는 정길연의 삶의 이력을 알지 못한다. 그러나 그녀의 소설들은 그녀가 여성으로서 소설 속 행간에 숨어 있는 깊은 삶을 살아왔음을 시사한다. 나는 이 경험과 그것을 반추하는 이 작가의 작가로서의 역량을 믿을 만하다고 생각한다. 이 소설집에서 본 것이 바로 그것이기 때문이다.

작가의 말

작가로 살아갈 수밖에 없는 사람이 있다. 운명적으로. 자신의 의지와는 무관하게. 숱한 회의와 좌절과 불면에도 불구하고. 단 한 쪽의 글편을 이 땅에 내었을 뿐일지라도, 생업을 떠도느라 단 한 권의 책조차 묶어내지 못하였을지라도, 그는 작가의 바탕을 지닌 불온하고 불우한 존재일 수밖에 없으리니.

그 바탕을 기어이 제 손바닥에 모종하려는 이들에게, 그 허여멀쑥한 소금 짐을 황금빛 화관花冠으로 곡해하는 이들에게, '고통의 축제'가 아니라 그저 저잣거리의 쌔고 널린 폼생폼사 쯤으로 여기는 수상쩍은 목석들에게, 그는 우스꽝스러운 불량품에 지나지 않으리. 하긴, 작가의 영혼 따위 작금에 와서야 한

낱 골방의 남루에 지나지 않을진대.

실은, 여기까지 아슬아슬하였다는 고해성사……. 내가 나의
복병이었다.

스물넷 청춘에 들어선 길에서 오도 가도 못한 서른 해를 더
보태도록, 나는 나의 실질實質을 의혹하고 원망하고 지긋지긋
해했다. 야반도주하듯 골방을 몰래 뜨고도 싶었다. 권리금을
받고 팔아넘길 수도 없는 남루의 보직을 산문을 나서는 행려
자처럼 휙이휙이 내던지고 싶은 시절도 간간 있었다. ……있
었는데?

단 한 발자국도 길을 내지 못한 채 신발코를 제 가슴 쪽으로
되돌릴 수는 없는 일.

내가 나와 갈라설 수 없으니 실질을, 흉금을 꺼내기로 한다.
4월의 구근球根처럼, 다행히도 조금씩 생기가 돋는 듯하다. 이
참에 기지개를 켜리라. 두 팔을 쳐들고, 허리를 곧추 펴리라.
얼음장 밑, 내 겨울잠 자는 뼈와 살들이 모처럼 우두둑우두둑

지르는 통성痛聲을 새겨들으리니, 그러면 나만의 길이 생기지 않을까. 제발 덕분, 부끄럽지 않기를.

변덕스런 봄날에,

이 책을 위해 애써준 모든 분들에게 경례하며,

정길연.

우연한 생

1판 1쇄 인쇄 2015년 4월 8일
1판 1쇄 발행 2015년 4월 15일

지은이 · 정길연
펴낸이 · 주연선
책임편집 · 강승현
편집 · 이진희 심하은 백다흠 강건모 이경란 오가진 윤이든
디자인 · 김현우 김서영 권예진
마케팅 · 장병수 김한밀 정재은 김진영
관리 · 김두만 구진아 유효정

(주)은행나무
121-839 서울특별시 마포구 양화로11길 54
전화 · 02)3143-0651~3 | 팩스 · 02)3143-0654
신고번호 · 제 1997-000168호(1997. 12. 12)
www.ehbook.co.kr
ehbook@ehbook.co.kr

잘못된 책은 바꿔드립니다.

ISBN 978-89-5660-858-7 03810